María Jordao

RESCATE AL CORAZÓN

María Jordao

RESCATE AL CORAZÓN

kamadeva

© María Jordao
© Kamadeva Editorial, 2018

ISBN papel: 978-84-949519-0-9

Impreso en España
Editado por Bubok Publishing S.L.

Índice

1

Nueva York, 1887.

—¡No te quedarás! ¿Me has oído? Richard Langton estaba en el salón de su enorme casa de Nueva York reunido con su esposa y su hija menor. Discutían porque Danielle deseaba quedarse en la ciudad unos días más mientras él y su esposa emprendían su viaje hacia Tucson. Como cada año, irían a pasar el verano a su rancho del oeste. Su hija solía mostrarse contenta y obediente cuando iban, pero, esta vez, no sabía qué le pasaba que se negaba a ir con ellos. Algo estaba tramando.

—Pero, ¿por qué no? —protestó Danny—. Solo será una semana, lo juro.

—¿Qué interés tienes en quedarte? —le preguntó Richard, más serio que nunca.

—No quiero ir a Tucson. Es muy aburrido.

Richard levantó ambas cejas y miró a Amanda, siempre callada y sumisa.

—¿Has oído eso? Resulta que después de dieciocho años, tu hija se aburre en el rancho.

Amanda miró a su esposo y a su hija, que le imploraba su colaboración con la mirada. Entonces le dijo: —Si ella quiere quedarse, que se quede. —Danny se levantó del sillón de terciopelo color granate de un salto. —Creo que ya es hora de que decida por sí misma. Además, no dijo que no iría, sino que iría más tarde.

Richard Langton, un hombre acostumbrado a salirse con la suya, quedó sobrecogido por la respuesta de su esposa, de su querida y amada esposa. Se pasó una mano por el pelo y miró a ambas mujeres sin comprender por qué su hija quería quedarse en la ciudad ni por qué su esposa estaba defendiéndola.

—No pienso tolerar que vayas sola al oeste, es peligroso —dijo Richard al fin.

—¡Pero no iré sola! He pensado que Diana puede acompañarme. —añadió Danny, con un tono desesperado.

—¡¿Diana?! No voy a permitir que Diana se exponga a los riesgos que se pueden correr por aquellos lugares. Dos señoritas como vosotras no deberían viajar solas. Si quieres que vaya contigo, iréis las dos con nosotros. Danny quería echarse a llorar. Al igual que su padre, era muy testaruda.

—Papá, por favor —dijo acercándose a él y mirándolo con consternación. —Solo será una semana. Solo una.

—¿Una semana? El viaje ya dura una semana. Serían dos, no es lo mismo.

—Por favor… Richard no podía soportar la mirada de su hija; la niña de sus ojos; la pequeña Danny; la alegría de su vida. Estaba a punto de convencerlo. Quizá no era tan malo dejarla quedar. Era normal que se aburriera en Tucson, no había las mismas distracciones que en Nueva York. No había tiendas lujosas, ni salones de té donde pasar la tarde con las amigas. Tampoco había bailes. Suspiró y miró a Amanda.

—Está bien, pero si en dos semanas no estás allí, atente a las consecuencias —dijo mientras la señalaba con un dedo acusador. —Viajaréis con escolta. Contrataré a alguien de confianza para que os acompañe. Vuestras doncellas también irán, en caso de que vaya, por supuesto. Si cumples todo esto, podríamos llegar a un acuerdo para apaciguar esa rebeldía tuya, ¿de acuerdo? Danielle tardó en reaccionar ante las palabras de su padre, pero cuando se dio cuenta de lo que significaban, empezó a dar saltos de alegría y gritos. Abrazó a su padre y a su madre, dándole las gracias a ambos, diciéndoles que no se arrepentirían, y juró que en dos semanas estaría allí con ellos.

Richard pasó un brazo por el hombro de su mujer mientras veían cómo Danny salía del salón danzando alegremente.

—¿Crees que hice bien? —Siempre consigue lo que quiere. Además, tú no puedes negarle nada.

—Lo sé —suspiró. —Siempre ha sabido cómo convencerme de hacer lo que ella quiere.

—Eso es que sabe jugar sus cartas muy bien. además, tiene muy buen maestro. Danielle Langton estaba en su habitación sin poder creer que ya se encontraba sola en casa. Con el servicio, pero sin sus padres. Se habían ido esa misma mañana y no paraban de decirle que se portara bien, que estuviera en casa a una hora decente y que no armara ninguna «travesura». Cuando tenía cinco años sería una travesura, a sus dieciocho años recién cumplidos, ya era más bien una imprudencia. Siempre se estaba metiendo en líos, por curiosa, aunque la mayoría de ellos sin querer. Era una joven inquieta, rebelde y algo mandona pero su nobleza superaba con creces su carácter revolucionario. Su ingenio la ayudaba a salir airosa de las situaciones más comprometidas. La gente en Nueva York no la tenía en una muy buena estima, pero eso a ella le daba igual. No le importaba que la señalaran por la calle y susurraran a sus espaldas Quienes la conocían de verdad la querían y esa era la gente que le interesaba a ella. Sus padres, su hermano, Robert, y su querida amiga, Diana Hobbs, la adoraban. El resto podía hablar de ella lo que quisiera, no le afectaba en lo más mínimo. Era más fuerte que los demás y su corazón no permitía que los comentarios maliciosos hicieran mella en él.

Se miró al espejo y vio a una muchacha joven, llena de vida, con una energía que no era capaz de controlar. ¿Qué podía hacer? ¿Quedarse en casa haciendo «cosas de mujeres»? ¿Bordar, hacer cojines y aprender a tocar el piano? Esas actividades no disminuían su adrenalina. Prefería salir a pasear, ir a jugar a las cartas o salir con sus escasas amigas a tomar el té. ¿Escasas amigas? Sí, no contaba más que con tres, aunque Lydia y Samantha eran reacias a su trato por aquello que la gente decía. Preferían salir solo con Diana, pero, si querían estar con Diana, tenían que estar con ella. Se jactaba de poder chantajearlas de ese modo y Diana nunca dijo nada al respecto. Bueno, Diana nunca decía nada de nada. Sabía que lo que hacía Danny estaba mal, pero nunca la juzgaba. Muchas veces la regañaba por las diabluras que hacía pues también ella tenía que pagar los platos rotos y eso no le gustaba. Diana siempre había estado con ella, casi desde que nacieron. Habían ido juntas al colegio y luego a la escuela para señoritas de la señora Fairfax. Allí, Danny tenía que contenerse excesivamente para no hacer de las suyas y, aun así, muchas fueron las veces en que sus padres tuvieron que hablar con la señora Fairfax sobre su conducta intolerable. No les hacía caso y aunque la terrible Fairfax estaba detrás de ella, siempre conseguía burlar su atención y hacerla caer en alguna de sus trampas.

Danny continuaba mirándose al espejo, sumida en sus pensamientos, cuando llamaron a la puerta de su dormitorio. Era Molly, su ama de llaves. —Señorita, el señor Whitman está aquí. —anunció la anciana.

El señor Whitman era el hombre que su padre había contratado para que las escoltara hasta Tucson. ¿Qué quería? Suspiró y bajó al salón.

Entró en la sala y se encontró con un hombre de unos cuarenta años, de mediana estatura, moreno y con el bigote bien recortado. Sus ojos, de un azul intenso, la miraban con cierto respeto detrás de las gafas. Su padre le había contado que al señor Whitman le gustaba mucho leer, como a ella, y que se decantaba más por la literatura histórica. Concretamente, por el arte egipcio. Leía todo lo que tuviera que ver con aquella civilización ya desparecida tantos años atrás. Eso la desconcertó bastante; no conocía a nadie que se interesara por otra cultura que no fuera la propia. En realidad, no conocía a nadie que le gustara tanto leer como a ella.

—Buenos días, señor Whitman —dijo Danny educadamente y señaló al sillón que estaba frente al hogar. —Tome asiento, ¿gusta tomar algo? —Buenos días, señorita Lang-Langton. Gracias por su amabilidad y no, no quie- quiero nada de tomar. Gracias.

«Perfecto, el hombre es tartamudo», pensó mientras se sentó frente a él.

—Bien, ¿qué le trae por aquí? Tengo entendido que mi padre habló con usted para arreglar todo lo del viaje. Whitman se acomodó las gafas, redondas y pequeñas, sobre la nariz y la miró.

—Sí, su pa-padre habló conmigo hace dos dí-días. Pero me di-me dijo que viniera aquí para habla con ust-usted y concretar el día exacto.

¿Así que era solo eso? Tantas molestias cuando podría haber hecho llegar una carta para preguntarle. Ese hombre era de lo más extraño.

—Bueno, prometí a mi padre que iría en una semana. —Danny hizo una pausa para dar forma a la idea que se le acababa de ocurrir—. Pero si tengo que estar allí en una semana, tendría que irme hoy. Entonces no sería una semana para mí sola, ¿verdad, señor Whitman? El hombre tembló ante aquellas palabras. Él también había oído los rumores sobre Danielle Langton y sabía que estaba tramando algo.

—Pe… Pero su padre dijo que tenía que estar allí den-dentro de una semana.

—No. —lo interrumpió Danny. —He acordado con él que estaría aquí una semana y que después iría a Tucson.

El señor Whitman se ajustó de nuevo las gafas. Estaba claro de que aquella señorita intentaba confundirlo.

—Cumplo órdenes, seño-señorita. Tengo que escoltarla hasta el ran-rancho de su padre y su día de llegada es el miércoles, exactamente den-dentro de una semana.

Ese hombre era más listo de lo que pensaba así que tenía que pensar en otro plan. Convencerlo de otra manera posible. Carraspeó.

—Bien, dentro de una semana exacta saldremos dirección Tucson.

—Pero su pa-padre podría preocuparse si no llega el día exacto. Además, se pon-pondrá furioso con-conmigo, señorita.

—Si yo tengo razón, no le pasará nada, pero si usted la tiene, asumiré todos los riesgos. ¿Quiere hacer un trato conmigo, señor Whitman? Danny extendió la mano hacia él para que se la estrechara y cerrara el trato, pero él dudaba sobre qué hacer. Si le hacía caso al señor Langton estaría más tranquilo, aunque Danielle tuviera razón y hubiera acordado con su padre partir el miércoles. Si Danielle no tenía razón y llegaban con retraso, no quería ni saber lo que ocurriría. El señor Whitman trabajaba con Richard desde hacía muchos años. Era abogado, igual que Langton y ambos eran buenos amigos. Le hacía favores y se los devolvía, pero este, este era el mayor favor que le podía hacer. Escoltar a su preciosa e indómita hija hasta el viejo y salvaje oeste. Se lo pagaría con creces. Sí, señor.

Una vez que el señor Whitman se fue, Danny Sonrió satisfecha al ver que, una vez más, había logrado lo que quería.

Subió a su habitación, recogió su bolso y bajó al vestíbulo. Molly la esperaba para preguntarle si vendría a comer. Danielle contestó que sí y se fue hacia el coche que estaba esperándola fuera con Damián, el cochero. Se dirigió hacia casa de su amiga Diana para contarle todo sobre el viaje. Estaba ansiosa por ver la cara que pondría al decirle que pasarían todo el verano juntas. Sabía que el padre de Diana, el señor Patrick Hobbs, era muy estricto y que costaría convencerlo, pero lo conseguiría. Llegó a casa de su amiga y Damián abrió la portezuela del coche. Salió del interior y subió los peldaños que daban a la puerta y picó. Henry, el mayordomo estirado y serio de la casa Hobbs, abrió la puerta y notó cómo se le erizaba el cuello al ver aquella señorita frente a él. Estaba claro que no le caía en gracia… o que le tenía miedo. De todas maneras, hizo una breve reverencia.

—Señorita Langton.

—Hola, Henry. ¿Está Diana en casa? —preguntó Danny con tono jovial. Entró sin ser invitada y tendió su sombrero y su bolso al mayordomo mientras miraba las escaleras que daban al piso de arriba, donde estaba el cuarto de su amiga.

—Sí, señorita. Se encuentra en su habitación —dijo Henry mientras le recogía las cosas.

—Gracias, subiré yo misma, no hace falta que me anuncie. Lo miró con una gran sonrisa y subió la escalinata casi corriendo.

«Como si siempre se anunciara», dijo Henry para sí mismo y se retiró a la cocina. Danielle entró en el cuarto de Diana. Ésta estaba en el tocador mirando cómo Sally, su doncella, le recogía el pelo.

—Diana, tengo buenas noticias —dijo y se sentó sobre la cama.

—¿Qué noticias son esas? Diana actuó de forma natural, estaba acostumbrada a que su amiga entrara en su habitación sin llamar y armara tanto jolgorio. Danny le contó todo relacionado sobre el viaje y que ella también iría.

—Ya sabes cómo es mi padre, no creo que pueda ir —dijo Diana y miró a Sally de soslayo. Sabía que podía contar con ella y que todo lo que se dijera en esa habitación quedaba entre ellas tres.

—Por tu padre no te preocupes. Le dije al mío que irías y lo arregló todo para que nos escoltaran, con la condición de que llevemos a nuestras doncellas con nosotras, más el escolta que contrató mi padre, por supuesto.

Sally paró en seco y miró a Danny.

—¿Yo también iré? —preguntó, asombrada. Danny Sonrió ampliamente.

—He pensado que igual te viene bien un verano de descanso.

—¡¡Qué!?— exclamó Diana girándose hacia Danny. —¿Piensas que voy a pasar un verano entero sin mi doncella? —Yo la tengo, pero no la utilizo. Mi pelo no se puede peinar y vestirme puedo yo sola. ¿Para qué la quiero? —¿Para qué la tienes? — interrogó Diana.

—Para que mis padres estén más tranquilos— Danny Sonrió otra vez.

—No pienso dejar a Sally aquí, Danny.

—Entonces eso es señal de que vendrás. Para asegurarme de que vendrás, tu doncella vendrá. Partimos el martes.

Danny tenía muy seguro aquello y su plan no podía fallar. Pensaba viajar sola con Diana, sin nadie para vigilarla. Estaba harta de que nadie confiara en ella, sola podía arreglárselas.

Ya había engañado al señor Whitman. Una vez en camino, nadie podría decirle ni hacerle nada. Si conseguía el permiso del señor Hobbs y que Sally no las acompañase, todo saldría tal y como ella quería. No era que Sally le molestara, pero quería demostrar a su padre de que sola podía viajar sin problemas. Sin necesidad de tener alguien al lado para protegerla todo el tiempo. No necesitaba niñeras.

Diana miró a Danny a través del espejo y frunció el ceño. Sally siguió con lo que estaba haciendo. Danny las observaba.

Su amiga tenía el pelo negro como el azabache y unos ojos azules como dos estanques de agua en pleno invierno. Pechos llenos, cintura estrecha y piernas bien formadas. Era una mujer bellísima. Tan recatada tan sumisa, tan bondadosa. A Danny le recordó a su madre. Diana poseía la belleza que muchas envidiaban y, aunque su amiga se esforzaba por ocultarse tras esa imagen y pasar desapercibida, sabía que guardaba mucho poder en su interior. Era una mujer magnífica y la que más de un hombre estaría dispuesto a desposar. De hecho, ya había recibido dos proposiciones de matrimonio, pero su padre las rechazó diciendo que su hija valía mucho más. Era cierto. Diana era la clase de persona que acataba todas las normas que había en este mundo y que por nada trataría de saltárselas. Desafiar a su padre entraba en ellas. Patrick Hobbs era un hombre rudo, malhumorado que tenía a su hija en un pedestal ante los demás, pero a la vez la hacía sentirse muy pequeña, casi diminuta. Diana le tenía miedo y no se atrevía a desobedecerle.

Danny vio su propio reflejo en el espejo y se comparó con ella. Ella era de cabello castaño claro, casi rubio, con bucles rebeldes que no se sujetaban con ninguna horquilla. Por eso casi siempre lo llevaba suelto, otro defecto más que añadir a su lista. Una mujer siempre debería llevar el pelo recogido, no como una salvaje. Sus ojos, de forma almendrada, eran de color ámbar, como de oro fundido. Tenía los pechos pequeños y la cintura más estrecha que su amiga. Los brazos y las piernas delgados. Era como si su cuerpo no se hubiera formado del todo. Como si su infancia aún estuviera presente en su anatomía. Sacudió la cabeza y se esforzó por pensar en otra cosa.

Danny se levantó y fue hacia el tocador. Sally ya había terminado. Diana se levantó y se puso un vestido color azul pálido como sus ojos. Sally la ayudó a abotonarse la parte de atrás y luego la ayudó a calzarse. Estaba claro que Diana no podía prescindir de Sally, pero Danny no podía prescindir de Diana. ¿Accedería a llevar a Sally solo para que Diana se sintiera más segura? Eso iría en contra de su plan. En cualquier caso, se podría contratar a una en Tucson o podría hacer de Diana una mujer independiente como ella. Sonrió para sí misma. Salió del cuarto, detrás de Diana. Se dirigieron hacia el salón de té. Samantha y Lydia estaban esperándolas en una mesa. Habían pedido té y pastas para todas. Se sentaron con ellas, aunque Danny lo hizo a regañadientes.

—Buenos días, chicas —dijo Lydia con una sonrisa.

—Buenos días — contestaron Danny y Diana al unísono.

Lydia, una personita pequeña, rechoncha, pero con una cara que quitaba el aliento a cualquier hombre. Con sus ojos verdes claros y su pelo rojizo, miraba a Danny con atención. Samantha, en cambio, era alta, larguirucha y sin gracia. Su pelo era negro y sus ojos de un tono gris ceniza. No tenía ningún encanto a los ojos de Danny, ni de cualquier persona con sentido común.

—Tengo buenas noticias —dijo Lydia. —He oído que lady Lampwick va a dar un baile de disfraces para presentar a su hijo al resto de la ciudad.

—¿A su hijo? —preguntó Diana, desconcertada. Samantha miró a Diana. —Al parecer, su hijo vivió en un colegio internado durante toda su vida y luego se metió al ejército. Ahora que las cosas se han calmado un poco, ha vuelto a casa y su madre quiere presumirlo delante de toda la sociedad neoyorkina.

Danny rio interiormente. Tanto la muchacha pelirroja como la sosa de su amiga la miraban de reojo cuando hablaban con Diana. Era como si Danny no existiera, como si no estuviera allí. No hacían, ninguna de las dos, esfuerzo alguno por disimular su antipatía hacia ella. Pese a todo, se divertiría aquella mañana.

—¿Y por qué de disfraces? —preguntó Diana antes de tomar un sorbo de té. Lydia le contestó: —Quiere crear intriga durante la velada para que, al final, el hombre se quite la máscara. Así, lady L. se asegurará de que todo el mundo se quede hasta el final de la fiesta.

«Chica lista» se dijo Danny. No había dicho una palabra en aquellos diez minutos que llevaban allí. Sonrió y preguntó: —¿Saben cuándo será el baile? Lydia y Samantha la miraron levantando la barbilla. Diana siguió tomando su té tranquilamente, rezando porque Danny no hiciera nada inadecuado.

—Se dice que será el sábado —respondió Samantha. —Pero, ¿tú no te vas a tu rancho del oeste? El tono de Samantha no le gustó nada a Danny. Se había referido a su rancho como algo deshonesto. ¿Acaso tener una propiedad en el campo era algo que te rebajaba de nivel social? Danny no estaba dispuesta a consentir eso.

—No, mi padre me dejó quedarme unos días más. Partiré el martes.

Ambas mujeres levantaron más la barbilla y la miraron con más desdén que de costumbre.

—Vaya, veo que sigues haciendo lo que te viene en gana, ¿verdad? Sin duda un día de éstos causarás un disgusto a tu padre y la culpa será de él, por supuesto, por dejarte la cuerda tan floja.

—Dinos, Danny, ¿cómo es la vida en el oeste? Allí tendrás más espacio para correr y todas esas «cosas» que haces. —preguntó Samantha con desprecio.

Danny carraspeó. No quería montar un espectáculo, pero si seguían humillándola de ese modo, se veía obligada a hacerlo. Con perdón de los presentes y sobre todo de Diana.

—El rancho de mis padres es muy amplio y abarca muchas tierras donde puedo salir a pasear y descubrir lugares nuevos. También el pueblo es bastante entretenido. Tucson no es como Nueva York, pero es muy agradable.

—Está claro que tu vida en el campo es más divertida que aquí, entonces no veo razón para que vayas al baile de lady L. Seguramente te parecerá aburridísimo sin el aire fresco, sin caballos… —Sé que yo no os caigo bien y viceversa, pero intento guardar las formas por Diana. Si tener un rancho me desciende de rango, bien, bajo un escalón en vuestra estúpida pirámide de clases sociales, pero no pienso consentir que os dirijáis a mí de ese modo, como si yo no fuera digna de ir a un baile o de que no pudiera pertenecer a la clase alta. Soy una mujer honesta, directa y con ideas propias. Hago lo que me dejan hacer y soy feliz así —se había levantado de su silla y había alzado la voz. Todo el salón estaba mirándola—. Si lo que sentís es envidia de mi forma de vida, pues me alegro. Me alegro de que no tengáis la libertad de la que yo gozo y que toda vuestra vida vais a servir a alguien porque no tenéis el valor de decir no.

Cogió su bolso y salió del salón dejando a Lydia y a Samantha más rojas que las cerezas. Diana se disculpó y salió tras ella. Montaron en el coche de Danny y se sentaron una frente a otra. Danny estaba roja de la ira. Diana también lo estaba por lo que había presenciado. Sabía que algún día explotaría de aquella manera. La verdad que no le parecía muy normal la forma en que la trataban. No era menos que nadie por tener una propiedad en el Oeste. ¿Acaso era la única? No a todos los del Este les gustara ir al salvaje Oeste, pero veía como una cosa normal que Richard Langton tuviera una casa allí. Lo que pasaba era que a Samantha y a Lydia les daba envidia, como bien dijo su amiga, la vida que llevaba Danny. La libertad que, en su justa medida, le daba su padre. Sonrió para sí misma y felicitó a Danny por lo que había dicho, se lo merecían.

No dijeron nada en todo el trayecto. Dejaron a Diana en su casa y Danny se dirigió hacia la suya. Entró en el vestíbulo y tiró el bolso al suelo en vez de dárselo a Molly. Subió las escaleras corriendo y se encerró en su cuarto. No quería salir en todo el día.

¿Por qué tuvieron que estropearle el día? Danny casi nunca se enfadaba y nadie podía oscurecer su felicidad con palabras envenenadas como las de Sam y Lydia. Esas mujeres eran unas brujas. ¿Cómo se atrevían a decirle esa clase de cosas? Se sentó en el alféizar de la ventana y miró el jardín que había detrás de la casa. ¿Sería verdad que daba esa impresión y por eso casi todo el mundo la rechazaba? ¿Acaso era menos que nadie por ir al Oeste? ¿Pero qué tontería era esa? Era la hija de Richard Langton, el hombre más respetado de todo Nueva York. El mejor abogado de la ciudad y el mejor padre que nadie podía tener. Si reverenciaban a su padre y nadie lo censuraba por su propiedad fuera de la ciudad, ¿por qué a ella la trataban así? ¿Sería por su carácter tan rebelde? No tenía la culpa de haber nacido con esa naturaleza. No quería ser una Lydia o una Samantha, amargada y sin tener más vida que criticar la de los demás.

Se había sentido muy a gusto cuando les dijo a esas dos arpías lo que se merecían, pero también se arrepintió un poco por haber hecho tremendo espectáculo en el salón. Había echado más carnaza al mar de las pirañas. Al día siguiente, toda la ciudad no hablaría de otra cosa sino de la mala conducta de Danielle Langton en el salón de té, al humillar públicamente a sus dos amigas. ¿Sería que ya no estaría invitada al baile de lady L? Si lo sucedido llegara a oídos de Lampwick, estaría perdida. Sería la única de todo Nueva York que no estuviera invitada a ese acontecimiento. ¿Pero qué podía haber hecho? ¿Acaso le habían dado otra salida? Iría al baile, con o sin invitación. Se podría colar en la fiesta ya que era de disfraces y nadie la reconocería. Aunque tampoco le importaba mucho conocer a ese hijo suyo que tan misterioso le habían pintado. No podía engañarse a sí misma, la curiosidad era su mayor defecto. Iría.

2

Danny bajó a desayunar al día siguiente como si nada hubiera pasado el día anterior. Entró en el comedor, Eric le sirvió la comida y le dio el periódico. Se le veía un poco reticente cuando lo dejó encima de la mesa y por eso lo primero que hizo Danielle fue abrirlo y echarle una ojeada. Ahí estaba. La noticia decía que Danielle Langton había humillado a Samantha Fox y Lydia Villard en el salón de té. Decía que «una generosa multitud de testigos vieron cómo la señorita Langton las insultaba de la peor forma posible. Una vez más, se demostraba el carácter arisco y rebelde de la joven que hizo de su blanco a sus dos más fieles amigas». ¿Amigas? ¡Dios santo! No podía creer que su nombre saliera en el periódico, no era una noticia tan importante como para que se hiciera pública.

Entonces recordó que el padre de Lydia era el dueño del periódico. ¿Qué podía hacer sino? La mejor venganza para ellas era poner en ridículo a Danny y que, además de toda la ciudad, lady L. también se enterase y que no le enviara su invitación. ¡Arpías! Cerró el periódico y comprendió porqué Eric no quería dárselo. Lo miró fijamente.

—¡Se lo merecían! —dijo , simplemente, y comenzó a desayunar, rezando que su padre no se enterara jamás. Menos mal que el New York Post no llegaba al Oeste. Si pensaban que iban a destruirla de ese modo, se equivocaban. Con o sin invitación, ella iba a asistir al baile.

Acabó de desayunar y se dirigió al vestíbulo. Molly le tendió el bolso y lo cogió con furia. Estaba harta de esa ciudad, de ser la comidilla de todos y de ser la mala. Subió al coche y le indicó la dirección de la casa de Diana. Entró como otras tantas veces y fue al comedor donde estaba desayunando. Patrick se levantó para saludarla y se fue de inmediato, estaba claro que había leído la noticia. Diana se levantó e indicó la silla que estaba a su lado para que se sentara.

¿Has leído la noticia? —preguntó Danny aunque sabía que era una pregunta tonta. Diana bajó la mirada.

—Danny, puede que haya algo que podamos hacer. Yo estaba presente y puedo decir que ellas te atacaron primero, ridiculizándote.

Danny tomó la mano de su amiga entre las suyas y negó con la cabeza.

—No puedo hacerte eso. Tú eres demasiado buena como para hablar mal de la gente. Además, son tus amigas, no puedes hacerles esto.

—Pero tú eres mi mejor amiga y ellas te ofendieron, Danny. Ayer me di cuenta de cuán equivocada estaba respecto a ellas. Sabía que les caías mal, pero nunca pensé que llegarían a esos extremos.

—Te lo agradezco, pero qué más da agregar un alboroto más a mi lista de escándalos. Todo el mundo sabe cómo soy así que no se sorprenderán. Pero la verdad, es que esta vez llegaron demasiado lejos.

Diana apretó su mano para darle ánimos, sabía que, en el fondo, su amiga estaba triste.

—No puedes dejar que lo que te hicieron te afecte. No pueden verte derrotada. Tú no eres así.

Danny levantó la cabeza y la miró fijamente.

—No me dejaré vencer tan fácilmente. Siempre me ha importado muy poco lo que la gente piense de mí, bien lo sabes. ¿Qué más da si me critican un poco más? —hizo una pausa—. Lo malo es que ya no voy a ser invitada de lady Lampwick.

Diana la miró y también se entristeció un poco.

—No te preocupes, a mí no me apetece nada ir. Si tú no vas, yo tampoco.

—Pero tu padre te obligará a ir.

—No me importa, estoy dispuesta a enfrentarlo.

Danny abrazó a su amiga. Era la mejor que tenía, la única.

—Gracias, pero no quiero que por mi culpa te pierdas ese acontecimiento. Diana hizo una pausa y Sonrió.

—¿Sabes qué necesitamos? Ir de compras. Danny Sonrió también. Le fascinaba la idea.

—Tienes razón. Iremos a visitar a la señora McCain y encargaremos unos vestidos para el viaje.

El rostro de Diana se iluminó.

—¿Qué pasa? —preguntó Danny.

—He hablado con mi padre y me ha dicho que hacer ese viaje me vendrá bien. Sobre todo a ti, para que las cosas se calmen un poco aquí. Ha leído el periódico y no se ha sorprendido por lo ocurrido. Le expliqué cómo fueron las cosas en verdad y creo que hasta se alegró de que las pusieras en su sitio. A mi padre nunca le cayeron bien.

Ambas mujeres empezaron a reírse. Ninguna podía imaginar que el serio y severo Patrick Hobbs defendiera una conducta tan reprochable en una señorita, pero también sabían que admiraba a Danielle por su coraje. Ojalá Diana fuera un poco como ella. Por eso había dado su consentimiento de que fuera con ella de viaje, tenía la esperanza de que cuando volviera, fuera un poco más como Danny.

—Estupendo. Después de todo, el incidente de ayer nos trajo algo bueno.

Las dos jóvenes subieron al coche de Danny y fueron rumbo a la tienda de modas de la señora McCain. Las recibió una señora baja, regordeta y con unas gafas de un aumento como el culo de una botella. Era agradable y su tienda siempre olía violetas. Encargaron vestidos de todas las clases y colores. Danny sabía que en el Oeste hacía mucho calor por el día y que era insoportable. Le aconsejó a Diana que comprara vestidos de tela fina y manga corta. Aunque las noches eran refrescantes, con un chal podrían pasar. Finas faldas de algodón y camisas de hilo.

Cuando salieron de la tienda de modas, fueron a una zapatería. Compraron sandalias y zapatos para cada vestido comprado anteriormente. Después fueron a la sombrerería y compraron varios. Sombrillas y bolsos para cada ocasión.

Abandonaron la última tienda y caminaron en dirección hacia el coche que las esperaba para ir a casa seguidas de Damián cargado de bolsas y paquetes, cuando se encontraron a lady Lampwick en persona. Se pararon en seco y la saludaron cortésmente. La señora que las observaba tenía un aire severo y alzaba la barbilla, demostrando lo insignificantes que eran para ella. Alta, con el pelo canoso recogido bajo un sombrero de plumas de avestruz. Nariz recta, labios finos y unos ojos enormes color negro. Miró las bolsas que llevaba el cochero.

—Veo que han comprado ya el disfraz para mi baile —dijo lady L. en tono seco. Danny y Diana se miraron.

—Disculpe, pero creíamos que no estábamos invitadas, pues no nos llegó invitación alguna —dijo Danny.

La dama fijó su mirada en Danny y la evaluó de pies a cabeza.

—¿Es usted Danielle Langton? —Sí.

—He leído el periódico esta mañana y he visto su nombre en él. Una noticia no muy agradable —dijo lady L—. La verdad es que no me extraña, dada su propensión a las travesuras.

—Puedo explicarlo…— comenzó a decir Danny, pero Lampwick la interrumpió.

—Lo sorprendente es que una noticia tan insignificante salga en el New York Post. No sé en qué está pensado ese señor Villard al publicar una noticia tan vulgar como el comportamiento de una joven al defenderse de las acusaciones de su hija. Sinceramente, yo hubiera hecho lo mismo que usted. No se puede denigrar a nadie por tener unas tierras en el Oeste, solamente porque le tienen envidia.

Danny quedó anonadada. ¿Esa señora estaba de su parte? Increíble.

—No sé qué decirle, señora. —comenzó nuevamente Danny, pero fue interrumpida una vez más.

—Yo estaba presente en el salón cuando ocurrió la discusión. Oí todo lo que le habían dicho esas jovencitas, vi cómo usted se defendía y les decía sin el menor pudor todo lo que pensaba de ellas. Sin duda, es usted una joven con agallas. Los rumores son fundados y eso me alegra, no me gusta que se critique a nadie sin motivo.

Danny no podía articular palabra.

—Tengo que seguir con mis compras para el sábado. Esta tarde tendrán la invitación en su casa. Buenos días, señoritas. Dicho esto, lady Lampwick se fue con tres lacayos detrás de ella. Diana salió de su estupor y sacudió a una Danny inmóvil.

—¿Hemos oído bien? —dijo Diana, sonriendo—. Lady L. nos ha invitado personalmente a su fiesta. Lo que hizo Lydia no sirvió de nada, por suerte esa mujer escuchó todo lo que pasó ayer y vio la injusticia.

Danny miró a su amiga y de repente comprendió todo lo que había dicho. Sonrió, abrazó a Diana y corrieron hacia el coche. Tendrían que hacer mucho antes del sábado, solo faltaban dos días. Esa mujer no era ni la mitad de lo que había oído decir; ella misma dijo que la gente criticaba sin motivo y con ella habían hecho lo mismo. Lydia tendría que aguantarse y si toda la ciudad la creía, lady Lampwick la había defendido e invitado a su fiesta sin importarle lo que decía el dichoso periódico. ¿Qué mejor compensación que presentarse en el baile y ver la cara desencajada de Lydia Villard? Esa misma tarde, tal como había prometido lady L., llegó la esperada invitación a casa de los Langton. Danny abrió la carta y la guardó en el cajón de su mesita dentro de un libro de poesía que solía leer. Sobre las seis de la tarde fue a recoger a Diana a su casa, de nuevo, para ir a la tienda de la señora McCain a decirle que tuviera preparados dos vestidos para el sábado y los enviaran a su casa. Después se compraron los antifaces. El de Diana era color granate con incrustaciones de rubíes y plumas de pato y el de Danny era color dorado con plumas de faisán. La ventaja que tenía era que el color de antifaz también le ocultaba en parte sus ojos, del mismo color. Volvieron cada una a sus respectivas casas felices de saber que, al final, todo iba saliendo bien. Danny despertó el sábado por la mañana con un presentimiento en el cuerpo. Se levantó, se lavó la cara con el agua de la jofaina y se puso un vestido de mañana color albaricoque que acentuaba más sus ojos. Se recogió el pelo como pudo y bajó a desayunar. Eric la recibió, como siempre, en el comedor con los platos preparados y el periódico encima de la mesa.

—Quiero que mañana me ayuden a hacer el equipaje y que Damián tenga preparado el coche para el martes a primera hora llevarme a la estación —le dijo sin mirarlo siquiera.

—Como usted mande, señorita. —respondió Eric.

—Hoy por la tarde necesitaré a Molly para que me ayude a bañarme y a peinarme para el baile. Puede decirle a Damián que hoy, de noche, no necesitaré de sus servicios. Voy a ir con Diana y su padre.

—Sí, señorita. Se lo diré ahora mismo. Entonces salió del comedor. Danny dejó de mordisquear un trozo de pan para centrarse en sus pensamientos. Había tenido un sueño muy extraño. Estaba en el baile y alguien la observaba desde un rincón de la casa. No podía ver quién era porque su antifaz no le dejaba ver la cara, pero era un hombre. Estaba desesperada por conocer la identidad del hombre misterioso y cuando se había acercado hasta donde estaba para quitarle la máscara, despertó. Tuvo un sentimiento de extrañeza durante todo el día. Pensó en decírselo a Molly mientras la bañaba, pero optó por callárselo. No le diría a nadie que un estúpido sueño la había inquietado de esa manera.

Acabó de bañarse y se sentó frente al hogar, secándose el pelo, mientas Molly le preparaba el vestido, color anaranjado con piedras de ámbar por el escote y el doblez de la falda. El antifaz yacía junto a él en la cama, así como las medias y la enagua. Los zapatos estaban al pie, también color naranja pálido.

Molly la peinó con un recogido a lo alto de la cabeza dejando unos bucles rebeldes caer sobre su nuca y frente. La ayudó a vestirse, calzarse y, por último, a ponerse la máscara. Se la colocó sobre la cabeza cubriendo media cara. Habría rehusado de los servicios de Molly, pero estaba tan ilusionada que la dejó que la ayudarla. Estaba nerviosa y la presencia del ama de llaves la tranquilizaba un poco.

Bajó las escaleras. Eric estaba junto a la puerta abierta sujetando su bolso dorado para dárselo. Se despidió de sus dos sirvientes y se metió corriendo al coche de los Hobbs, rumbo a la mansión de lady Lampwick.

Llegaron en quince minutos. El cochero los dejó a la puerta y se fue a buscar un lugar para estacionar el coche. Entraron en el salón atestado de personas disfrazadas con los trajes más espectaculares. La sala de baile era enorme. Tenía forma ovalada y una gran parte de ésta tenía unas puertas de cristal que daban al jardín personal de lady L., donde sus invitados podían salir a pasear y tomar el aire. Las lámparas colgaban de los altos techos iluminando el espacio. Unas escaleras al fondo de la estancia ascendían a la planta alta donde se encontraban las habitaciones y los excusados. Al otro lado había una tarima donde estaba la orquesta tocando y, al lado, unas mesas con canapés, vinos y refrescos para los presentes. Patrick las dejó solas nada más entrar para ir a servirse una copa. Danny miró a su amiga y vio lo hermosa que estaba con su vestido color vino y su antifaz a juego. Luego miró en derredor buscando a la lady L. pero sin éxito.

—Vamos, demos una vuelta por el salón —dijo Diana.

Dieron como tres vueltas y solo consiguieron descifrar a unos pocos de los invitados. Al parecer, la anfitriona estaba bien disfrazada. Cuando se disponían a dar otra vuelta más, Lydia y Samantha estuvieron en su punto de mira.

—Mira Diana, esas dos brujas están aquí.

—No armarás otro escándalo, ¿verdad? —No, pero puedo divertirme un poco.

Danny se acercó a ellas y con Diana a su lado para que oyeran la conversación que iban a mantener, no solo las dos mujeres, sino todas las personas alrededor.

—He leído el artículo del New York Post donde se acusaba a Danielle Langton de degradar públicamente a Samantha Fox y a Lydia Villard. Esa chica no sabe lo que hace, es una impresentable. ¿Cómo puede decir cosas semejantes a esas dos mujeres? Todo el mundo sabe que son unas señoritas que merecen todo el respeto del mundo. Cuando una llega a una edad, deben de tratarla con sumo cuidado y medir sus palabras. Sinceramente —dijo poniendo una mano en el pecho—, sus padres tendrían que haberla educado y enseñado de que a las personas mayores no se les debe de faltar el respeto. ¿No te parece? Lydia ahogó un grito y Samantha se tapó la boca con la mano, indignada.

—Pero si solo tienen tres años más que Danielle —dijo Diana.

—Bueno, pero cuando una señorita pasa de los veinte años y sigue siendo soltera, ya se le considera una señora.

Samantha estaba consternada y Lydia no daba crédito a sus oídos.

—Diana, su mejor amiga estaba presente y dice que fueron ellas las que empezaron a molestar a Danielle con sus comentarios venenosos— continúo Diana con el juego.

—He oído que Danielle está aquí, en la fiesta. Espero que esta vez no se estropee el acontecimiento por las malas lenguas.

Se alejó no sin antes cerciorarse de que las había ofendido lo suficiente como para sentirse un poco mejor y de que la gente que había oído la conversación las miraban con recelo. A ellas se les notaba el rubor detrás del antifaz. Al darse la vuelta Danielle se encontró con unos ojos azules acusadores.

—No me mires así. Se lo merecían.

—Lo sé, pero… ¿señoras? ¡Las has llamado viejas! —Era lo menos que se merecían ese par. Ahora disfrutemos de la fiesta.

Dos horas más tarde, Danny y Diana estaban al lado del padre de ésta. Habían bailado sin parar, encantadas con todos esos hombres que llamaban su atención. No podían pedir más. Estaban en un baile de una persona importante, rodeada de jóvenes que disfrutaban de su compañía y las dos arpías se habían ido. La conversación se había extendido por todo el salón y Sam y Lydia estaban tan abochornadas que optaron por ausentarse. El plan había salido, una vez más, como quería Danny.

En ese momento, vieron como un hombre se acercaba a ellos. Se presentó como Martin Lampwick, el hijo de la anfitriona, y enseguida invitó a Diana a bailar. Era alto y fornido. El pelo que salía de la máscara era negro y sus ojos, grises oscuros. Vestía traje negro y camisa blanca. Danielle apostó a que sería un hombre muy apuesto. Cuando acabó la pieza, Martin llevó a Diana a su lugar y en vez de invitar a Danielle, dio media vuelta y sacó a otra señorita al centro de la sala. Danny estaba abochornada. Le tocaba a ella. ¡No era justo! Se sintió decepcionada y enfadada con él. Necesitaba aire fresco para aliviar la furia que sentía por dentro. Salió por las puertas de cristal y empezó a andar por el jardín sin rumbo fijo. Se paró en seco cuando sintió que alguien la observaba. Era la misma sensación que en su sueño. Se dio la vuelta y no vio a nadie. Decidió sentase en un banco apenas iluminado y fijó su mirada en la casa donde se oía la música y las voces de los invitados en el interior. Algunas parejas paseaban bajo la luz de la luna por el jardín, pero no les prestó atención.

De repente, sintió una presencia detrás de ella. Se asustó un poco más. Tuvo miedo de darse la vuelta y ver al hombre enmascarado de su sueño.

—Señorita Langton, se ha ido sin pedirle que me concediera un baile —dijo una voz a su oído. Se levantó y lo enfrentó. Era él. El mismo hombre que había visto en su sueño.

Danielle frunció el ceño. ¿Había soñado con Martin Lampwick? —Perdón señor, pero pensé que no quería bailar conmigo. Después de dejar a la señorita Hobbs y bailar con otra, pensé que ya no hacía falta en el salón. Salí a refrescarme.

Él levantó una pierna y apoyó el pie en el banco. Sus brazos estaban cruzados sobre el pecho, ancho y, seguramente, musculoso.

—Había prometido un baile a esa señorita después de bailar con su amiga. No era mi intención ofenderla, Danielle.

Danny se ruborizó por primera vez en muchos años y a sus labios rosados acudió una sonrisa tímida. Bajó la mirada y luego lo miró directamente a los ojos.

—Quizá pueda remediarlo ahora.

Martin la miró largo rato. Estaba seguro de que tenía una cara preciosa o por lo menos eso le había parecido cuando, en un descuido, Danny levantó el antifaz para colocarse un rizo de la frente. Lo hizo a escondidas, pero él la había visto. Tenía los ojos de un dorado fundido. Una boca carnosa y deseable. Esa joven lo había hechizado, pero también había leído la noticia en el periódico y pensaba que esa mujer era peligrosa. Oyó cómo mantenía una conversación con su amiga Diana haciéndose pasar por otras personas y ofender a sus verdugos sociales. No podía tratar así las personas, por más sed de venganza que tuviera. Tenía que recibir una lección y la primera fue hacerle el desplante de no sacarla a bailar inmediatamente después de su amiga. Ahora se mostraba sumisa, cálida y ¿tímida? Su carácter le advertía de que no era de fiar, pero eso no la hacía menos encantadora. Sonrió y se le adelantó un paso. Tendió una mano hacia ella y dijo: —¿Me concede este baile? Danny Sonrió y le aceptó la mano. No estaba preparada para las sensaciones que experimentó al contacto con su mano. Lo miró a los ojos, casi perceptibles y quedó fascinada durante un instante. Ese hombre desbordaba magnetismo y la atraía más que cualquier otra cosa. Sacudió la cabeza y tiró de él para ir a la pista, pero él no se movió.

—Bailaremos aquí —dijo él y la cogió por la cintura sin que a ella le diera tiempo de reaccionar.

Notó su mano en su cintura mientras que la otra apretaba su mano un poco más. Comenzó una pieza de música y empezaron a bailar. Se miraban a los ojos sin poder, sin querer quitar la vista. Martin la apretó un poco más hacia él y sintio que ese cuerpo, que en un principio le había parecido diminuto y sin formas, se adaptaba de maravilla al suyo. Nunca había tenido ese efecto con nadie en un primer contacto. Siguieron mirándose y bailando hasta que acabó la música.

Danny se separó de él al ver que habían pasado más de cinco minutos desde que finalizara la orquesta.

—Gracias por el baile, señor Lampwick. Tengo que retirarme —dijo ella.

¿Ha quedado satisfecho su deseo? —preguntó él con una sonrisa. Danny se dio la vuelta y lo miró fijamente.

—¿Cómo ha dicho? ¿Cree que estaba ansiosa por bailar con usted? Nunca pensé que fuera tan presuntuoso. Si no hubiera bailado con usted, no me habría quitado el sueño.

—Veo que lo que dicen de usted es cierto. Tiene un carácter bastante arisco.

—No es mi carácter el problema, sino lo líos en los que me meto, pero no tengo por qué darle explicaciones, ¿verdad? Buenas noches.

Danielle se dio la vuelta para marcharse, pero él la detuvo otra vez.

—Lo que me imaginaba, ahora está molesta porque he herido su orgullo. Usted ha descubierto que a la gente no le gusta que se le digan las verdades, pero yo estoy descubriendo que a usted tampoco le gusta. ¿Cómo se siente al estar al otro lado? —Si piensa que me ofende con sus palabras, está equivocado, no me enfado con facilidad. Lo que pasó en el salón de té fue porque he aguantado mucho tiempo escuchando toda clase de insultos hacia mí y no lo iba a permitir más.

Martin se acercó un poco más.

—No voy a discutir sobre sus actos, señorita Langton. Solo he venido porque le debía un baile y ya he cumplido. Su vida social no me interesa en absoluto.

—Por supuesto que no le importa, así que deje de meterse donde lo le importa, señor Lampwick. Con todo el respeto, es usted un impertinente.

Martin la sostuvo por el brazo cuando ella se iba y dijo: —Y usted es una niña malcriada que hace lo que le viene en gana sin importarle los sentimientos de los demás mientras logre su objetivo.

Danny se soltó de su mano.

—Espero que no vuelva a verlo nunca más, señor. Su presencia me incomoda y me irrita profundamente. Usted también es experto en herir los sentimientos de los demás. Acaba de hacerlo conmigo.

—Acaba de encontrar la horma de su zapato —dijo él sonriendo y haciendo una reverencia.

Cuando Danielle iba a contestarle, Diana salió a su encuentro y le dijo: —Rápido, Danny, el señor Lampwick va a quitarse el antifaz.

Danny se quedó petrificada. Se dio la vuelta y no vio a nadie a su lado. No era posible que hubiera ido adentro tan rápido y anunciado su descubrimiento. Si Lampwick estaba en el salón a punto de descubrirse, ¿quién era el que estaba con ella en el jardín?

3

Danielle Langton y Diana Hobbs partieron el martes a primera hora de la mañana hacia Tucson, Arizona. El viaje sería largo y caluroso. En Albuquerque pararían para coger la diligencia que las llevaría a Tucson. Allí, John, el cochero del padre, iría a recogerlas. Al final, Danny se había salido con la suya. Viajaban solas. El señor Whitman se enteraría el miércoles de que ya había partido y se lo comunicaría a su padre, pero ella ya estaría allí para explicárselo todo y asunto zanjado. Richard Langton vería que podía confiar en su hija sin ningún problema.

Diana durmió casi todo el trayecto, mientras que Danny no dejaba de pensar en el hombre misterioso que se había presentado ante ella como Martin Lampwick. ¿Qué razón podría tener para hacerse pasar por otra persona? Su ausencia de identificación y su desaparición inesperada tenían a Danny desconcertada y aunque le había dicho que a ella no le quitaba el sueño, el misterio que rodeaba a aquel hombre le había provocado dos noches de insomnio. Era insoportable. ¿Cómo había podido decirle todas esas cosas? ¿Con qué derecho se atrevía a juzgarla de esa manera si acababa de conocerla? Era verdad que había visto el artículo y oído rumores sobre ella, pero eso no le daba el derecho a agredirla verbalmente ni de tomarse la confianza de evaluar su carácter. ¿Acaso él no era un presuntuoso y presumido? Pensó que ella estaba ansiosa por bailar con él y que se había sentido tan desilusionada que hasta se había retirado de la fiesta.

Cuando entró otra vez en el salón para cerciorarse de que el señor Lampwick no era el que estaba con ella afuera, no pudo verle bien a causa de la muchedumbre que se colocaba alrededor de él. De todas maneras, sabía que no era la misma persona. Diana había descrito a Martin totalmente diferente físicamente al que había conocido ella. Esto desconcertó a Diana también, no recordaba a Martin de la misma manera en que se había presentado ni era el mismo hombre con el que había bailado. Tampoco era importante, al ir todos enmascarados más de uno aprovecharía esa oportunidad para acercarse a alguien y fingir ser otra persona. Él había escogido al hijo de la anfitriona. Se encogió de hombros, al fin y al cabo, no pudo conocer al verdadero Martin Lampwick.

Cruzaron la ciudad de Cincinnati cuando era media tarde del segundo día. En el tren les habían dado de comer y esta vez fue a Danny a quien le tocó dormir un poco durante el trayecto. Diana prefirio leer un libro para entretenerse.

Eran las doce de la noche del quinto día cuando pararon en Memphis y cambiaron de tren. Les dejaron una hora para que pudieran descansar un poco y estiraran las piernas. El maquinista también necesitaba descansar un rato para seguir. Al cabo de una hora estaban de nuevo en el tren y ambas jóvenes se durmieron hasta que llegaron a Oklahoma. Eran las once de la mañana. Allí, les dejaron otra hora para que visitaran la ciudad y poder comer algo. Diana prefirio quedarse en el tren y descansar un poco más. Danny bajó y fue a dar una vuelta por la ciudad. No era muy grande, pero era acogedora. El calor se hacía más presente a medida que se acercaban a los desiertos del Oeste, esas tierras áridas y vacías de todo. Suspiró y siguió paseando por las calles donde había tiendas de modas, de comida, y bares. Compró un poco más de comida para ella y Diana por si pasaba algún imprevisto. Pasado el tiempo de descanso, volvió a la estación y subió al tren. Diana se había despertado y estaba leyendo. Danny optó por hacer lo mismo que ella, abrió su libro de poesía y comenzó a leer en silencio.

A las ocho de la tarde llegaron a Albuquerque. Ahí era donde tendrían que coger una diligencia, pero les informaron de que no había una hasta el día siguiente a las siete de la mañana. Fueron a la pensión de la ciudad y se hospedaron allí para descansar. Cenaron lo que había comprado Danny en la ciudad anterior y, después de pedir un baño, vestirse y arreglarse un poco, bajaron a tomar un té al bar del hospedaje. Las personas que allí estaban eran casi todos hombres y las pocas mujeres eran las que cogerían la diligencia con ellas al día siguiente hacia Tucson. Tomaron el té tranquilamente, hablando de todo un poco y rieron de cosas que recordaban. Se levantaron para irse a dormir y cuando subían las escaleras, una sensación conocida ya por Danny recorrio todo su cuerpo. Miró hacia atrás y fijó su mirada en todos los rincones del bar observando todas las personas allí presentes. Estaba buscando, ¿qué?, ¿quién? Cada vez que ese estremecimiento cruzaba su cuerpo, el hombre misterioso de ojos grises aparecía, pero era imposible. Ese hombre se encontraba en Nueva York. Sacudió la cabeza y subió hasta el cuarto. Se metió en la cama y esa noche tampoco pudo dormir.

Al día siguiente ya se encontraban en la diligencia rumbo a Tucson. Danny recordó lo que había sentido en la taberna del hostal y desechó una vez más la idea de que ese hombre estuviera cerca. Llegaron a Tucson a las tres de la tarde del día siguiente. El calor ya era insoportable y Danny temía por su amiga, que no estaba acostumbrada. John, el cochero, estaba esperándolas para ser llevadas, por fin, al rancho Langton.

—Hola, John. ¿Cómo estás? —dijo Danny con su amplia sonrisa y unas sombras oscuras bajo los ojos que reflejaban todo su cansancio, estaba feliz de ver otra cara conocida.

—Bienvenida, señorita. —Miró a Diana—. Señorita Hobbs, espero que su visita sea satisfactoria —dijo John, cortésmente.

Diana Sonrió a modo de agradecimiento. John metió el equipaje, que no era poco, en el coche y tomaron el camino hacia el rancho. En media hora estarían en casa.

—El paisaje no es muy bonito, como puedes ver.

Diana observó la llanura que tenía enfrente tan extensa que parecía que no tenía final. Arbustos y cactus se distribuían por toda la planicie dándole un aspecto espantoso. Se estremeció solo al pensar en los animales que podían allí habitar. Desde serpientes hasta lobos. No quiso pensar más en eso y se concentró en que en diez minutos llegarían al rancho y estaría a salvo.

De repente, algo interrumpió la marcha del coche. Ambas mujeres se sujetaron a los sillones como pudieron. El coche amenazaba con volcar y no sabían a qué podía deberse. Oyeron voces en el exterior y el coche se detuvo. Escucharon cómo los caballos relinchaban, nerviosos y a John discutir con alguien. No se oía muy bien, aunque estaban dando voces, pero los caballos no dejaban escuchar nada. Danny y Diana se miraron, asustadas. En ese momento, las monturas se movieron bruscamente al intentar escapar, pero el coche tropezó con una roca en el camino y quedó de lado haciendo que las mujeres en el interior cayeran de forma brutal. John cayó del pescante y se golpeó golpeado la cabeza con una piedra, quedando inconsciente.

Danny miró a Diana y vio que estaba mirándola con los ojos como platos. Le hizo un gesto para que no dijera nada y ambas guardaron silencio.

—Coged todo cuanto podáis y nos iremos —dijo uno de ellos.

Así que había más de dos personas. Forajidos, dedujo Danny. Se incorporó e intentó salir por la puerta que estaba donde tendría que estar el techo. Diana la sujetó por el brazo queriendo retenerla en el interior del vehículo.

—Tranquila, solo quiero ver qué pasa. —le dijo Danny en voz baja. Escaló hasta la puerta como puedo y asomó la cabeza. Vio a dos hombres rebuscando en sus pertenencias y eso la enfureció. Si lograba que no la vieran, podía esperar a que acabaran con su inspección y luego saldría en busca de ayuda. Esos malhechores se arrepentirían de lo que acababan de hacer. Nadie robaba a un Langton. Se estiró un poco más, obligando a sus manos a sujetar su cuerpo colgado. Vio que los hombres cogían sus joyas y el dinero que guardaban en sus maletas. Luego vio como sacaban su ropa interior y jugaban con ella. La olían y luego la rompían, riéndose. Maldijo interiormente a esos ladrones.

—Vaya, vaya, vaya. Mirad qué tenemos aquí —dijo uno de ellos a su espalda. Danny no contaba con que la hubieran visto. Giró su cabeza y le miró directamente a la cara. Era moreno, alto y fuerte. Sus ojos eran de color azul oscuro y su tez era morena por causa del sol. No era feo, pero había algo en su cara que no lo hacía ser atractivo del todo. La cogió por las manos y la aupó hacia arriba. Gracias a Dios no miró al interior del coche. Diana, dentro, rogaba por que no la descubrieran. Llevó a Danielle donde tenían los caballos y la miró de arriba abajo. Sonrió.

—Eres una preciosidad, muchacha. —Se mesó la barbilla—. Ahora me explico por qué el hombre viajaba con equipaje de mujer.

—Los otros dos hombres dejaron de buscar en el equipaje y se acercaron. La miraron lascivamente y sonrieron mostrando unas dentaduras amarillentas y podres. Tenían barba larga, ojos profundos y sus ropas estaban viejas y sucias. Aquel hombre oscuro, él vestía como todo un vaquero claramente era su jefe. Camisa negra, pantalones azules oscuros y un pañuelo atado al cuello del mismo color. Sombrero negro y botas con espuelas brillantes. Llevaba una pistolera a la cintura con dos revólveres a ambos lados. Su aspecto era peligroso, pero Danny no se acobardaba nunca ante nadie.

—¿Cómo te llamas? —preguntó el hombre de negro.

Danny pensó que era mejor guardar silencio y si querían que hiciera algo, sería a la fuerza. No pensaba colaborar en lo más mínimo con esos bandidos.

—¿Así que no quieres hablar? Habrá que hacer algo al respecto. Los dos hombres harapientos rieron. Aquello no le gustaba nada a Danny. Quizá sería mejor hablar y acabar de una vez por todas con aquello. Carraspeó y se irguió para contestar mirando fijamente al hombre que tenía delante de ella.

—Danielle. No sería necesario decir su apellido. Ella misma saldría de aquel problema y lo contaría como una anécdota. El hombre de negro se quitó el sombrero e hizo una reverencia sonriendo.

—No puedo creer que tenga delante de mí a la mismísima Danielle Langton —dijo y se puso otra vez el sombrero.

Se quedó paralizada.

—¿Por qué cree que soy Danielle Langton? —preguntó, alzando la barbilla.

—Porque solo puede haber una Danielle en toda esta zona que visita el oeste cada verano. Además, hemos oído que una tal Danielle Langton vendría en estos días así que solo es cuestión de encajar las piezas.

—O sea, que todo esto ya estaba planeado para poder robarme —dijo , pensativa.

—Eso es y la verdad, que todo ha salido a pedir de boca.

—Pero no creo que tenga suficiente en mi equipaje que pueda serle útil. Mis joyas son escasas y no obtendría casi nada por ellas. Llevo poco dinero también.

Mentía en lo de las joyas con la esperanza de que no se las quedaran, pues valían una pequeña fortuna. Pensó en el broche de oro blanco que tenía en el interior del chal que llevaba puesto y atado a la espalda. Si lograba esconderlo, podría salvar lo único que le quedaba de valor.

—Puede haber otra forma de obtener más dinero, preciosa —dijo el hombre de negro enseñando su perfecta y blanca dentadura.

Se preguntó cómo. No tardó en saber la respuesta.

—Nos la llevaremos, servirá para pedir un rescate al viejo Langton. —El hombre de negro se dirigió a sus dos acompañantes y seguidamente la cogió por la cintura, la montó en su caballo con él detrás y se fueron rumbo hacia no sabía dónde. Diana había escuchado toda la conversación y cuando oyó que los caballos se alejaban, salió del coche como pudo. No podía creer lo que había ocurrido allí. Hacía quince minutos estaba feliz de que casi habían llegado a casa y ahora estaba sola en medio del desierto, con el cochero inconsciente, quizá muerto, y su amiga secuestrada. Sentía ganas de llorar, pero no podía hacerlo. Ahora tenía que ir en busca de ayuda para Danny. Fue ir a lado de John e intentó despertarle. No se movió y temió lo peor. Lo zarandeó más fuerte y él, entonces, emitió un gemido. Abrió los ojos poco a poco y enfocó la cara de Diana. Se tocó la cabeza y vio la sangre. Intentó levantarse, pero se mareó y se tumbó otra vez.

—¿Qué ha pasado? —preguntó.

—Unos forajidos nos atracaron. El coche volcó y usted debió de perder el conocimiento al golpearse la cabeza. ¿Se encuentra bien? John miró a Diana y vio temor en sus ojos.

—Sí, algo mareado, pero bien. — Se levantó con ayuda de la joven y miró el coche volcado. Vio que las maletas estaban abiertas y las ropas tiradas por el suelo.

—¿Y la señorita Langton? —preguntó, atemorizado por lo que hubiera podido pasarle. A Diana le tembló el labio cuando intentó hablar, pero tuvo que tranquilizarse para contárselo todo a John. Cuando acabo, él no podía creérselo. Su señora secuestrada. En todos esos años solo los habían atracado dos veces, pero nadie se llevó a nadie. Los Langton daban lo que pedían los ladrones, pero esta vez su hija viajaba sola, sin escolta y la que llevaba se había quedado desmayada. Diana tampoco era de gran ayuda. Su cabeza empezó a cavilar rápidamente. Había que hacer algo. Lo primero, ir a al rancho Langton e informar de lo ocurrido. También se fijó en que no tenían caballos. Suspiró y se volvió para mirar a una Diana callada y asustada.

—Habrá que ir andando hasta el rancho. Tenemos que ir a pedir ayuda, señorita Hobbs.

Diana no respondía. Tenía la vista fija en algún punto y su mente estaba lejos de allí. John la zarandeó un poco, pero no consiguió nada. La sacudió más fuerte y ella fijó su mirada en él. Estaba a punto de llorar, pero consiguió reprimirlo una vez más.

—Haré lo que sea para ayudar a Danny —contestó ella con la voz temblante.

Diana y el cochero pusieron en marcha sus pies y se dirigieron hacia la hacienda. Tardarían veinte minutos como mínimo contando con a él no le pasara nada y que la señorita Hobbs no se cansara a cada poco. No se quejaba y eso asombró a John. La gente del Este no estaba acostumbrada a andar tanto y menos una persona que estaba habituada a viajar en carruaje para la más mínima cosa, pero estaba tan asustada que ni se le había pasado por la cabeza protestar. Lo único que quería era llegar e informar cuanto antes a los padres de Danny para que se pusiesen en marcha para encontrar a su amiga.

Estaba asustada, pero temía más por Danny que por ella misma. Estar acompañada por el cochero la tranquilizaba un poco.

4

Richard Langton estaba en el salón con su esposa, esperando la llegada de su Danielle y Diana. Comenzaban a inquietarse, para ese momento esperaban que ambas hubieran llegado. Solamente se les ocurrió que Danny había convencido al cochero para que parasen en el pueblo a descansar un rato o comprar algo, aunque la idea les resultaba insólita. Danny solo compraba en Nueva York, decía que en el viejo y salvaje oeste no había nada a su gusto. Hacía casi una hora que tendrían que estar en casa. Pudo haber sido que la diligencia se había retrasado, pero si salieron una hora más tarde de la indicada desde Albuquerque, Danny debió de avisarle del retraso. No hubiera mandado a John buscarlas tan temprano. Entonces Richard se preocupó por el cochero, que tenía que estar esperando por ellas sin saber nada, en el caso de que fueran ciertas sus sospechas.

De pronto oyeron voces en el porche del rancho. Richard y su mujer se miraron, habían llegado. El señor Langton iba en dirección hacia la puerta cuando John entró con rapidez. Se detuvo de pronto y vio con horror la indumentaria el cochero y detrás de él, a Diana. Ambos reflejaban en sus caras el cansancio, el polvo del camino y, en el caso de Diana, ojeras bajo los ojos a causa del largo viaje.

Amanda se adelantó y mandó llamar a dos criados para que atendieran a los recién llegados. A Diana la subieron hasta una habitación para que descansase y John se quedó en el salón para explicar todo lo sucedido. Richard se sentó frente a él mientras que su mujer había subido a atender a Diana.

—¿Qué ha pasado, John? ¿Dónde está mi hija? —preguntó Richard con el ceño fruncido. John cogió aire y relató todo lo que recordaba y todo lo que le había contado Diana. Richard se levantó, furioso. La terquedad de su hija la había llevado a nada más y nada menos que a un secuestro. ¿Qué le harían? ¿Qué debía hacer él? Estaba asustado. Si llegaban a tocarle un pelo, se encargaría él mismo de que no quedara ni rastro de esos hombres. Dejó que John se refrescara un poco y le mandó que descansase mientras él reunía a sus hombres para ir en busca de Danielle. El cochero le pidió ir con él y Richard asintió a regañadientes.

—Reúne a diez hombres en el patio delantero, partiremos en diez minutos. Manda también a alguien para que recoja las pertenencias de Danny y Diana. El señor Langton subió a ver a Diana que estaba tendida en la cama con Amanda y una criada a su lado. Diana Relataba todo a su mujer con lágrimas en los ojos. Por fin se había desahogado. Dejó escapar el llanto que la había amenazado desde que el coche había sido asaltado. Richard les informó qué iba hacer y partió de inmediato.

Diez de sus mejores hombres partieron detrás de él y a su lado, John. No solo Richard y John estaban furiosos con lo que había pasado a Danielle, también el resto del personal. Para ellos, la señorita Danny era sagrada y nadie debía de tocarla. Estarían siempre para defenderla, como debía ser. Llegaron al pueblo e informaron en la comisaría de lo ocurrido e inmediatamente, el sheriff, James O'Rourke, los acompañó. Cabalgaron hasta el coche volcado y siguieron las huellas de los caballos. Se habían dirigido hacia el este atravesando el desierto que se abría frente a ellos, interminable. Richard sabía que era muy difícil seguirles la pista. Ni él ni ninguno de los hombres que le acompañaba eran buenos rastreadores. Podían haber ido a cualquier lugar. No muy lejos porque había pasado poco más de una hora, pero también dependía del ritmo que llevaran. Emprendieron camino hacia donde las huellas los dirigían. Llegaron a la entrada de un valle en el que se ocultaba de un pequeño bosque. Tendrían que pasarlo, aunque no estaban seguros, las huellas habían desaparecido hacía rato. Richard miró al bosque con furia y dio órdenes de volver a casa. Esperaría hasta que pidieran un rescate por su hija. Danielle sabía que su padre la rescataría. Si esos tipos querían dinero, su padre tenía de sobra y no se lo pensaba dos veces cuando se trataba de su querida hija. La incertidumbre que tenía era cuánto tiempo pasaría hasta que la rescataran. Diana y su cochero tenían que llegar al rancho y contarle todo a su padre, pero viendo cómo había quedado el carro, tendrían que ir andando. Aun así confiaba en que a esas horas ya habrían llegado y ya la estarían buscando.

La llevaron a lomos del caballo durante más de una hora. Se adentraron en un bosque. Lo atravesaron y llegaron a un claro donde había una cabaña. Estaba tan bien escondida que pensó que nunca la encontrarían. El bosque le daba tanto miedo que pensó que nadie se atrevería a cruzarlo. La buscarían durante días, tomando caminos equivocados sin obtener nada. Se darían por vencidos y suspenderían la búsqueda. Todas sus esperanzas se desvanecieron al pensar en eso y sintió ganas de gritar.

La cabaña donde la tenían era pequeña, olía a mugre y tenía muy poco mobiliario. Una mesa baja, tres taburetes y un colchón, viejo y roto. También había una chimenea. La dejaron en el colchón que se hundió bajo su poco peso y notaba el suelo frío bajo su trasero. Le ataron las muñecas y los tobillos y, por si se le ocurría hablar, la amordazaron.

Los dos tipos mugrientos salieron de la cabaña para atender a los caballos dejando solos a Danny y al hombre de negro. No sabía su nombre, tampoco le interesaba. Lo miró directamente mientras él cogía un taburete y se sentaba junto a ella. La miraba atentamente, como si quisiera memorizar toda su anatomía. Danny se sintió acorralada y temerosa. Si ese hombre se le ocurría tocarla, ella no sabía de qué sería capaz. Así, atada y amordazada, lucharía hasta el último momento. Él le acarició una mejilla con el dorso de su áspera mano.

—De verdad eres una joyita, preciosa —dijo y Sonrió—. Nunca pensé que la hija de Langton fuera tan hermosa. Eres una pieza única.

Danny apartó la cara de la caricia del hombre y lo miró echando chispas por los ojos. Si pudiera hablar, lo hubiera humillado de la peor forma posible. Sabía cómo acobardar a un hombre usando su ingenio y su afilada lengua como armas. —Veamos, ¿cuánto podría pedir a tu padre? ¿Cuánto estaría dispuesto a pagar para rescatar a su adorable hija? Sonrió y luego rió. La cifra que pensaba era muy alta, pero creyó que merecía la pena. Se levantó y la miró desde lo alto. Ella levantó la cabeza y le sostuvo la mirada, fría, penetrante y vacía. Lo miraba con tal furia que, de haber podido, lo hubiera quemado con solo echarle un vistazo. ¿Qué se creía ese hombre para hacer semejante cosa? ¿Cómo habría podido enterarse de su viaje? No es que fuera un secreto, pero no veía a sus padres divulgando que ella iría tal día y a tal hora, aunque era lo que hacían los bandidos; investigaban como podían dónde habría un botín valioso y atacarlo. Ese día le había tocado a Danielle. Si solo se hubieran llevado el dinero y las joyas, si ella hubiera dicho que las joyas valían mucho, quizá no hubieran tomado la decisión de secuestrarla. Pero no, tuvo que decir lo contrario y salvaguardar las joyas antes que su vida. Al fin y al cabo, se habían llevado las joyas y a ella misma. No le había servido de nada. Vio cómo el hombre salía de la cabaña sonriendo y se quedó en la más absoluta desolación, pero no la verían derrotada y vencida. Tampoco la verían llorar. Danielle Langton prefería que la golpearan antes que demostrar debilidad ante nadie. Siguieron dos días más de búsqueda incansable cuando una nota llegó al racho Langton. Era de los secuestradores. Pedían diez mil dólares a cambio de la libertad de Danielle. El intercambio se haría en El Paso, justo donde Río Grande tocaba frontera con México. En cuatro días se haría lo pactado. Richard arrugó el papel y lo tiró lejos. Amanda lo abrazó y lloró desconsoladamente. Diana, al ver la escena, y cogió el papel, lo leyó y se llevó la mano a la boca, desconcertada. ¡Oh, Danny! ¿Adónde fuiste a parar? Tiró la nota y echó a correr por las escaleras, llorando.

Richard se irguió después de consolar a su mujer y emprendió camino hacia el pueblo. Iría al banco y sacaría la cantidad mencionada en la nota. Pagaría lo que fuera por tener a su hija con él. Antes de coger el dinero se dirigió al bar donde estaban algunos pocos hombres. Jugaban a las cartas y bebían whisky barato para pasar el tiempo. Las chicas permanecían en sus habitaciones hasta la noche. No había movimiento a primera hora de la tarde, pero a él no le importó. Pidió un whisky al camarero y lo bebió de un trago. Pidió otro más.

De repente, se fijó en un hombre que estaba sentado solo en una mesa con una botella de licor y un vaso encima. Lo miró a través del espejo que había en la barra y reparó en que también lo miraba. Sus ojos estaban fijos en él sin pestañear. Richard se sintió intimidado. Tenía un aspecto peligroso y pensó que podría ser el secuestrador de su hija. Habría venido al pueblo para cerciorarse de que retiraba el dinero del banco. Richard se puso nervioso y pidió otro trago. Siguió mirándolo por el espejo sintiendo cómo una furia se apoderaba de su cuerpo. ¿Y si era él? Sintió ganas de darle un puñetazo a ese hombre.

Cuando iba a darse la vuelta para ir hacia él, el sheriff entró en la cantina y, después de echar un vistazo, se dirigió hacia Richard.

—Menos mal que lo encuentro, señor Langton. James era un tipo alto, fuerte y con el pelo canoso.

—¿Qué ocurre? —preguntó Richard con el ceño fruncido. Ya no hacía caso al hombre que lo había estado mirando.

—Verá, he planeado algo que puede dar resultado. Algo que podrá recuperar a su hija y no pagar por ello.

Richard lo miró con extrañeza.

—¿Cómo? —Venga, le quiero presentar a alguien —dijo el sheriff y se dirigió hacia el hombre que estaba sentado solo.

Richard Langton se dejó conducir y se sentaron en la mesa junto a aquel tipo. El camarero trajo dos vasos más y los llenó.

—Señor Langton, este es Dave Holt. Es el mejor rastreador que hay por los alrededores. Yo confío en él y a veces me ayuda a resolver casos. Es muy bueno y puede ayudarnos a encontrar a su hija. Dave levantó la cabeza y volvió a clavar su mirada en Richard, que lo miró con recelo. Había algo en su porte que no le gustaba. Llevaba un sombrero negro y un pañuelo del mismo color atado al cuello. Su camisa era gris oscuro y sus pantalones eran grisáceos también. Sus botas de piel brillaban pulcras y en sus espuelas uno podía reflejarse sin problemas. Su tez era morena y su pelo, debajo de su sombrero era negro. Lo que inquietaba a Richard eran sus ojos. Tenían un color gris que podía atemorizar a cualquiera. ¿Ese hombre podía ayudar a Danny?

—¿Cómo lo logrará? —preguntó Richard directamente a Dave, aunque quien respondió fue James.

Lo primero que hará sería ir al punto donde todo comenzó y de allí, rastrear las huellas hasta dar con más pistas que le lleven al lugar donde está su hija.

—No sé, ¿cómo podré confiar en él?

—Señor Langton, le estoy diciendo que es muy bueno. Una vez encontró a un niño que se había perdido durante dos semanas. Partió desde aquí y siguió su rastro hasta que halló con él. Apareció cerca de las Rocosas, al parecer lo habían recogido unos bandidos y lo habían dejado allí. Después, logró dar con el paradero de los tipos y ahora están tras las rejas.

Richard escuchó con atención la historia. No le impresionó mucho, pero no tenía otra alternativa. Tampoco confiaba en que después de pagar el rescate le devolvieran a su hija. Si ese hombre era el único recurso que le quedaba, no tendría más opción. Se apoyó sobre un brazo y se inclinó hacia delante, mirándolo fijamente a los ojos.

—Si trae a mi hija sana y salva a casa, le prometo que haré cualquier cosa que me pida. Dave sopesó lo que había dicho el viejo y con una sonrisa pícara, tendió una mano al hombre que tenía frente a él y este le correspondió estrechándosela.

Dave estuvo diez minutos más explicándole el plan que tenía hecho y después desapareció, diciendo que al día siguiente se presentaría en el rancho antes de partir. Se fue hacia la tienda de provisiones del señor Higgins y compró pólvora, comida para el trayecto, cuerda, un cuchillo, cebos para pescar y una manta nueva. No sabía por qué, pero presentía que la iba a necesitar.

Salió de la tienda y se fue a su cuarto en el hostal de Tucson. Era grande y espacioso, aunque a él no le importaba, estaba allí por asuntos que le importaban más.

Ahora tenía una nueva misión y más dinero para seguir con su búsqueda personal. La señorita Langton sería un trabajo más. Sonrió. Imaginó que sería el rescate más fácil al que se había enfrentado. Creía conocer a la persona que había secuestrado a Danielle y sabía dónde la habría llevado. A partir de ahí, partiría hacia El Paso. En cuatro días arreglaría las cosas y en cuatro días más, su vida cambiaría para siempre.

Danielle despertó a lomos de un caballo. La habían sacado de la cabaña y cabalgaba con sus secuestradores hacia algún sitio. Tenía el cuerpo entumecido y se sentía sucia. Estaba hambrienta y sedienta, aunque sus secuestradores no se portaban muy mal con ella en ese sentido. Querían que no muriera para cobrar el rescate. No sabía nada de lo que ocurría, solo sabía que el hombre de negro había enviado una nota a su padre para pedir por la liberación y de eso hacía ya dos días. En total, llevaba cinco secuestrada y sabía en cualquier momento que se volvería loca. Nunca en la vida pensó que podía pasarle una cosa semejante y toda la culpa la tenía ella, por insistir en viajar sola. Quizá si el señor Whitman hubiera venido… pero tampoco podía pensar en lo que hubiera pasado. Por primera vez sintió miedo de lo que podría sucederle.

5

Dave emprendió la marcha a la mañana siguiente, temprano. El señor Langton había querido acompañarle, pero él dijo que viajaba solo. Cuando el sol empezaba a asomar por el horizonte divisó el bosque que daba la bienvenida al valle. Con tanto desierto alrededor, ese bosque era algo insólito. Cabalgó con su purasangre negro al trote hasta que llegó a la cabaña en medio del claro. Había sido quemada recientemente, aún se veía salir humo de algunos restos. Desmontó y empezó a investigar sobre las cenizas y los maderos carbonizados. Encontró platos, vasos y cubiertos desfigurados por el calor, y los restos del colchón viejo y andrajoso. Miró más detenidamente el colchón y vio que brillaba algo entre sus escombros. Con la punta del pie apartó unos trozos de madera que había encima y encontró una la pieza brillante. La tomó entre su mano, era un broche de oro blanco. Seguramente era de la señorita Langton. Tenía forma de mariposa y su cierre era de nácar. ¿Se le caería sin darse cuenta o lo dejaría a propósito para que supieran que había estado allí? Si era la segunda opción, era una mujer muy inteligente. Quizás habría dejado más pistas por el camino.

Dave siguió cabalgando hacia donde las huellas le indicaban. Exactamente hacia el lugar donde tendría encuentro el intercambio: El Paso. No se equivocó, más adelante, junto a un cactus encontró un zapato. Dave Sonrió. Encontró otro zapato. Esperaba que ninguno de los secuestradores se diera cuenta de que antes estaba calzada y ahora no. Luego, encontró su chal y después, un trozo de su vestido. Era una chica lista. Había dejado pistas sin que ellos se dieran cuenta y ahí estaba Dave para seguirlas y hallarla más fácilmente. A él no le costaba nada rastrear, pues le habían enseñado desde pequeño y no era ningún esfuerzo encontrar objetos… o personas.

Llegó a El Paso al cuarto día y medio de su viaje, como había previsto. Al atardecer sería el canje con Danielle. No habría tal intercambio, se puso manos a la obra y se dirigió al lugar donde tendría que estar esa noche. Río Grande hacía frontera con México donde se ensanchaba más hasta desembocar en el golfo. Justo cuando empezaba a acercarse, encontró un lugar para divisar mejor el terreno. Enseguida oyó voces y vio el humo que salía entre la maleza. La vegetación era espesa en aquel lugar, gracias a las aguas del río. Dave se escondió a un lado del arroyo; Danielle estaba al otro extremo. Como era temprano, sus secuestradores estaban confiados en que tenían tiempo para descansar y preparar algo de comer.

El vaquero preparó su estrategia mientras oía las risas de los tres hombres. Se enfurecía al pensar en que alguien podía hacer daño a una mujer de esa manera. Además, si el secuestro era obra de quien creía que era, Dave estaba dispuesto a matarlo si hacía falta.

Anochecía y Dave ya había cruzado el río. Estaba cerca, muy cerca de ellos. Habían apagado la hoguera, pero la escasa luz que había permitía distinguir bien a cada uno de los hombres y a Danielle. Ésta estaba de espaldas. Dos de los ladrones se reían mientras compartían una bota de vino. Si seguían así, pronto estarían fuera de combate, borrachos. El otro, el hombre de negro, estaba de pie frente a Danielle y sonreía con malicia. Ella tenía el rostro entre las manos y se apoyaba en sus rodillas flexionadas. Dave reconoció en el momento al hombre de negro y la furia recorrió su ser. Esperó un poco más para tener la oportunidad perfecta. Danielle estaba asustada, no quería mirar al hombre que tenía frente a ella. Sabía que le haría daño, lo sabía. Y aunque esa noche esperaba ser liberada, sentía que su secuestrador quería algo más de ella. No quería llorar. Tenía que demostrar que era una mujer valiente, aunque para él eso no significase nada.

El hombre se acuclilló delante de ella y le cogió la cara con ambas manos obligándola a mirarlo.

—Tranquila, preciosa, es algo muy placentero —le dijo y se acercó a besarla.

—¡No! —Danielle gritó, pero la voz casi no salió de su cuerpo. Él la forzaría y luego ¿qué? Era horrible aquella situación. ¿Por qué no se conformaba con coger el dinero y marcharse? ¿Dónde estaba su padre con el dinero?

—Shh. Seré amoroso contigo, no te preocupes —dijo él y se acercó más.

Sus compañeros ya estaban durmiendo la borrachera, así que estaban «solos». Podía hacer con ella lo que quisiera y, aunque sus secuaces estuvieran en condiciones, tampoco lo detendrían. Danielle no podía forcejear con él porque la tenía atada de pies y manos. Acercó su boca a la de Danielle, ella tiró hacia atrás la cabeza, pero él la sostuvo fuerte. Se temía lo peor, estaba muy cerca. Sentía su aliento en la cara y sus ojos se cerraron justo cuando tocaron sus labios…

—Yo que tú, no me atrevería —dijo una voz a su espalda y el hombre de negro se separó de ella. Danielle no quiso ni mirar y se volvió a esconder entre sus manos—.

—Jake Lambert, quita tus sucias manos de ella. Jake se levantó despacio y miró en dirección de la voz.

—Dave, ¿eres tú? —La oscuridad ya no dejaba ver nada. Dave salió de entre las sombras apuntando un revólver hacia Jake. Este se puso en alerta y retrocedió un paso.

—¿Has venido a por la chica?

—Por supuesto. Suéltala y entrégamela.

—He pedido un rescate por ella, estoy esperando por el dinero. Si quieres lo podemos compartir. —Dave entrecerró los ojos.

—No habrá dinero alguno, Jake. He venido a rescatarla y llevarla de nuevo a casa. Jake Sonrió y levantó a Danny del suelo con una sola mano. Ella gimió y sintió cómo la empujaban hacia otro lado. Cayó sobre la tierra dura y fría y volvió a taparse con las manos. No quería ver nada. Casi no había escuchado lo que se decían los dos hombres ni le interesaba. Solo quería que vinieran a por ella cuando antes.

—Primero, tendrás que ganártela —dijo Jake empuñando su pistola. Dave arqueó una ceja negra.

—¿Pretendes liarnos a tiros? Podría matarte ahora mismo si quisiera, bien lo sabes. Jake Sonrió aún más, sus ojos eran toda maldad.

—Aún estás resentido, ¿verdad? Olvídalo, Dave. El pasado es pasado y hay que dejarse llevar por el tiempo.

Dave ya no pudo contener más la rabia que sentía y en ese momento no pensó en nada. Disparó al hombre que tenía frente a él. Éste cayó a plomo sobre el suelo con un disparo entre ceja y ceja y los ojos abiertos. Jake Lambert había muerto, ya no haría más daño a ninguna mujer. Danielle escuchó el disparo y se acurrucó más sobre el suelo. El ruido despertó a los dos hombres que acompañaban a Jake y al comprender lo que pasaba, pusieron pies por polvorosa y salieron corriendo. Dave no les hizo caso, sabía que los encontraría. Ahora solo le preocupaba la muchacha. Se acercó a ella, desató las cuerdas y la agarró del brazo para levantarla.

—¡No! ¡No me haga daño! Mi padre vendrá y tendrá lo que quiere, pero a mí déjeme en paz, por favor —dijo ella suplicando.

—No se preocupe, señorita Langton, ya no corre peligro. Todo ha pasado, estoy aquí para llevarla a casa.

La voz de Dave sonó agradable y dulce.

Danielle vio la mano que le tendía y la tomó entre la suya. Miró hacia arriba y se quedó petrificada. Era el hombre más apuesto que había visto en su vida. Pelo negro, tez morena, alto y fuerte. Y sus ojos… había algo en ellos que le sonaba familiar. La miraba con una intensidad que pensó que era un sueño. Después de todo aquello, ver a ese hombre era lo mejor que le había pasado últimamente, pero ¿quién era?

Dave miró a Danny y juró que no había visto a una criatura tan hermosa como ella. Su pelo dorado, sus ojos color ámbar y su figura pequeña y echa un ovillo movió algo en su interior, aunque lo ignoró por completo. Se concentró en la muchacha y en que debía ayudarla a regresar a su casa.

—¿Quién es usted? —preguntó ella.

—Yo le he salvado la vida, ahora permítame que la ayude a levantarse. Ella le dio un manotazo a la mano que intentaba tocarla.

—De eso nada. Yo no lo conozco. ¿Cómo puedo confiar en usted y no pensar que puede ser igual que ese hombre que… está… ahí… muerto? ¡Oh, Dios mío! ¡Está muerto! —Dave miró el cuerpo inerte de Jake.

—Sí, está muerto. Ya no volverá a molestarla. ¿No está contenta por eso? Ella miró a Dave.

—¿Contenta? ¡Ha matado a un hombre! —¿Qué le pasaba a esta muchacha? Acababa de salvarle la vida y la virtud, y ella se preocupaba por él.

—Señorita Langton, ese hombre la ha secuestrado y estaba a punto de violarla. Además, fue en defensa propia, él me hubiera matado a mí.

Danny miró al hombre muerto y luego a Dave.

—¡Dios mío! Se levantó y se sacudió el polvo del vestido. Se amoldó el pelo como pudo, pues ya hacía tiempo que había perdido las horquillas.

Dave la cogió de la mano y la condujo hacia los caballos, ya estaba harto de aquella señorita remilgada. Ella abrió los ojos desmesuradamente.

—¿Qué es lo que pretende? —preguntó ella.

Llevarla a casa y acabar con esto de una buena vez.

—Pero… pero odio los caballos. Son animales repugnantes y huelen mal. Además, no sé montar.

Dave suspiró, exasperado.

—Usted elige, o monta en un caballo o va andando. —Danny levantó la barbilla, desafiante.

—Iré andando, gracias.

El vaquero no podía creer lo que oía. Esa mujer era testaruda e insoportable. ¿Ir andando? ¿Y descalza? Tardarían más de una semana en llegar. Estaba loca si pensaba que se lo iba a permitir. Subió a su montura y la alcanzó a unos pocos metros.

—Suba ahora mismo al caballo, no puede ir a pie hasta Tucson —dijo él en tono duro.

—No pienso subir en una de esas salvajes bestias —respondió ella.

—¡No puede hacer eso! Danny se paró y lo miró directamente con los brazos en jarra.

—¿Y por qué no puedo? Me gusta caminar.

—¿Estaba hablando en serio? Porque son muchos kilómetros hasta Tucson. Son cuatro días largos a caballo, andando tardaríamos una eternidad, ¿no se da cuenta? Además, esto no es dar un paseo por las calles de Nueva York. ¡Esto es peligroso! No puedo permitirlo.

—¿Y qué va hacer? —lo desafió ella. Obtuvo respuesta cuando Dave se agachó y la cogió por la cintura para subirla a su propio caballo y sentarla a horcajadas delante de él.

—Así, la tendré bien vigilada también.

Danny profirio un grito cuando la subió. No podía creer que hubiera hecho eso y antes de que pudiera reclamarle, él clavó las espuelas en el animal y salieron a todo galope hacia El Paso. Dave sabía que esa mujer le atormentaría el viaje. Que Dios le diera paciencia.

Informaron de lo sucedido al sheriff, que estaba al tanto de situación. Les deseó buen viaje y partieron hacia Tucson. Ella le reprochó su trato de hacía unos momentos y volvió a empeñarse en ir andando. Él, una vez más, no le hizo caso y la volvió a subir a su montura. Danielle estaba asustada al estar tan cerca del animal. Nunca le gustaron los caballos y eso que estaba rodeada de ellos. Desde pequeña, su padre quiso aprenderla a montar, pero siempre rehusaba. Incluso su hermano, Robert, también lo intentó, pero fue en vano. Ahora se veía montada en uno, algo insólito.

Danny no durmió en toda la noche. No tenía sueño y el hombre que viajaba a su lado no ayudaba en nada. No se habían hablado aún y ella no sabía qué decirle. Y, sinceramente, después de lo que ella había pasado él podría preguntarle cómo estaba, solo por ser amable. O presentarse. ¿Y por qué ella lo estaba acompañando confiadamente cuando no sabía quién era? Podría ser muy apuesto, pero de cortés, ni un ápice.

Cuando volvía amanecer, pararon sus caballos y Danielle reunió el valor para preguntarle quién era y por qué la salvo de aquellos hombres. Dave ni siquiera se dio la vuelta para mirarla.

—Quién soy, no creo que le importe, solo le baste saber que está a salvo y que yo mismo la llevaré a casa.

—Pero, no lo entiendo…

—No tiene nada que entender, señorita, simplemente la salvé y ya está. Contestó exasperado sin ninguna razón.

Danielle se enfureció.

–Bueno, ¿y por qué no iba a tener derecho a saber quién es usted? Después de todo, me salvó y deseo conocer la identidad de mi liberador.

Dave ató a los caballos a un tronco. Desató su bota de vino y se la ofreció a Danny.

—Lo único que debe saber es que su padre me contrató para que la buscara y la liberara, eso es todo.

Danny rechazó la bota. No quería nada que proviniera de ese estúpido arrogante.

—¿Piensa morir de sed? —preguntó él antes de dar un trago al vino—. Aún quedan dos días largos— la miró y vio que estaba limpiando una roca para sentarse. Dios mío, qué poco acostumbrada estaba a esa vida—. Quizá tres días —añadió.

—Me da igual lo que quede para llegar y me da igual si muero por el camino —contestó ella, abatida—. Ya veo que no hay diferencia entre usted y mis captores.

Dave Sonrió a su pesar. ¡Qué mujer! ¿De verdad piensa que conmigo va a estar en el mismo peligro que con Jake y sus hombres? Negó con la cabeza.

—Se equivoca, señorita. ¿Quiere saber lo que habría ocurrido anoche si yo no hubiera llegado a tiempo? La habría violado y golpeado hasta que se cansase. Después, la entregaría a su padre tal y como le habría dejado. Se paró en seco, Danielle estaba sobre su estómago intentando parar las arcadas que le daban. Se acercó a ella y se acuclilló enfrente.

—Tome, beba un poco, le aliviará —dijo él.

—Ella dudó un momento y tomó la bota. Bebió un trago derramándose el vino por la barbilla. Cuando acabó, se limpió con la manga del vestido, más sucio no iba a estar, y miró a Dave a los ojos.

—Gracias —contestó.

Dave la había mirado cuando bebía y vio el vino cayendo por su boca y barbilla. Quedó hipnotizado durante un momento por su piel, clara y fina. Miró su boca, que se abrió para recibir el cálido líquido oscuro y sus ojos cuando lo miraron, eran oro fundido. ¿Qué le pasaba? Era solo una mujer, nada más que eso. Una mujer. Sacudió la cabeza y se levantó.

—Dentro de un par de horas seguiremos. Ahora los caballos necesitan descansar y nosotros también.

Se tendieron sobre una manta. La manta nueva que Dave había comprado se la había dejado a ella. Dave se cubrio la cara con su sombrero e intentó dormir sin éxito. Danny, tampoco pudo descansar del todo. Cuando volvieron a parar, ya anochecía. Harían noche ahí y al día siguiente estarían ya en casa, o eso esperaba ambos. Danny quería pronto poder perder de vista a ese hombre, tan irritable era. Por más que le hacía preguntas, él le respondía secamente u optaba por ignorarla. Danny decidió que no haría ni diría nada.

Dave por su parte, esperaba poder llevarla a casa pronto o se vería obligado a cometer una locura. A lo largo del día, le quedó una cosa clara: deseaba a Danielle Langton y no quería, no podía, hacer lo que quería porque no sería lo correcto. Había decidido acelerar el paso y estar toda la noche cabalgando, pero luego pensó en ella y concluyó que lo mejor era descansar. Ató los caballos, sacó las mantas y la comida.

Hizo un fuego y puso las colchas una a cada lado para poder calentarse y bien separados. Danny estaba exhausta y pensó que esa noche podría dormir un poco, aunque no estaba muy convencida.

—Voy a refrescarme un poco, hay un pequeño manantial cerca de aquí. Vuelvo enseguida. No se mueva de aquí bajo ningún concepto y, si algo ocurre, grite o coja una de las pistolas que hay en mi alforja, lo que más le convenga. Luego iré a cazar algo para comer. Y coma algo, le sentará bien —le dijo Dave y se fue.

—¿Que coma qué? —preguntó ella—. ¿Ese trozo de pan y el queso seco? Está equivocado si cree que lo voy hacer.

Dave se detuvo al oír la pregunta y se dio la vuelta.

—¿No piensa comer nada? Bien, pues más para mí.

Danny lo vio partir y se quedó allí sola. ¡Era el colmo! Ahora la dejaba sola, a la intemperie, como si nada. ¿Y si le pasaba algo? Podrían secuestrarla de nuevo oser atacada por algún animal. Se levantó y se dirigió hacia donde había desaparecido Dave. Oía el murmullo del agua y siguió su instinto. La luz del día se apagaba, pero aún podía ver. Un poco más adelante, encontró a Dave mojándose la cabeza debajo de una pequeña cascada del manantial. Tenía puestos los pantalones y el pecho descubierto. Quedó hechizada por aquel cuerpo. Era todo músculo y fibra. Tan moreno, tan grande, tan… Danny sintió que se mareaba y lo relacionó con que no tenía nada en el estómago. Miró hacia abajo, ruborizada y pensó en irse de allí. Era lo mejor.

¡Había estado espiando a un hombre! Era lo último que le faltaba. Levantó la mirada y no lo vio.

—¿Acaso no sabe diferenciar una orden cuando se la dan? —susurró él a su oído y Danny casi pierde el equilibrio. Él la sujetó por la cintura y le dio la vuelta. Se miraron a los ojos fijamente largo rato. Ella se humedeció los labios con la punta de la lengua y él maldijo silenciosamente. La soltó bruscamente.

—¿No piensa contestarme?

—¿Cuál era la pregunta? Yo… bueno… yo… —consiguió balbucear ella.

Dave la cogió de la mano y se encaminó hacia donde tenían sus cosas. La hizo sentarse en la manta y se puso la camisa.

—Iré a cazar algo para cenar, espero que esta vez se quede aquí hasta que yo vuelva —dijo él cogiendo un cuchillo largo y afilado—. No le aconsejo estar por ahí sola en medio del desierto.

—¡Pues no me deje sola! —gritó ella levantándose—. Mire, señor, en toda mi vida no he obedecido reglas ni órdenes aparte de las de mi padre y de él siempre consigo lo que quiero. Así que usted, que ni siquiera me ha dicho su nombre, es el que menos derecho tiene a decirme lo que debo o no debo hacer, ¿me entendió?

Dave estaba furioso. Se acercó a ella y la cogió por los brazos.

—Yo, por suerte, no soy su padre ni el resto del mundo con quien está acostumbrada a tratar y a convencer tan fácilmente. Esto es el salvaje oeste, señorita Langton, no lo olvide. Siempre hay un peligro cerca y uno tiene que estar alerta. A mí se me contrató para llevarla a casa de una pieza y si obligarla a quedarse aquí implica una orden, ¡obedézcala! —le gritó Dave y la volvió a sentar en la manta.

Dave se fue sin darle tiempo a que respondiera y Danny se sintió aún más frustrada. Estaba atónita y furiosa. Ese hombre se había atrevido a gritarla. ¡A ella! ¡A Danielle Langton! Podía haberle salvado la vida, pero no le daba ningún derecho a gritarle ni a ordenarle nada. Se encargaría de que su padre fuese informado sobre cómo ese hombre sin nombre la había tratado. De todas formas, se quedó junto al fuego y ahora sí que no iba a dirigirle la palabra en lo que quedaba de viaje. Danielle no pudo más con la presión y lo ocurrido en todos esos días. Se reprimió porque no querían que la vieran vencida ni débil, pero ahora estaba sola y seguramente Dave tardaría en llegar. Así que dejó que todo lo que tenía dentro saliera en forma de lágrimas. Lloró durante mucho tiempo. Estaba acobardada, tenía y tuvo temor por todo. Esos hombres podían haber hecho con ella lo que les hubiera dado la gana y como bien dijo Dave la noche en que la rescató, Jake había querido tomarla en contra de su voluntad. ¡Cuántas cosas le habían sucedido desde que había llegado a Arizona! Esa tierra de salvajes. En sus dieciocho años yendo allí nunca había tenido un percance. Sentir cómo la montaban en aquel caballo para llevársela a la cabaña y luego de ahí a El Paso. Se sintió sucia, pero no por el polvo y barro, sino por sentir esas manos encima suyo. Sentía asco.

Lloró desconsoladamente sacando toda la rabia e impotencia que tenía dentro. Necesitaba aquello más que nada en el mundo. Danielle no era de lágrima fácil, pero lo ocurrido habría hecho llorar hasta al hombre más fuerte.

Dave la miraba entre la maleza. Notó que estaba llorando. Aunque estaba arrepentido en parte, esa mocosa creía que podía hacer lo que le viniera en gana con él. Estaba equivocada. Viendo cómo se había enfrentado a él, estaba seguro de que se había encarado con Jake y sus hombres sin dificultad, apostaba cualquier cosa a que esa mujercita no había llorado desde que se la llevaron con ellos. Se sorprendió al descubrir que estaba sonriendo. Carraspeó y se acercó a ella con cara seria y una liebre en la mano. La preparó para asar mientras Danny acababa de enjugarse las lágrimas y miraba su trabajo.

—¿También tengo que comer eso? —preguntó ella.

—Solo si quiere —dijo él, encogiéndose de hombros—. Pero le advierto de que hasta mañana o pasado no llegaremos hasta su casa, así que usted elige.

Danny lo miró entrecerrando los ojos.

—Pues pasaré hambre antes que comer a un animal indefenso como este —dijo ella y le dio la espalda para conseguir un poco de intimidad para sí misma.

Dave asó la liebre y comió parte de ella con el pan y el queso. El resto lo dejó enfriar para guardarlo. Le serviría para el día siguiente. Miró la espalda de Danny y suspiró.

—Me llamo Dave Holt. Danny se sobresaltó al oír eso.

—Su padre me fue presentado por el sheriff O'Rourke para rescatarla.

Danny se dio la vuelta y lo miró. Se fijó que tenía el pelo hacia atrás y aún mojado. La barba incipiente le daba un aspecto aún más atractivo y sus ojostenían algo que a ella le atraían.

—¿Y por qué mi padre contrató a un rastreador en vez de denunciarlo a la policía?

—Claro que lo denunció, pero le acabo de decir que fue el sheriff quien me lo presentó. O'Rourke decidió que era buena idea mandarme a mí en su busca antes que pagar a esos forajidos —se encogió de hombros—. Supongo que él esperaba que yo lo matara. Ese tipo ha hecho muchas fechorías a lo largo de su vida y siempre había salido ileso.

—¿Por qué un hombre de ley quiso que pasara eso?

—Porque un hombre como Jake no era un hombre de estar encerrado. Se merecía la muerte, señorita, y asunto zanjado. No quiero hablar más del tema.

Danny ahogó un grito de sorpresa.

—¿Por qué le disgusta tanto hablar de ese hombre? Sospecho que le ha hecho algo horrible como para querer matarlo. No creo que usted lo hubiera hecho solo para salvarme a mí.

Dave la miró fijamente.

—Me contrataron para cuidar de usted, no para contarle mi vida.

—Como quiera, señor Holt, de todas maneras, no me interesa nada de lo que usted pueda decirme —dijo ella y se dio la vuelta de nuevo.

Él tampoco insistió más y la dejó con su mini intimidad. Él también necesitaba alejarse un poco de ella. Se fue hacia el manantial y se sentó en una roca. Allí estuvo más de una hora.

Dave, le gustaba su nombre. Por lo menos ya sabía algo de él. Se enjugó las últimas lágrimas y miró el fuego. Vio que Dave no estaba y eso la asustó. Vio algo moverse entre la manta de él. Empezó a temblar y un grito salió de su boca.

Dave decidió volver junto a la mujer. Le había dado ya el tiempo suficiente para que se desahogara y él tenía que descansar para seguir con el viaje al día siguiente. Oyó el grito y corrio hacia ella. Llegó allí y vio que Danielle estaba sacando las cosas de Dave de las alforjas, luego las tiró al suelo. Quemó las mantas y echó el queso y el pan que sobraba también a la hoguera. Los caballos estaban asustados y Dave no podía creer lo que sus ojos estaban viendo. Esa mujer se había vuelto loca. Gritaba y daba saltos de aquí a allá. Tiraba todo lo que se le ponía por medio y cuando vio a Dave, fue hacia él y lo golpeó en el pecho. Lanzó puñetazos a su cara y patadas a sus espinillas, mientras él intentaba aplacarla. La cogió por las muñecas y la zarandeó con fuerza. Ella más gritaba.

La rodeó con los brazos para inmovilizarla, pero fue lo peor que pudo hacer. Sentir su cuerpo junto al suyo, su pequeño y femenino cuerpo, lo encendió por dentro y una alarma le avisaba que tenía que reaccionar de inmediato. Danny seguía gritando, insultándolo, maldiciéndolo por todo lo que había pasado. Él combatía contra ella y contra el fuego que había empezado a crecer dentro de él. No sabía que esa muchacha podía atraerlo tanto. No podía soltarla y, el fondo, no quería, pero algo debía hacer para aplacarla. La soltó un instante para poder cogerla de otro modo, pero ella se sacudió tanto que ambos perdieron el equilibrio y cayeron al suelo. Él encima de ella. Danny no se enteraba de nada y Dave de todo. Era demasiado para él. Cogió su cabeza entre sus grandes manos, logró inmovilizarla para luego besarla.

Quería conseguir que se diera cuenta de lo que estaba pasando. Por lo menos, pudo mantener la boca de Danny cerrada. Era un beso duro, salvaje y con la misión de calmarla. Poco a poco, notó cómo Danny dejaba de temblar. Se concentró aún más en el beso. Se volvió más suave, más dulce y más posesivo. Las manos de Dave aflojaron un poco y acarició el pelo suelto de Danny mientras su boca la hechizaba con cada movimiento. Danny no podía creer lo que estaba sucediendo. Estaba debajo de un hombre, un desconocido, la estaba besando y ella… no podía hacer nada para detenerlo. Se quedaron mirando fijamente a los ojos. Todas las emociones de ambos pasaron por sus miradas intensamente.

Dave carraspeó y se levantó ayudando a Danny a incorporarse. Por primera vez en su vida, Danny no tenía nada que decir.

6

Una serpiente. Eso era lo que había alterado tanto a Danny esa noche. Una serpiente. Y no era para menos pues la condenada era grande y venenosa, según había dicho él después de matarla con el cuchillo. Danny estaba asustada por lo ocurrido. Era la primera vez que veía un animal de ese tipo tan cerca. ¿Es que su mala suerte no iba a acabar? Por suerte, Dave había ido rápido a rescatarla. La mató sin ningún problema, aunque ella no se había enterado muy bien ya que estaba gritando y azotando todo lo que encontraba en su camino al fuego. Se habían quedado sin mantas, sin comida y sin lumbre. La oscuridad se ciñó sobre ellos como un manto, amenazante. La luna estaba casi llena e iluminaba un poco el lugar.

Danny estaba segura de que el rubor de sus mejillas se veía, aunque no hubiera luz. Tan azorada estaba. Aparte del susto de la serpiente, no esperaba que Dave la abordara de ese modo. La había besado para aplacar su ataque de histeria y había funcionado. Fue un beso rudo, violento, del que no había disfrutado nada. No era la primera vez que la besaban, algún pretendiente que otro se había atrevido a ello, pero habían sido besos superficiales, fríos, y que no había sentido nada. Con Dave era diferente. Un calor había invadido todo su cuerpo en espiral haciendo que temblase como una tonta. Sentir el peso de él sobre el suyo era algo insólito para ella y le había gustado. Si ese hombre no se hubiera detenido, ella no habría hecho nada por interrumpirle, tan embriagada estaba. Nunca un beso la había dejado en ese estado de estupor, ni siquiera se lo reprochó. Se quedó muda por primera vez y, por primera vez, acertó.

Una serpiente. El motivo que había suscitado el miedo de la muchacha y el motivo que él había aprovechado para besarla. ¿En qué estaba pensando? Danielle no era la clase de mujer que a él le gustaba. Nunca había tenido problemas para encontrar a alguien para pasar un buen rato, pero esta vez era diferente. Era una señorita en todos los aspectos y no estaba a su alcance. Se sintió avergonzado por su conducta, pero, ¡qué demonios!, no estaba arrepentido. Tenía ganas de hacerlo desde la primera vez que la vio. Además, había servido para que se calmara y, gracias a Dios, ella se quedó callada.

Miró alrededor después de hacer otra hoguera y vio que no tenían nada para comer ni para dormir. Él no tenía problemas para dormir sobre el suelo, pero ella… Ella dormiría también. Se lo merecía. Había echado a perder todo y todo por una estúpida serpiente. Hubiera gritado, él la hubiera matado y listo. Si ella no hubiera quemado todo, él… él no habría cometido la estupidez de besarla. Llegaron al rancho Langton al día siguiente a última hora de la tarde. Los padres de Danny la esperaban a la puerta, pues habían recibido la nota que había mandado Dave desde Tucson. John y Diana también estaban allí. Dave desmontó y ayudó a Danny a bajarse del caballo y cuando la agarró por la cintura, sus miradas de cruzaron un instante. No habían vuelto a hablar desde lo ocurrido, solo algunas trivialidades. Era mejor dejar el asunto zanjado.

Danny corrio hacia su familia y se abrazaron largo tiempo. Luego Danny abrazó a su amiga y hasta a John, pues sabía que también había sufrido lo suyo. Entraron a la casa y ordenaron un baño para Danielle en su cuarto. Lo único que quería era sentirse limpia y dormir en su cama durante días. Se despidió de todos antes de ir a su habitación seguida de Diana y su madre. Le ofrecieron un baño y hospedaje a Dave, pero rehusó diciendo que tenía que irse. Richard aprovechó y acompañó a Dave a su despacho para hablar.

Dave le relató lo que había pasado y que había matado a Jake. Que el viaje de vuelta había estado tranquilo y que todo había salido con éxito. Richard escuchaba atentamente, sin saber cómo podía agradecer a ese hombre todo lo que había hecho por su hija.

—Bien, señor Holt, cuando usted quiera iremos al pueblo para sacar el dinero que le debo. Supongo que es eso lo que me pedirá. Eso, junto con mi eterna gratitud, es lo mínimo que puedo hacer por usted. Si necesita algo, por favor, comuníquemelo.

—Gracias, eso es todo. Le mandaré una nota para reunirme con usted en un par de días —respondió Dave y se fue a su hotel para bañarse y comer algo.

En el piso de arriba, Diana hablaba con su amiga, que ahora estaba peinándose el pelo mojado

—No puedo creer que estés aquí, Danny. Estábamos tan preocupados por ti.

—Temíamos por tu seguridad, hija. Tu padre hizo todo lo posible por encontrarte y cuando recibió la nota con lo que pedían esos bribones, fue al banco enseguida. El sheriff tuvo la genial idea de contratar un rastreador. Resultó mejor de lo que esperábamos.

—Sí… —dijo Danny, ensimismada.

Su madre y Diana seguían hablando mientras ella estaba junto a la ventana peinándose y pensando en todo lo que le había pasado. Y lo más extraño era que no dejaba de pensar en el beso de Dave.

—Así que tu padre le dijo al señor Holt que le daría lo que pidiera, supongo que pedirá el dinero que tenía pensado dar a los bandidos —dijo su madre cuando Danny despertó de su trance.

—¿Qué? —preguntó Danny, dándose la vuelta para mirar a su madre y carraspeo—. ¿Y cuál es esa cifra?

—Diez mil dólares. Danny quedó perpleja. ¡Diez mil dólares! ¿Eso habían pedido sus secuestradores? Ahora entendía por qué Dave había aceptado. Era un número difícil de rechazar. Bueno, al fin y al cabo, era a eso a lo que se dedicaba. Además, no le preocupaba. Su padre tenía mucho dinero y su rescate lo valía. Siguió con lo que estaba haciendo y cayó en la cuenta de que, probablemente, nunca más volvería a ver a Dave Holt.

Diana y Danny se encontraban en el porche de la casa tomando un refrigerio. La cálida brisa del atardecer ondeaba sus cabellos y hacía que los ojos de ambas parecieran aún más claros.

—¡Qué miedo pasé, Danny, cando vi que no estabas al salir del coche! —dijo Diana—. Oí todo lo que dijeron y pensé que estaba soñando hasta que comprendí que te habían llevado con ellos.

Danny recordó aquel momento y dio un respingo.

—La verdad que yo tampoco me lo esperaba. Pero míralo de este modo, al final ha quedado como una anécdota para contar a Lydia y a Samantha. Se morirán de envidia al saber la aventura que pasé —Miró a Diana, que estaba asustada por sus palabras—. Bienvenida al Oeste, Diana.

Diana Sonrió al ver que su amiga lo tomaba con humor. Miró al sol que ya estaba escondiéndose detrás de una colina. Habían pasado dos días desde que Danny había regresado. Solo quería dormir y comer, aunque no lo consiguió mucho con lo primero. No sabía cuál era la extraña razón por la que no dejaba de pensar en Dave y su beso. Cada vez que lo recordaba, se ruborizaba al instante. Ese hombre había conseguido lo que otra mucha gente había intentado: intimidarla.

—Supongo que no querrás hablar mucho de ello, pero…
—Diana se mordió el labio.

—Quieres saber cómo fue —dijo Danny, acabando su frase. Suspiró—. Al principio estaba aterrada. No comprendía por qué estaba pasando eso. Cuando dije mi nombre, enseguida me relacionaron con Richard Langton. Al parecer sabían cuando iba a venir y planearon robarme. Al ver que no tenía mucho, improvisaron y decidieron llevarme para pedir un rescate —hizo una pausa, recordando—. Me llevaron a una cabaña y allí me retuvieron hasta que fuimos hasta El Paso para el intercambio. Luego llegó… el señor Holt y me rescató.

Diana escuchó con atención todo el relato. Sus ojos se empañaron al pensar en el dolor que había sentido su amiga y la angustia que debió pasar al pensar que podía haber una posibilidad de que nunca volvería a ver a su familia y amigos. Danny la vio y Sonrió.

—Ya pasó todo, Diana. No te preocupes. Ya estoy aquí fuera de peligro —la consoló. Diana se enjugó las lágrimas.

—Menos mal que tu padre aceptó la ayuda que le ofreció el sheriff al contratar a ese rastreador. Te salvó y no les tuvo que pagar a esos bandidos. Por lo menos, el señor Holt se merece el dinero.

—Sí, supongo que sí… —dijo Danny y suspiró.

—Diana la observó detenidamente. Había algo diferente en ella. Unas veces estaba enfadada, otras veces melancólica. Algo había pasado en ese incidente que la tenía tan cambiante.

—¿Sabes? Llegó carta de tu hermano Robert. Vendrá en una semana aproximadamente —dijo Diana y Sonrió.

—¿En serio? —preguntó Danny, emocionada—. Oh, Robert, me hace tanta falta, lo echo de menos.

Danny y su hermano habían pasado una infancia feliz uno al lado del otro. Él siempre estaba protegiéndola y ella se colaba siempre en el coche para ir donde él iba y él siempre tenía que dar la vuelta para dejarla en casa. No podía permitir que una niña fuese con él al club o a otros lugares no aptos para damas. Robert era seis años mayor que ella y cuando acabó el colegio estuvo dos años viviendo la vida hasta que había tomado la decisión de entrar en el ejército en el Oeste. Las milicias estaban escasas de jóvenes y él, que no tenía mejor cosa que hacer, se alistó. Ya llevaba cuatro años en el ejército. Su hermano era un hombre apuesto, nunca había tenido problemas para encontrar una mujer. Moreno de ojos verdes, igual que su madre. Alto, fuerte y la sonrisa más hermosa de Nueva York. Amable, educado y muy caballeroso. Aunque hacía mucho tiempo que no lo veía, sabía que Robert Langton seguiría siendo igual de pilluelo, como ella misma.

Será agradable tener a Robert aquí —dijo Danny y Sonrió de nuevo.

Richard Langton estaba en la cantina del pueblo, sentado en una de las mesas con una botella de whisky y dos vasos. Dave Holt estaba sentado frente a él. Había acudido a su encuentro en cuanto había recibido la nota del señor Holt. Antes de ir al banco, Dave lo condujo al bar para hablar. Richard desconfió, pero accedió. Habían pasado veinte minutos y Langton estaba nervioso porque ese hombre estaba contándole historias sobre su vida y a él le pareció que quería retrasar el momento de cobrar el dinero.

De repente, Dave dijo algo que hizo escupir a Richard toda la bebida.

—¿No quiere el dinero? —preguntó Richard, asombrado.

—No —respondió Dave, tranquilamente—. Lo que hice fue algo insignificante.

—¿Insignificante? Señor, usted salvó la vida a mi hija. Merece eso y mucho más.

—Ésa es la cuestión —dijo Dave y dio un trago al líquido ámbar de su vaso.

—¿Quiere más dinero? —Richard tragó saliva.

Dave negó con la cabeza mientras miraba la copa.

—No quiero eso, quiero ese mucho más del que me habla.

—No entiendo.

—Ahora necesito hacer algo que me distraiga. Un trabajo fijo. No quiero estar en la habitación de mi hotel esperando a que alguien vuelva a desaparecer para ir en su busca. Quiero algo que me haga levantarme todos los días temprano y me mantenga ocupado todo el día.

Richard tardó en comprender sus palabras.

—¿Está diciendo que le busque trabajo? —preguntó Langton, sorprendido.

—No, quiero que usted me dé trabajo. En su rancho. En cualquier puesto.

Richard Langton quedó tan blanco como la nieve al oír las palabras de ese tipo.

¿Quería que le diera trabajo? Increíble. Nunca había conocido a alguien que rechazara dinero y encima que quisiera trabajar. Todos los puestos de su hacienda estaban ocupados, pero bien podía hacer un hueco. Ese hombre merecía todo lo que pidiese por haber traído a su hija a casa y lo que pedía era tan poca cosa…

—Está bien. A partir de mañana empezará a supervisar a los trabajadores. Será el nuevo capataz.

Dave negó con la cabeza.

—No. No seré jefe de nadie. Quiero un trabajo como el de cualquier otro. ¿No necesita que alguien cuide de los caballos, el establo o algo parecido? Richard estaba cada vez más anonadado. Ese hombre derrochaba humildad por doquier.

—De acuerdo, ocupará el puesto de criador de caballos. Los alimentará, les cambiará el heno y los bañará. Además de ejercitarlos. Y mantendrá el establo limpio. ¿Le parece bien?

Dave Sonrió y estrechó la mano que Richard le tendía.

7

Danny se desperezó en la cama. Se frotó los ojos y los abrió. La habitación estaba en penumbra así que la poca claridad que había no le hizo daño en los ojos. Se levantó y se lavó la cara en la jofaina que tenía a un lado del armario, a la derecha de la cama. Luego, se puso una bata de lino encima del camisón de la misma tela blanca. Empezó a abrir las ventanas para que airease el cuarto. Cuando abrió la última, se quedó allí para respirar el aire puro del campo. Miró la extensa llanura que se abría ante ella. Vio a los trabajadores cultivando el algodón en las tierras encharcadas. Su padre también comercializaba con ello y era un negocio bastante productivo, aunque en esa parte del país, no se labraba muy bien. Era una planta que necesitaba humedad, y ahí solo había calor, por eso llenaban de agua las tierras y las mantenían siempre así. Fijó su vista más abajo y vio a algunos campesinos donde el establo. Entraban y salían de él con caras de sorpresa y eso, a ella le resultó insólito. ¿Traería su padre un caballo nuevo y por eso estaban asombrados? Tenía que ser de buena raza. Algo extraordinario. Lástima que no le gustaran los caballos, sino se acercaría para verlos. Luego vio a John saliendo del mismo sitio sonriendo. Eso era más extraño. ¿Ese caballo era un bufón? Sonrió para ella misma por haber pensado algo tan fuera de lugar.

Se dio la vuelta y empezó a ponerse un vestido amarillo limón de manga corta. Sus medias y enaguas eran blancas. El pelo lo dejó suelto, como siempre. Bajó al comedor para desayunar son una sonrisa de oreja a oreja. Diana estaría levantada también. Dormían en cuartos separados, aunque antes de irse a dormir siempre estaban una en el cuarto de la otra para hablar hasta tarde. Entró en el comedor y vio a sus padres sentados a la mesa.

—Buenos días —dijo ella alegre y le dio un beso a cada uno. Luego se sentó al lado de su padre quedando su madre enfrente.

—¿Has dormido bien? Pareces muy feliz esta mañana —dijo su madre.

—He dormido de maravilla. Y hoy es un estupendo día para caminar. No creo que nada pueda estropear mi felicidad. ¿Dónde está Diana?

—Aún está durmiendo.

—Danny se sirvió un vaso de zumo y tomó un poco.

—¿Así que va a venir Rob? —preguntó Danny.

—Así es —respondió su padre—. Vendrá en poco menos de una semana. Al parecer ya no tiene que volver.

—Estupendo, pasaremos un verano fantástico. Richard y Amanda se miraron.

—Por cierto, papá, ¿has comprado un caballo nuevo? He visto cómo entraba y salía gente del establo. Incluso John salió riéndose.

—No, es el nuevo cuidador del establo.

—Ohm, ¿uno nuevo? Estupendo. Luego iré a darle la bienvenida.

—Seguro que te agrada —dijo Richard. Dave le había dicho que no se lo dijera a su hija, que ella misma lo descubriera. Él no quiso preguntar.

—Eso me trae sin cuidado, solo es un empleado más y como yo no entro en el establo pues creo que no importará si me agrada o no. Es pura cortesía —dijo ella riéndose.

—Amanda miró a su hija con suspicacia.

—Danny, iré al pueblo hacer unas compras, ¿te apetecería venir? Cuando Diana se levante, por supuesto. Ella podía venir también.

—Claro mamá. Iremos encantadas.

—Por cierto, Danny, en cuanto acabes con las diligencias de tu madre, tú y yo tendremos una charla.

—¿Por qué? ¿Pasó algo? —preguntó Danny con los ojos muy abiertos.

—Sí, y lo sabes muy bien.

—Está bien papá, esta tarde hablaremos —dijo Danny y recordó que era por insistir y viajar sola. Diana apareció en ese momento en el comedor.

—Buenos días —dijo y se sentó al lado de Amanda.

—Buenos días, hija —dijo Amanda sonriendo—. Toma un poco de zumo.

Gracias.

—¿Qué tal has dormido, Diana? —preguntó Richard.

—Estupendamente, señor Langton. No dormía tan bien desde que llegué.

—Me alegra oírlo.

—Mi madre nos llevará al pueblo hacer unas compras. ¿Te apetece venir? —Diana dio un trago al zumo.

—Claro, será interesante conocer Tucson. Después de todo, aún no conozco nada, excepto el rancho.

—Pues mamá y yo te enseñaremos el pueblo esta mañana —dijo Danny sonriente—. No es que haya tantas cosas como en Nueva York, pero no está tan mal. Aunque no compres nada de ropa aquí, no es de nuestro estilo. Por eso la compramos antes de venir, ¿verdad? Diana Sonrió.

—Supongo— respondió.

—Ah, pero el té que prepara la señora Rutledge es el mejor que he probado en toda mi vida. Si ve que te interesas por algo de su tienda de accesorios, aunque no compres nada, te prepara uno solo por el placer de exhibirse. Sabe que es famosa por ello— soltó una risilla—. Iremos, ¿verdad?

—Claro, ¡¿quién se resiste a ir a Tucson y tomar una taza del famoso té de la señora Rutledge!? —dijo Amanda y rio.

—Me encantará probar ese té —dijo Diana.

—Después iremos a ver al señor Phil, el panadero. También hace unos pasteles deliciosos. Al parecer, trajo la receta del este y está triunfando aquí.

—Exactamente, de Chicago —intervino Richard, hasta ahora escuchando la perorata de su hija.

—Es cierto, de Chicago— rio Danny.

—Suena divertido lo que vamos hacer —dijo Diana, tímidamente.

—Te prometo que lo pasaremos genial —dijo Danny y acabó de desayunar.

Cuando todos acabaron, Danny y Diana salieron al porche para esperar a Amanda y a John con la calesa, con ese calor no podrían ir en techo cubierto.

—¿Qué pasa en el establo? Todo el mundo entra y sale como si fuera un museo —dijo Diana, extrañada.

—¿También te has fijado? Al parecer, mi padre ha contratado a un nuevo criador de caballos y todos están dándole la bienvenida.

—Supongo que tú, como hija de los dueños, deberías de ir, ¿no?

—Sí… supongo… pero cuando tenga más tiempo. Además, ir al pueblo es mucho más importante que un simple sirviente.

—Danny, no deberías de tratarlos así. Son personas, ante todo —dijo Diana con tono de reproche.

—Oh, no he dicho nada que no fueran —se colgó el bolso en la muñeca—. Ahí viene John. Subieron a la calesa mientras esperaban por la madre de Danny y ésta, miró hacia el establo. Frunció el ceño y se preguntó qué tendría de especial el nuevo empleado para que todos fueran a verle. Se prometió que cuando volviese, iría a descubrirlo.

Amanda llegó y partieron hacia Tucson. Cuando llegaron, John las dejó enfrente de la cantina. Allí pararía él para luego recogerlas. Fueron hacia la tienda de la señora Willis. La señora, baja, regordeta y con el pelo canoso, las recibió con una sonrisa radiante.

—Buenos días, señora Langton. Ah, veo que viene acompañada de su hija. Buenos días, señorita Langton.

—Bueno días, ¿cómo está? —La saludó con una sonrisa y luego señaló a Diana—. Ésta es Diana Hobbs, una amiga que viene a pasar el verano.

—Oh, estupendo. Espero que le guste esta parte del país, señorita Hobbs, y bienvenida.

—Gracias— musitó Diana, tímidamente.

Amanda le dio una lista de todo lo que necesitaba. Normalmente, el ama de llaves o John hacía las compras, pero cuando la señora estaba en casa, le gustaba hacerlas a ella. Estar en casa todo el día era aburrido y ella disfrutaba haciendo la compra.

Cuando acabaron fueron a la tienda de la señora Rutledge y tomaron su famoso té. A Diana le encantó y se prometió volver cuanto antes. Antes de irse de nuevo a casa, pararon en la panadería para comprar los pasteles que tanto había hablado Danny esa mañana. El señor Phil regaló un pastel a las damas y Diana quedó encantada con el pueblo y su gente. Todos parecían llevarse bien, sin discusiones, sin peleas, era perfecto. No le importaría irse allí a vivir algún día.

Volvieron a la cantina para que John las recogiera después de dos horas. Vieron que la calesa estaba aparcada así que metieron sus bolsas dentro y esperaron por el cochero. Habían pasado diez minutos y no había rastro de John. Amanda había ido a hablar con alguna gente del pueblo para saber si lo habían visto.

—Voy a entrar, Diana. Tú quédate aquí, ¿está bien?

Se refería a entrar a la cantina. Diana pensó que estaba loca.

—¿Qué? Ni se te ocurra. La última vez que me dijiste que me quedara donde estaba, te secuestraron. No pienso pasar por lo mismo, Danny. Si entras, entro yo.

Danny suspiró.

—Está bien, pero entraremos sin miedo. No mires a nadie a los ojos y busca a John. Yo preguntaré al dueño.

Entraron en el bar con cuidado. A esa hora de la mañana no había casi gente así que tampoco tenían tanto miedo. Diana miraba a los presentes buscando entre ellos a John, pero no estaba. Danny se acercó a la barra donde un hombre alto y con una barriga muy grande, estaba limpiando un vaso con un paño.

—Bueno días, me llamo Danielle Langton y estoy buscando a mi cochero, John. ¿Lo ha visto por aquí? —preguntó Danny sin que le temblara la voz.

—¿John qué? No entiendo. ¿Cuál es su apellido? Hay muchos hombres que responden a ese nombre.

A Danny no se había ocurrido nunca preguntarle cómo se apellidaba a su cochero. Miró a Diana. Miró al hombretón que, a su vez, la miraba de arriba abajo con una sonrisa.

—No sé cuál es su apellido señor. Es un hombre de mediana estatura, pelo negro y ojos marrones. Y tiene un lunar en una sien.

—Sí, ha estado aquí, pero ya hace tiempo que se fue. No sé a dónde —respondió el camarero después de pensarlo detenidamente.

—Bien, gracias, señor. Ha sido muy amable. Buenos días —dijo ella y ambas dieron media vuelta.

Cuando estaban a punto de salir, una voz las detuvo.

—¿Es usted Danielle Langton, la que secuestraron hace poco? —preguntó el dueño. Danny se dio la vuelta.

—Sí, señor. Soy yo.

—Es una suerte que siga viva, señorita. Jake Lambert era el más peligroso de los bandidos. Dave ha hecho un buen trabajo. Felicítelo de mi parte.

—Lo veo muy difícil, señor, pues no creo que vaya a ver al señor Holt más. No sé dónde está.

—¿Cómo? ¿No sabe nada? —El camarero Sonrió aún más.

—¿Qué no sé qué? —preguntó Danny, exasperada.

—Dave Holt está trabajando para su padre en el rancho. Ha sido contratado como el cuidador del establo. Ha empezado hoy mismo, quizá por eso usted no lo sabía.

Danny quedó muda. Imposible. Increíble. Dave era el nuevo empleado de su establo. Pero, ¿por qué? ¿Por qué su padre lo contrató? ¿Por qué no cogió su dinero y se fue? Una furia empezó a nacer en Danny. Dio los buenos días al camarero y se dio la vuelta hacia la calle. Diana la siguió y para alivio de todos, John ya había aparecido. Amanda llegó en ese momento y, gracias a Dios, no vio que salían de ese lugar. Subieron e inmediatamente partieron hacia la hacienda. ¿Su padre quería hablar? Pues tendría que escucharla a ella primero. Llegaron al rancho. Danny echó una mirada al establo. ¿Así que estaba ahí? También él tendría su visita. Entraron a la casa y, ayudadas por John, llevaron las compras a la cocina. Diana se retiró a su cuarto para descansar un poco antes de comer y Amanda empezó a colocar todo en su sitio ayudando a la cocinera, Maggie. Danny fue hasta el porche y se quedó mirando el establo largo tiempo. No sabía si posponer su charla con Dave hasta después de hablar con su padre o ir ahora mismo. Estaba furiosa y no era para menos. Ese hombre la había tratado fatal durante el viaje de regreso, aunque le hubiera salvado la vida, ella no merecía ese trato. Ese hombre era un descarado. Y con esas, echó a andar hacia el establo con los ojos entornados y los puños cerrados.

Entró y estaba todo en la penumbra. Le costó habituarse a la semioscuridad. Cuando lo había logrado, miró en todas direcciones, esperando a que él apareciera. Caminó por todo el inmueble, menos donde estaban los caballos, esos horribles animales. Solo servían para una cosa: estar atados a los carruajes para poder desplazar a la gente. Se metió por una calle donde había pesebreras vacías y miró por arriba y por abajo. Se dio por vencida y caminó de vuelta a la salida.

De repente, una mano la cogió por la muñera y la arrastró hacia una de las pesebreras. Era él. Dave Holt estaba frente a ella, mirándola intensamente. ¿Estaba más apuesto? Seguro que sí. Llevaba unos pantalones vaqueros, una camisa negra desabrochada, un pañuelo rojo al cuello y su cabello estaba despeinado con alguna brizna de heno. Danny se mordió el labio inferior, ruborizaba.

—¿Qué haces aquí? —preguntó él soltándola. ¿Desde cuándo se tuteaban?—. He venido a ver si era verdad que mi padre había cometido la estupidez de contratarlo. Ya veo que sí.

—¿La estupidez? —preguntó él enarcando una ceja.

—Por supuesto. Después de cómo usted me ha tratado, no creo que esto sea una buena idea. Pero claro, mi padre no sabe nada al respecto.

—Él se apoyó contra la pared y cruzó brazos y las piernas por los tobillos.

—¿Y qué clase de maltrato le he dado? —¿Ahora ya la trataba de usted?—.

—Me obligó a montar a caballo sabiendo que los odio. Me dio de comer solo pan y queso y me dejó sola en medio del desierto con el peligro de que una serpiente me mordiera.

Dave Sonrió.

—Si la obligué a montar a caballo fue para que no viniera andado, se lo dije. Le ofrecí liebre para comer, pero usted la rechazó. Y lo de la serpiente… no tengo la culpa de que haya aparecido.

—Pero sí la tiene el que me haya dejado sola —le dijo ella apuntándolo con un dedo. Él se quitó de la pared y se acercó a ella.

—Está bien, creo que ése fue mi único delito.

Danny lo vio demasiado cerca y retrocedió a su vez. Estaba asustada, asustada por estar con un hombre sola en un lugar tan cerrado como ése.

—Pues… pues por ese delito, pagará muy caro —dijo ella, levantando la cabeza.

—¿Ah sí? ¿Qué hará? —preguntó él. Tenía las manos metidas en los bolsillos y no dejaba de sonreír.

—Mi padre se enterará de esto. No puede permitir que el hombre que él mandó a proteger a su hija la haya dejado sola en un lugar tan solitario como ése… y de noche. Él rio.

—Hombre, el cual salvó la vida de su adorada hija, si no me equivoco. Su padre, señorita, tiene una deuda muy grande conmigo. Nada de lo que yo pueda pedirle es suficiente pago por haber ido a rescatar a su niñita —se encogió de hombros—. Bien, ahora si quiere ir a contárselo igualmente…Danny apretó los dientes. Ese hombre no tenía escrúpulos. Seguramente estaba extorsionando a su padre.

—No se preocupe, señor Holt. Tarde o temprano, saldrá de esta hacienda. Me encargaré personalmente.

—¿Me está amenazado?

—Se lo advierto. El más mínimo error y será despedido. Dave se llevó una mano al pecho.

—Ahora sí que estoy asustado. Tendré que andar con pies de plomo y no cometer ningún fallo.

Se acercó más a ella hasta que Danny tocó con su espalda la pared de la pesebrera. Él puso ambos brazos sobre la madera, acorralándola.

—Ahora, seré yo quien le advierta que, si usted llega hacer cualquier tontería para que me despidan, le juro que la voy a tener montando a caballo durante un mes, día y noche —dijo él con tono bajo, muy bajo, a su oído. Su cálido aliento le rozó la oreja a Danny, quien se estremeció.

Dave se apartó y la miró a los ojos. Danny le devolvió la mirada. Se mordió el labio inferior y salió de allí casi corriendo. Una vez más, Danny se había quedado sin palabras.

Dave la vio salir y sonrió. La había visto entrar y contando que ella no podía ver nada en la penumbra, se escondió en un lugar que no lo viera, pero que le permitiera verla a ella. Estaba hermosa con ese vestido amarillo que realzaba más su color de ojos. Y su pelo, lo llevaba suelto, como una niña rebelde que había estado retozando por la pradera. Sus mejillas estaban rojas como dos cerezas. Desde su primer encuentro, no la había visto tan… limpia. Sonrió para sí mismo. Era como una fiera indomable, pero él se había prometido domesticarla por completo hasta que le pidiera clemencia. A Danielle Langton le quedaba mucho por aprender y muchas lecciones que recibir.

8

Richard Langton esperaba a su hija en el estudio. No se le había olvidado que había desobedecido sus órdenes de viajar acompañada. Además, el señor Whitman le había escrito diciéndole de que Danny se había ido sin él. Esa muchacha, siempre saliéndose con la suya. Pobre Whitman, engañado por una jovencita. No quería saber en qué había pensado cuando se enteró que había sido burlado por Danielle Langton. Se lo compensaría con creces en cuanto volviera. Pero ahora estaba enfadado, muy enfadado con su hija. Ese comportamiento no era el adecuado en una joven dama como ella. Y embaucar así a la pobre de Diana, tan sumisa que por no molestar no hablaba. Sacudió la cabeza.

—Hola papá —dijo Danielle entrando y dándole un beso en la mejilla—. Antes de que digas nada, déjame preguntarte por qué el señor Holt está trabajando aquí.

Richard no se esperaba tal pregunta y arqueó las cejas.

—Me pidió trabajo y se lo di.

—¿Qué pasa? ¿El dinero no era suficiente para él? —Danny tenía las manos sobre sus caderas—. Pero… ¡No! No digas nada. Quiero a ese hombre fuera de aquí —dijo señalando con un dedo hacia un lado.

Richard Sonrió.

—Me temo que eso es imposible, Danny, no lo voy a echar solo porque tú quieras. Además, él te salvó la vida, no deberías tratarlo así.

—Papá, ese hombre se portó muy mal conmigo —le dijo todo lo que le había dicho a Dave por la mañana—. Ahora dime si no merece que lo despidas.

Richard escuchó las palabras de su hija y sonrió.

—No creo que haya sido para tanto. Si querías hacer el viaje andando, es normal que te haya subido a su caballo. Y cuando viajas, querida, tienes que llevar la comida imprescindible. Además, él sabe cazar, como bien sabes, y eso no lo mató de hambre. Que tú no hayas querido comer, no significa que él no te haya cuidado.

Danny ahogó un grito de indignación.

—¡No me lo puedo creer! ¿Y lo de dejarme sola? ¿Eso no es grave? Pudo haberme mordido una serpiente, papá.

Richard la trató de calmar.

—Si te dejó sola, es porque confiaba en que nada malo te sucedería. Él conoce estos terrenos mejor que nadie, Danny.

Danny se sentó en el sillón que había detrás de la mesa de roble que había allí.

—Papá, desconozco tus razones para defenderle, pero es la primera vez que no lo haces conmigo. ¿Te importa más ese hombre que yo? Richard se acercó a ella.

—Cariño, por supuesto que no hay nadie que me importe más que tú o que tu hermano. Sois lo mejor que tengo junto con tu madre. ¿Cómo piensas que te voy a echar a un lado? Pero piensa que lo que dices es irracional. No tiene sentido. Porque a ti te caiga mal, no es razón suficiente para despedirlo… y tú, no harás nada para que pueda hacerlo, ¿verdad?

—¿Yo? —dijo Danny, asombrada con una mano en el pecho.

—Te conozco Danny, harías cualquier cosa para que el señor Holt se fuera de aquí. Si no es porque yo lo despida, será porque se despida él mismo.

Danny frunció el ceño. Qué curioso, Dave le había dicho algo parecido. Sus planes de echarlo no funcionarían, tendría que soportarlo. No tendría por qué, simplemente evitando ir al establo, cosa fácil porque ella no iba normalmente, tenía suficiente. Se levantó y miró a su padre.

—Está bien, me rindo. Se quedará, total, no puede afectarme nada de lo que haga un simple empleado.

—Así me gusta, Danny, que entiendas las cosas sin recurrir a planes para conseguir lo que quieres —dijo él y la cogió por el brazo cuando ella intentaba irse—. Él no quiso el dinero. En cambio, quiso que yo le diera un trabajo aquí.

Danny abrió desmesuradamente los ojos.

—¿No lo quiso? ¿Qué razón tenía para rechazarlo? ¿Por qué quiso trabajar aquí? Yo creo que no le importaba el lugar, mientas tuviera trabajo. Al parecer se cansó de ser un nómada en cuestión profesional. Quiere un trabajo estable.

—Ninguna persona hubiera rechazado…

—No sé el verdadero motivo de por qué rehusó recibirlo, pero debe ser algo importante. Pero yo le hubiera dado hasta mi vida por pagar la tuya. Te ha traído a casa sana y salva y eso es importante.

Danny abrazó a su padre. Después de unos minutos así, se dirigió hacia la puerta. Justo cuando la abría, su padre la detuvo.

—Ahora será mejor que cierres la puerta y te sientes de nuevo, debemos hablar de por qué has engañado al señor Whitman y han viajado solas.

Danny cerró la puerta y Sonrió a su padre. Sabía que ese momento era inevitable. Danny había explicado cómo había embaucado al señor Whitman para que no viajara con ellas. Su padre estaba sorprendido al ver cómo su hija utilizaba su ingenio para desobedecerlo. Pobre señor Whitman. Se había escandalizado al saber que había sido utilizado por una jovencita tan fácilmente. Tendría que hablar con él en cuanto llegara a Nueva York y pedirle disculpas en nombre de su hija.

Danny salió del despacho y subió a su cuarto para vestirse algo más cómodo para comer y pasar la tarde. El calor iba en aumento conforme pasaban las horas y aquello era insoportable incluso a la sombra. Era una de las muchas cosas que odiaba del oeste y ahora otra más se sumaba a la larga lista: Dave Holt. ¿Por qué tuvo que pedirle trabajo a su padre en vez de coger el dinero e irse? Cualquier persona normal lo habría hecho. ¿Qué motivo lo había impulsado a hacer aquello? No entendía nada de lo que ocurría, pero se prometió averiguarlo. Se había propuesto echarlo de su casa, costara lo que costase. Ese hombre había sido contratado para salvarla y asunto zanjado. No comprendía por qué seguía metido en sus vidas.

Pero no solo eso la enfurecía, sino el recuerdo del beso que le había dado. No dejaba de pensar en ello y no debía. Sentirse atraída hacia Dave no era algo que le agradaba. Ella solo quería volver a Nueva York y volver a ver al misterioso hombre que había bailado con ella en el jardín de lady Lampwick. Desde ese día no había dejado de pensar en él y en si lo volvería a ver. Además, ella no había visto su cara, pero sí sus ojos… ojos, que nunca olvidaría. Ojos muy parecidos a los de… ¿qué le pasaba? ¿No podía olvidarse de ese hombre por unos minutos? Además, los ojos del señor Holt eran más claros que los del hombre misterioso. No tenían nada que ver. Se puso un vestido blanco de algodón y, sacando de su cabeza todo pensamiento inadecuado, bajó al comedor para comer con su familia.

Danny se levantó de la siesta alrededor de las seis y media de la tarde. El calor sofocante del lugar no dejaba hacer otra cosa que dormir. Se volvió a poner el vestido blanco de algodón y bajó a buscar a Diana. Quizá, con el sol más bajo, podrían hacer algo de provecho. La buscó por toda la casa y no la halló por ningún sitio. Preguntó a los sirvientes, pero ninguno la había visto. Encontró a su madre en un pequeño salón que la señora Langton utilizaba para hacer labores de costura.

—Mamá, no encuentro a Diana, ¿sabes dónde está? —preguntó Danny entrando como un huracán en la estancia.

Amanda Langton la miró por encima de sus diminutas gafas, que utilizaba para coser, y frunció el ceño.

— La última vez que la he visto fue con tu padre yendo a los establos. Creo que estaba interesada en ver los caballos.

¿Los establos? El último lugar donde Danny quería ir. Resopló, se despidió de su madre y se fue en busca de su amiga.

Salió al porche y miró en derredor. Vio a su padre que salía del establo y se dirigía hacia ella. Diana no iba con él. Richard se acercó a su hija y le dio un beso en la frente.

—Buenas tardes, hija, ¿cómo te encuentras?

—Bien, papá, gracias —Danny miró al establo esperando a que Diana saliera—.

—¿Y Diana? La estoy buscando.

—Está en la parte de atrás del establo. Dave…— no pudo terminar la frase, su hija ya estaba en camino hacia la parte trasera del establo.

Cuando llegó vio la escena más horrible que había visto en toda su vida. Diana estaba a punto de montar a caballo ayudada por él. ¿Por qué? ¿Por qué Diana la había traicionado de esa manera? ¿Es que no se daba cuenta de que era un hombre presuntuoso, sin educación y desagradable? Oyó a su amiga reír. ¡¿Pero qué tenía de simpático ese hombre?! Era ordinario e insignificante. ¡Un criador de caballos! Eso era ese estúpido y altanero vaquero. Resopló más fuerte esta vez y, con pasos firmes, se dirigió hacia ellos.

—¡Diana! ¿Qué haces? —preguntó entre dientes mirando a Dave. Este la correspondió con otra mirada.

—¡Danny! Estoy aprendiendo a montar a caballo —dijo Diana, feliz.

Danny no se acercó más, ya que el caballo que montaba Diana estaba muy cerca de ella.

—Pero tú ya sabes montar. Eres una amazona muy buena.

—Sí, pero solo en Nueva York. Esto es otra cosa, Danny, aquí puedo cabalgar millas y millas de terreno sin preocuparme nada más —hizo una pausa y bajó la cabeza—. Además, estoy aprendiendo a montar como un hombre.

—¿Qué? ¿Estás loca? —gritó Danny—.

—No puedes hacer eso, no es de señoritas.

Danny miró a Dave con reprobación.

—¿Usted le permite hacer esto? ¿Es que no sabe que una mujer no puede montar a horcajadas un caballo? No está bien visto.

—Si la señorita Hobbs quiere, yo no soy nadie para no dejarla hacerlo.

—¡Claro que no es nadie para dejarla hacer lo que quiera! Si su padre se entera, estaría usted muerto, señor Holt, muerto. Así que, agradézcame que no se lo diga…

—¿Tengo que agradecerle que me salve la vida, señorita? Una por otra. Ya ve, ya no nos debemos nada.

—Entonces, ¿qué hace usted todavía aquí? Si está trabajando aquí es porque mi padre le debía lo de mi rescate, si ya estamos saldados, entonces es mejor que se largue.

Dave Sonrió. Esa mujer utilizaba cualquier cosa para echarlo de allí. Cualquier mujer estaría encantada de que él le hubiera salvado la vida. Pero ésta, ésta era diferente a todas cuantas conocía. Era puro fuego. Siempre alerta para cualquier ataque. Tenía una fortaleza rodeando su cuerpo, su precioso cuerpo, para aquel que intentara acercarse a ella. Cualquier hombre que no fuera su padre y su hermano, no era bienvenido a su entorno. Él no estaba interesado en derribar esa fortaleza.

—Pues lo siento mucho, señorita Langton, pero no puedo cumplir su deseo de que me marche a no ser que su padre diga lo contrario. Pero creo recordar que eso es imposible. Me iré cuando yo quiera.

—No esté tan seguro —replicó Danny enfrentándose a él con las manos en jarras y los ojos entrecerrados.

Diana observaba la escena desde lo alto del corcel con una mirada suspicaz en el rostro. ¿Qué pasaba entre esos dos? ¡Dave Holt le salva la vida a Danny y ella le odia? No entendía nada.

—Por favor, no me obligue a explicarle otra vez las razones por las que su padre me contrató y por las cuales no puede echarme.

—¡Ya lo sé! Usted me rescató y mi padre está muy agradecido —hizo una pausa y se irguió—. Bien, ya que no me queda más remedio que aguantarle, tendré que ir con vosotros a dar ese paseo. No dejaré que Diana se quede con usted, ya que apenas lo conocemos.

—¿Cabalgará?

—Por supuesto que no, iré con la calesa —respondió ella y fue en busca de su transporte.

Dave sonreía mientras la veía alejarse. Luego miró a Diana y se puso serio. Carraspeó.

—Bien, empecemos —dijo él y cogió las bridas del caballo de Diana y montó en el suyo propio para emprender un recorrido a lo largo de la hacienda. Por el rabillo del ojo vio que Danny los seguía, despacio. Estaba vigilante, como una carabina acompañando a la joven pareja. Sí, sabía qué ese día iba a ser muy interesante. Danny, testaruda por naturaleza, los siguió como pudo por toda la llanura que se extendía frente al rancho. El terreno era muy irregular y las ruedas de la calesa sobrevivían a los baches como podía. Sabía que había algún pozo que estaba oculto, pero no sabía en qué lugar exactamente así que tenía que ir con más cuidado para no caer en ellos. Pero eso hacía que se alejara de Diana y su acompañante. ¡Maldición! Ese hombre la exasperaba hasta puntos inimaginables. ¿Cómo alguien, que le había salvado la vida, podía aborrecerlo tanto? Era incomprensible, pero así era. Ese hombre podría haberla salvado de su secuestro, pero no dejaba de ser su trabajo. El modo en que la había tratado mientras regresaban a casa no era propio de caballero. Mirándolo bien, no se parecía a ningún caballero. Aunque su porte fuera igual que la de un duque. Intentó imaginarse a Dave con un traje negro, camisa y corbata blanca, sombrero de copa negro y un bastón ¡Dios mío! ¡Lo estaba mirando! Aunque estaba un poco lejos, estaba admirándolo. ¿Qué demonios hacía? Si, era guapo, pero no era para que le afectara de ese modo. Danny se obligó a pensar en la forma de ser de Dave para poder odiarlo de nuevo.

Dave miraba a Danny de vez en cuando. Intentaba conducir su calesa lo mejor que podía por entre esos baches.

La verdad era que se veía chistosa montada en su carruaje, dando saltos y colocándose su sombrero de vez en cuando, ya que los surcos del camino y el viento se lo quitaba de la cabeza. Sus rizos saltaban al mismo ritmo y brillaban con intensidad bajo el sol de la tarde. Controlaba a los caballos lo mejor que podía. Sabía que ella podría ser una gran amazona, pero ese miedo estúpido no se lo dejaba ver. Si tan solo se dejara ayudar, pero ayudar a Danny a montar a caballo, estar cerca de ella, sería algo peligroso para él.

Esa mujer lo atraía como ninguna, y eso que había habido muchas, aunque su reputación de libertino era más leyenda que realidad. Sí que había estado con bastantes mujeres, pero siempre las había tratado bien y dejándoles claro desde un principio que no quería nada serio. Su mente estaba en otro asunto de más importancia. No podía distraerse con una mujer, pero esta mujer en concreto lo distraía más de lo que él quería. Tendría que haberse quedado con la recompensa y marcharse lejos de allí. El trabajo que hacía era lo que quería hacía tiempo y estaba contento con ello, pero no en esa hacienda. Esa mujer tenía toda la culpa. ¡Maldición! Sabía que si se encontraba a solas con ella de nuevo.

Miró hacia atrás y no encontró a Danielle. Simplemente no estaba. De pronto se le ocurrió que pudiera haber caído en uno de esos pozos y que su rueda estuviera en alguna zanja profunda. Se lo comunicó a Diana y ambos dieron la vuelta para localizar a Danny. Diana gritaba su nombre pero no obtenía respuesta. No tendría que haberla dejado ir con ellos. Esa muchacha era demasiado obstinada. Pronto oyeron los gritos de Danny. Estaba en una cuneta con la calesa del revés y ella debajo. Los caballos no dejaban de relinchar, estaban asustados y atrapados también.

—Señorita Hobbs, vaya al rancho y traiga ayuda. Yo intentaré sacarla de allí —dijo Dave y Diana salió a todo galope hacia la casa, montando como una señorita que era como mejor iba.

Dave desmontó y fue hacia los caballos. Tiró de las riendas fuertemente pero no conseguía sacarlos de allí. Cortó las cuerdas que los ataban a la calesa y así, pudieron salir. A todo galope fueron dirección al rancho. Dave se dirigió hacia donde estaba Danny atrapada. La cuneta era bastante profunda y estrecha. El carro la tapaba impidiendo que pudiera incluso tocarla para empujarla y levantarla, pero era imposible. Dave se agachó y logró verla entre los hierros. Ella lo miraba con los ojos abiertos, asustada. De repente, a Dave le recorrió un deseo de abrazarla y consolarla.

—¡Maldición! ¿Está bien? —preguntó él.

—Sí, solo tengo algunas magulladuras, pero nada serio.

—¿Puede sacarme de aquí?

—Lo intentaré.

Dave empezó a levantar la calesa, pero pesaba demasiado. Cogió un troncho y lo puso debajo del carro. Tiró hacia abajo y logró moverla un poco. Después de unos cuantos intentos, la calesa se movió lo suficiente para alcanzar a Danny. Ella estiró los brazos hacia arriba y él tiró de ella para sacarla. Tiró demasiado y Danny chocó contra él, pero Dave ya la sujetaba con fuerza contra su cuerpo. Estaban demasiado cerca, demasiado tentador, demasiado peligroso. Danny tragó saliva y miró a Dave con los ojos muy abiertos todavía. Sabía que podía besarla de nuevo y, sorprendentemente, ella no hizo nada para apartarse si ésa era la intención de él. Dave estaba demasiado ocupado en mirarla y, a la vez, controlándose por no tumbarla y desatar su deseo por ella. Sabía que si la besaba en ese momento, ya no podría dejar de hacerlo. En cambio, la apartó de sí y empezó a inspeccionarla para ver las posibles heridas que pudiera tener. Raspaduras en brazos y una en el cuello, nada importante. Y eso sí, estaba cubierta de polvo.

—¿Qué ha ocurrido? —preguntó él.

—Los caballos se asustaron al ver una… serpiente… y empezaron a correr hasta que tropezaron en esa zanja. La calesa volcó y ellos quedaron atrapados también. No pude hacer nada y yo quedé debajo, como ya pudo ver.

Al decir «serpiente,» Danny se sonrojó. La última vez que había visto una serpiente, Dave la había besado.

—Bien, dado que está bien y sus caballos se han ido, montará conmigo e iremos al rancho para que pueda lavarse y curarse esas heridas.

Danny iba a protestar porque no quería montar a caballo, pero Dave ya la había sentado delante de él. Otra vez en esa situación. Otra vez le recordó su secuestro. Otra vez le había recordado lo que había sentido estando tan cerca de él. Dave cogió las riendas y emprendieron rumbo a la hacienda. Por el camino se encontraron con Diana, el padre de Danny y con algunos de los empleados que había ido a buscarlos. Richard, al ver que su hija estaba bien, ordenó ir en busca de la calesa. Cuando llegaron a casa, Dave desmontó y ayudó a Danny a hacer lo mismo. Diana la llevó a su habitación.

—¿Estás bien? —peguntó su amiga mientras Danny se quitaba el vestido sucio.

—Sí, solo necesito un baño y curarme las heridas.

Diana ordenó un baño al cuarto de Danny y un poco de desinfectante para las heridas. Mientras Diana la curaba, Danny no dejaba de pensar qué habría ocurrido si Dave la hubiera besado. ¡Qué placer sentir sus labios otra vez! No podía quitarse de la cabeza lo que le había dado aquella vez, en medio del desierto, con el fuego crepitando a su lado, con la noche brillante y clara a causa de la luna y las estrellas… ¿por qué ahora veía la escena romántica? Sabía que Diana estaba hablando con ella, pero no la escuchaba. Sabía que su madre había ido a verla, pero no se acordaba. Sabía que la habían metido en la bañera, pero no se dio cuenta de nada. ¿Qué le pasaba? ¿Por qué ese hombre se había metido en sus pensamientos y hacía que todo lo demás fuera poco importante?

—¿Estás bien, Danny? —preguntó Diana.

Danny se dio cuenta de que estaba ya bañada, vestida y que ahora estaba frente a una chimenea encendida para secar su pelo. Salió de su ensimismamiento y contestó a su amiga.

—Sí, ¿por qué?

—Me pareció que no estabas escuchando nada de lo que te decía.

—Lo siento, Diana, estaba pensando en lo ocurrido esta tarde.

—Bueno, no te preocupes, no ha pasado nada importante y tú estás bien —Diana se levantó de la cama y se dirigió a la ventana—. Menos mal que ese señor Holt estaba con nosotras y pudo ayudarte si no, te hubieras quedado encerrada ahí ¡Qué casualidad! El señor Holt ha salvado tu vida por segunda vez. Sinceramente, Danny, tienes mucho que agradecerle a ese hombre.

Diana salió de la habitación dejando a Danny pensando en lo último que le había dicho. ¿Agradecerle? ¡Dios mío! Era lo último que quería hacer. Pero Diana tenía razón. ¡Maldición!

9

Danny no podía dormir. Su conciencia estaba diciéndole una y otra vez que tenía que ir a dar las gracias a Dave. Ella misma se decía que iría al día siguiente, pero su cabeza no la dejaba. Se levantó de la cama y se puso una bata amarilla pálida a juego con su camisón. Se asomó a la ventana y fijó su mirada en el establo. Todo estaba oscuro. Estaría durmiendo, se dijo. ¿Cómo podría habérsele pasado por la cabeza la idea de ir a esa hora al establo? Podría acallar a su conciencia y convencerla de que iría al día siguiente, como una persona normal y a una hora decente. ¡Está bien! Ella ganaba.

Abrió la puerta de su dormitorio, bajó sigilosamente las escaleras y llegó al *hall*. Todo estaba en la oscuridad. Estarían todos durmiendo, incluso los sirvientes. Era una locura, pero si no lo hacía no podría dormir en toda la noche. La puerta principal siempre estaba abierta, allí todos se fiaban de todos. Hizo acopio de todo su valor y abrió la puerta con el mayor de los cuidados. Salió al porche y cerró la puerta tras de sí. El aire era fresco y revolvía su cabello. Se dirigió hacia el establo y cuando llegó, la puerta estaba entreabierta. Entró conteniendo el aire. Olía a heno y a caballo, se dijo arrugando la nariz. Sabía que había una antorcha en un lateral, pero con tanta oscuridad no pudo alcanzarla.

—¡Señor Holt! —dijo suavemente. No obtuvo respuesta.

—¡Señor Holt! —subió un poco el tono de voz.

De repente, una mano tapó su boca y un brazo rodeó su cintura para llevarla en vilo a… ¿dónde? Notó que la metían en algún lugar del establo, pero no estaba segura. Lo supo porque su pie tocó una especie de puerta de madera. La dejaron en el suelo y una luz iluminó el rostro de Dave Holt.

—¿Qué hace usted aquí? —dijo Dave en voz baja pero amenazadora.

—¡Menos mal! Pensé que me secuestraban de nuevo.

—¿Qué hace usted aquí? —repitió él—. Hay más gente durmiendo aquí, si alguien la ve, puede meterla en líos, señorita.

—Por eso no se preocupe, ninguno de los empleados de mi padre se atrevería a delatarme. Además, esto es también mío y tengo el derecho de venir cuando me plazca.

—Si, pero no a esta hora y… —la miró de arriba abajo— así vestida.

—Danny se sonrojó y se tapó con la bata. No se había dado cuenta de que estaba indecentemente vestida.

—No me di cuenta —dijo a modo de disculpa.

—Bien, la acompañaré a la puerta de su casa.

—¡No!

—¿No?

—Es que he venido a decirle una cosa muy importante. Si no, no hubiera venido, obviamente.

—¿Ah no? Pensé que estaba aquí por el simple hecho de que puede venir cuando le plazca.

Danny volvió a sonrojarse y se dejó llevar afuera del establo. La llevó de la mano hasta su casa y cuando fue a abrirle la puerta ella lo sorprendió.

—Gracias.

Dave se dio la vuelta lentamente.

—Creo que no he escuchado bien —dijo él— ¿Gracias? Danny se soltó de la mano de él y cruzó los brazos a la altura del pecho.

—Sí, gracias por lo que hizo hoy por mí. Me ha salvado la vida.

—Vaya, siempre pensé que nunca oiría nada agradable de usted y jamás me imaginé que fuera a darme las gracias por algo.

—Bueno, sé reconocer las cosas y saber que lo que usted ha hecho hoy es un acto que merece que se lo agradezca. Hasta yo.

Dave la miró con los ojos entrecerrados y se mesó la barbilla.

—¿Hay algún truco? ¿La obligaron a darme las gracias o algo parecido?

—¿Qué? —Danny no parecía comprender.

—Que usted dé las gracias, me lo creo. Que usted *me* dé las gracias, no me lo creo. Después de saber que me detesta, ¿cómo piensa que voy a creerle? Danny puso las manos en jarras y lo enfrentó.

—Nadie me obligó… excepto mi conciencia.

—Ah, claro, su conciencia. ¿Quién sino? ¿La misma conciencia que la obligaba a disculparse después de haberme insultado y amenazado? ¿Esa conciencia?

—Está bien, búrlese, pero si hoy no hubiera ido a buscarlo para darle las gracias, no hubiera dormido en toda la noche.

—Si quiere mi opinión…

—¡No!

—… le diré que, por mí, hubiera podido quedarse toda la noche en vela.

Danny se sintió ofendida y dolida. Su mano surcó el aire y fue a estrellarse a la mejilla de Dave.

Ambos quedaron mirándose por minutos. Ella resoplando por la furia que sentía y él, lanzándole la mirada más iracunda que ella jamás había visto. ¿Qué haría él? ¿Devolverle el golpe? ¿Sería capaz de golpearla? Después de todo, Dave era un desconocido para ella. No sabía lo que haría en esa situación.

—¿Qué se supone que debo hacer yo ahora? —preguntó él, desconcertando a Danny— ¿Quedarme con la bofetada sin hacer nada? ¿Debo decirle a su padre lo que hizo esta noche? ¿O debo pegarle a usted también?

—Puede castigarme como quiera, pero si me pone una mano en encima, me encargaré de que…

—¿De qué? ¿De chivarse a su padre? ¿Y si lo niego? ¿A quién creerá? ¿A su hija obstinada y respondona o a su fiel empleado que ha hecho tanto por él?

Danny se mordió el labio inferior. Estaba acorralada. No podía hacer nada. Pero todo lo que acababa decir... ¿era porque pensaba golpearla, al fin y al cabo? Bien, puede golpearme entonces, pero se arrepentirá de esto, lo juro —dijo Danny y cerró los ojos con fuerza, esperando el golpe.

Dave Sonrió. ¡Qué mujer tan sorprendente! Era capaz de dejarse abofetear antes que enfrentarse a su padre. La cogió por el cuello con una mano y rodeó su cintura con la otra y la besó. Con fuerza. Salvajemente. Con dureza. Sabía que la estaba lastimando, pero ella no se quejaba. Ni siquiera intentaba soltarse. La puso de espaldas contra la puerta y allí se apoyó él, contra su cuerpo. Acariciando su espalda, su pelo... saboreando su boca. Le abrió los labios con la lengua y se abrió paso hasta la boca de Danny. Sabía a ambrosía. Era delicioso. La lengua de Danny también participó y ambas se entregaron a una guerra de la que las dos, eran ganadoras.

Danny estaba disfrutando. No esperaba ese ataque, pero era lo que quería. Lo tenía justo donde ella quería. Sabía que él estaba besándola con fuerza a propósito para lastimarla, pero él no sabía que, aunque la lastimaba, ella no haría nada por detenerle. Sus besos eran los más mágicos que podría haber recibido. Se estremeció cuando la mano de Dave le acarició un brazo y lo puso alrededor de su cuello. El otro brazo de Danny, por instinto también fue al cuello de Dave para abrazarlo y acercarlo más a ella. Dave la cogió por la cintura con ambas manos y la acercó más a él, si eso era posible. Gimió contra su boca y eso hizo que él siguiera, alentado por ella. La besó en el cuello, detrás de la oreja, en la base y en la barbilla justo antes de volver a su boca. Colocó una pierna entre las de ella y presionó un poco haciendo que Danny volviera a gemir.

Las sensaciones que tenía se le escapaba de las manos. Dave la volvía loca con sus besos y caricias y esa rodilla encajada entre sus piernas. Era más de lo que podía pedir. Dave mordió su labio inferior y lo succionó suavemente. Ella quiso hacer lo mismo, pero los labios de Dave ya no estaban allí. Ni sus manos ni su rodilla. Abrió los ojos y lo vio mirándola con intensidad. Su respiración era entrecortada, al igual que la de ella.

—¿Por qué no me golpeaste? —preguntó ella.

¡Gracias a Dios! Se dijo él, algo en lo que pensar.

—Si te golpeaba, mañana hubiera tenido que dar explicaciones a tu padre de por qué lo hice y tendría que explicarle que su hija sale a altas horas de la casa, vestida con un fino camisón, a buscarme al establo para hacer cosas… indecorosas —hizo una pausa para mirarla.—. Además, me ganaría el despido y es lo menos que quiero.

¿La besó para castigarla? Quería reír, pero hubiera sido muy poco acertado.

—Yo no fui a buscarlo para hacer cosas indecorosas— se quejó ella.

—No, pero eso no es lo que su padre oirá. Danny lo miró con incredulidad.

—Yo no golpeo a mujeres, señorita. No constituye parte de mi forma de ser ni de pensar y lo que acaba de pasar tampoco era mi intención. Fue un impulso nada más. No crea que usted me atrae lo suficiente como para besarla.

Danny se ofendió de verdad ante ese comentario. ¿Qué quería decir? ¿Que no era lo suficientemente bella como para tentarlo? Estúpido engreído.

—¿Ah no? ¿Y por qué lo ha hecho… dos veces? —preguntó ella enfrentándolo.

Tenía razones para hacerlo. La primera fue para calmarla después de ver aquella serpiente y… ¿Y ésta? ¿Para no golpearme? Exacto.

Danny lo miró de arriba abajo, ofendida.

—Buenas noches, señor Holt —le dijo y volvió a la casa. Si Danny creía que acallando a su conciencia podía dormir mejor, se equivocaba. No pudo dormir en toda la noche. El recuerdo del beso de Dave junto con sus palabras hirientes no la dejó en paz. ¿Para no golpearla? ¡Ja! No sabía por qué, pero no le creía una sola palabra. ¿Qué se creía ese hombre? ¿Iba a besarla cada vez que ella se pusiera impertinente? Pues tendría que recordarlo en un futuro. Pero… ¿ser amable con él? Imposible.

Dave tampoco pudo dormir esa noche. Esa mujer lo había tentado demasiado. ¿Golpearla? ¡Por Dios! Nunca se le hubiera ocurrido. Ninguna mujer merecía ese trato y ésta, aunque a veces lo pidiera, tampoco se lo merecía. Su forma de besarlo era inexperta, pero exquisita igualmente. Participaba como podía en el beso y eso deleitaba aún más a Dave. Sus labios suaves, su cuerpo esbelto pegado a él, sus manos despeinándolo y acercándolo más a ella. Si seguía así, sabía que podía acabar mal, muy mal.

Al día siguiente, Dave se levantó muy temprano. Montó en su caballo y puso rumbo al pueblo. Necesitaba salir de allí y despejarse un poco. Cuando volviera a ver a esa mujer recordaría lo que había pasado la noche anterior y resultaría demasiado atrayente para sus sentidos. Llegó a Tucson y desmontó junto a la cantina. Entró y vio que solo estaba el dueño. La gente no madrugaba nunca para ir al bar. Pero él sí. Él necesitaba un trago. No había desayunado, pero le dio igual.

—Buenos días, Dave —dijo el cantinero—. ¿Qué te trae aquí a estas horas?

—Ponme un trago, Dick. Doble.

—Vaya, los problemas son serios ¿eh? —dijo el dueño sirviéndole un vaso de whisky. Este lo tomó de un trago y pidió otro.

—No sabes cuánto —respondió Dave y bebió el otro vaso de la misma manera.

—Dick lo dejó solo para poder empezar a reponer y limpiar el bar antes de que se llenara de gente.

—¿Cómo te va en el rancho? —preguntó Dick.

—Hay bastante trabajo, aunque todavía me quedan momentos libres para mí.

—¿El señor Langton se porta bien contigo?

—Me tiene en gran estima por salvar a su hija querida y eso me da ventaja. Sé que no podría echarme nunca.

—Tienes suerte, Holt —dijo el cantinero—. ¿Y cómo está la muchacha?

—Lo mejor que puede estar después de un secuestro.

—El día que la vi estaba estupendamente. Es una suerte que no le pasara nada malo.

Dave levantó lentamente la cabeza para mirar a Dick.

—¿El día que la viste? ¿Cuándo? ¿Dónde?

—El otro día que vino al pueblo. Estaba buscando a su cochero y entró aquí…

—¿Aquí? ¿Se atrevió a entrar aquí?

—Sí, pero no la hubiera dejado sino fuera por la mañana, sabes que no hay nadie a estas horas.

—¡Es igual! Esa mujer no tiene cabeza. ¿Cómo se le ocurrió entrar aquí? ¡Está loca!

—Bueno, Dave, no vino hacer nada malo.

—Da lo mismo, este no es lugar para una señorita como ella, a ninguna hora del día.

—¿Por qué te afecta tanto? ¿Acaso estás al cuidado de esa mujer?

Dave no contestó, en cambio le dijo que dejara la botella y siguió bebiendo. Nada podía calmarle. ¿Por qué dejaba que le afectara tanto lo que ella hiciera? Su ira crecía a medida que pensaba en Danielle. También estaba furioso consigo mismo por desear a una mujer que no debía y más por dar rienda suelta a su deseo y besarla. ¿Qué le había impulsado verdaderamente a ello? ¿Qué le había impulsado a separarse de ella? No entendía nada. Sabía que deseaba a Danielle Langton, pero también sabía que no podía tener nada con ella. No era como las mujeres con las que solía tratar. Era una señorita. Una mujer de ciudad. Una mujer inalcanzable para él y para todos aquellos que posaran su mirada en ella. Todos los del oeste, claro está. Temía que en Nueva York tuviera cientos de pretendientes. Todos ellos estúpidos esnobs tratando de deslumbrar ante ella. ¿Podía competir él con ellos? ¿Quería competir con ellos? ¡No! ¡Claro que no! Él pondría freno a su atracción cuanto antes. ¡Diablos! ¿Por qué tuvo que proponerle el trato a Richard Langton? Se arrepintió en ese mismo momento y estaba resuelto a arreglar el problema.

Pagó a Dick y salió de la cantina en busca de su caballo, pero algo lo retuvo.

—Vaya, vaya Dave, al final te dejas ver. ¿Mucho trabajo?

Dave miró a Rick Bennet. Era un hombre alto, fuerte y con una mirada profunda y fría. Tenía a casi todo el pueblo atemorizado, pero por alguna razón extraña, simpatizaba con él. No era mutuo, Dave sabía cómo era en realidad, un hombre mezquino y cruel, y esa clase de tipos no eran de su agrado. Lo evitaba cada vez que podía, pero ahora no podía escabullirse.

—Sí, la verdad que tengo mucho trabajo, pero ahora no puedo dar detalles, tengo que irme.

—¿Por qué tanta prisa? Dime cómo es el rancho Langton. Siempre tuve curiosidad.

—Es como casi todos los ranchos, Rick, no tiene nada especial. Dave se dispuso a subirse al caballo, pero Bennet aún no lo dejaba.

—Bueno, el racho no, pero creo que el señor Langton sí tiene algoespecial. Dave se paró en seco y se dio la vuelta lentamente.

—¿A qué te refieres?

—A su hija, por supuesto. Yo aún no la he visto, pero dicen que es una preciosidad. ¡Eso es cierto? Sé que tú la salvaste de un secuestro.

Dave cerró los puños fuertemente. Ese tipo era un idiota. Respiró hondo.

—Sí, la salvé—contestó.

—¿Y de verdad es tan bella como dicen?

—Bueno, no sé lo que dicen de ella, pero sí, es hermosa. Aunque su belleza es superable solo por su carácter.

—¿Carácter difícil? Esas son las que me gustan a mí. Poder domar a las fierecillas es un auténtico placer— Sonrió y dio una palmadita a Dave en el hombro—. ¡Qué suerte tienes, Holt, qué suerte tienes! Dave apartó su sucia mano de encima y lo miró con una sonrisa cínica.

—No sabes cuánta— respondió. Saltó encima del caballo y salió a todo galope hacia el rancho.

Si Rick Bennet conociera de verdad a Danny, se sorprendería de muchas cosas. Pero deseó que ese hombre no se acercara a ella nunca, pues sabía de lo que era capaz Bennet con tal de conseguir una muchacha bonita. Por primera vez, sintió miedo por Danielle Langton, verdadero miedo.

Aún más enfadado consigo mismo, llegó al rancho y Diana estaba esperándolo a la puerta del establo. Esa mujer sí era digna de admiración. Bella, inteligente y sumisa. Cualquier hombre estaría encantado de casarse con ella. Pero él no, descubrió que le gustaban los retos.

—Buenos días, señorita Hobbs, ha madrugado mucho hoy —dijo él desmontando del caballo.

—Buenos días, he querido empezar la lección más temprano, antes de que Danny se despierte. No quiero que ocurra algo como lo de ayer.

—Perfecto. Entraré y cogeré su caballo.

—Diana esperó pacientemente. Dave tardó dos minutos en traer el caballo. Ambos montaron en sus respectivos caballos y salieron al trote hacia la llanura.

—Llevaban diez minutos caminando, hablando lo justo. Solo las instrucciones que Dave le daba a ella.

—Dígame, señorita Hobbs, ¿su amiga es siempre tan…? —dijo Dave después de reunir el valor suficiente para ello.

—¿Obstinada? ¿Imprudente? —respondió Diana riéndose—. Sí, Danny tiene un carácter difícil, pero es una persona estupenda. La mejor amiga que una podía tener.

—¿En serio? —preguntó Dave con una ceja enarcada.

—No se preocupe, señor Holt, con el tiempo suficiente para conoceros, estoy segura de que se caerá mejor. Es solo cuestión de conocerla más a fondo.

Dave se quedó pensativo un momento.

—Es un poco difícil lograr eso, pero si usted, que la conoce bien, lo dice supongo que se puede hacer. Aunque tampoco es que esté interesado en conocerla bien. Yo soy un empleado y ella la señorita, no es normal que entablemos amistad ninguna.

—En realidad, ése es un defecto grande en ella, cree que los sirvientes es solo eso, sirvientes. Pero es muy educada con todos ellos, nunca los trató mal.

—Pues es lo que parece.

—¿Qué parece?

—Pues una persona que no se relaciona con gente de más bajo nivel. Pienso que es una engreída que cree que tiene a todos a sus pies. Que puede manipular a la gente a su antojo y atraerlos a ella con solo chasquear los dedos — Dave se interrumpió—. Lo siento, señorita, no lo decía por usted. Si es amiga de ella, algo bueno tiene que tener. Diana hizo una pausa.

—Señor Holt, Danny ha sufrido mucho durante estos años. Su rebeldía ha hecho que sea la persona más detestada de todo Nueva York. Nadie quiere hacerse amiga de ella porque allá donde vaya siempre estaba haciendo travesuras y esas travesuras se convirtieron en líos graves con los años.

Dave estaba callado, no podía decir nada. ¿Era cierto?

—Antes de venir, dos amigas nuestras, bueno, mías, le hablaron muy mal a Danny. Se metieron con ella acerca de sus vacaciones aquí y Danny montó un escándalo en medio del salón de té. Al día siguiente, esa bronca salió en el *New York Post*, el periódico más famoso de la ciudad por sus cotilleos. Imagínese cómo se sintió. Aunque ella lo quería disimular diciendo que lo le importa lo que dijeran de ella, yo sé muy bien que estaba dolida por ello. Si no, no se hubiera vengado.

—¿Vengado?

—Sí, después de que toda la ciudad leyera el último escándalo de Danielle Langton, tenía miedo de que no fuera invitada por lady Lampwick a su baile. Por suerte, a esa señora no le importó nada porque la encontramos en la calle y nos invitó personalmente a su fiesta.

Dave escuchaba con toda su atención mientras Diana le relataba todo lo sucedido en el baile de máscaras de lady L. Esa mujer era realmente increíble. Después de ser humillada públicamente, buscaba su revancha ante todos. ¿Pensaban esas dos mujeres que Danny no se quedaría con la última palabra? Se equivocaban. Sonrió para sí mismo al imaginar la escena en baile. El descaro con el que Danny se mofaba de ellas en sus narices sin que ellas sospechasen que era la misma Danielle quien las desacreditaba delante de todos. Sabía que Danny tenía carácter, pero nunca imaginó que toda una ciudad la fuera a aborrecer tanto. Sus travesuras habían hecho mella en los ciudadanos de Nueva York.

Pensó que tuvo que haber sufrido bastante. Cuando uno es adulto, eso no le interesa demasiado, pero cuando uno es un niño, es muy duro. Los niños suelen ser crueles en esas cuestiones. Si Danny hacía de las suyas, ellos no debieron tardar en chivarse y alejarse de ella.

Dave frunció el entrecejo de repente. Por primera vez sintió lástima por Danielle Langton y también furia. Furia por todas aquellas personas que se atrevieron a reírse y a despreciarla. Ninguna persona se merecía esa clase de trato. Los maldijo a todos.

—¿Señor Holt? —preguntó Diana.

—Dave despertó de sus pensamientos de repente.

—¿Sí?

—¿Se encuentra bien?

—Sí, por supuesto, estaba pensando en todo lo que me dijo. Disculpe.

—No pasa nada, ¿quiere que volvamos?

—Creo que será lo mejor, sí.

Dieron la vuelta a los caballos y pusieron rumbo al rancho.

10

Cuando llegaron vieron a Danny sentada en el porche con un refresco en la mano. Los miraba con los ojos entrecerrados, pero no sabían si era porque estaba furiosa o porque el sol le molestaba. Diana desmontó y, dándole las gracias y diciéndole que al día siguiente volvería, se unió a su amiga.

Dave miraba a Danny atentamente. Se acordó de lo que le había dicho Dick sobre ella. ¡Entrar en la cantina! ¿Cómo se le había ocurrido? Mujer insensata. Ni siquiera sabía lo que estaba haciendo, de eso estaba seguro. Dejó de mirarla y entró con los caballos al establo para refrescarlos y darles de comer.

Danny se fijó que Dave no le había quitado ojo desde que llegó con Diana. Ese hombre insolente. Ningún hombre se había atrevido a mirarla más de cinco minutos seguidos. Pero él era diferente, se dijo. Él era parte de ese mundo salvaje e incivilizado. Allí nadie tenía respeto por nadie. ¡Estúpidos todos ellos! Apartó la mirada de Dave cuando este entró en el establo y se dio cuenta de que ella también lo había estado mirando. ¡Maldición!

—¿Qué tal la cabalgada de hoy? —preguntó a su amiga, que se había sentado a su lado.

—Fantástica, Danny. Deberías haberme visto. El señor Holt dice que, para haber montado dos veces, lo hago muy bien. De aquí a dos semanas podré ir por fin al galope —respondió Diana, entusiasmada.

—Has madrugado mucho— comentó Danny antes de dar un sorbo a su refresco.

—No quería que me vieras marchar porque tenía miedo de que quisieras venir y que te ocurriera lo mismo de ayer.

—Tranquila, aprendí la lección. No volveré con vosotros —dijo Danny sonriéndole, para quitarle importancia.

—Me alegro de que lo entiendas —dijo Diana.

Danny echó una mirada al establo y luego miró a su amiga, sonriéndole.

—Robert ha escrito. Llegará pasado mañana —informó Danny.

—Eso es estupendo, Danny. Aunque no me acuerdo muy bien de tu hermano. Me alegrará mucho volver a verlo.

—Sí, estoy deseando que llegue el día.

—Diana la miró extrañada. Su amiga estaba diferente, muy diferente, desde que llegara de su cautiverio. ¿Qué pasaba con ella? ¿Qué habría pasado en ese tiempo? Y la discusión que había presenciado entre ella y el señor Holt. No sabía ni siquiera que no se llevaban bien.

—Danny, ¿puedo hablar contigo? —preguntó de repente Diana.

—Claro, dime.

—¿Te ha hecho algo malo el señor Holt para que os llevéis tan mal? Danny la miró ruborizándose. ¡Dios mío! ¿Cómo explicarle a Diana todo lo ocurrido entre ella y Dave? No estaba segura de que quisiera que lo supiera. Se encogió de hombros.

—No congeniamos —contestó ella sin darle importancia.

—Sinceramente, no creo que sea eso. Si un hombre me salvara de un secuestro, estaría toda mi vida agradeciéndoselo. Pero tú… tú has sido muy descortés con él. Lo has tratado mal. Le has gritado, insultado, humillado…

—¿Te ha contado todo eso él?

—No, he sacado mis propias conclusiones, Danny.

—Sé que después de todo es un criado más, pero antes de entrar a trabajar aquí, era una persona independiente. No tenía nada que ver contigo. Apuesto a que ni siquiera le has dado las gracias por lo que hizo.

—Mi padre se las ha dado, eso es suficiente —dijo Danny, ruborizada—. Además, también le ha dado trabajo, ¿por qué ha de quejarse? Él lo quiso así.

—Lo sé, Danny, pero tú no estás siendo justa con él. Puede que vuestros caracteres no congenien, pero sé que si hacéis un esfuerzo, conseguiréis arreglar vuestras diferencias.

Danny se levantó rápidamente, roja como la escarlata.

—¡No me interesa arreglar nada con ese hombre! —gritó—. Es un maleducado, grosero y hostil. No sabes hasta qué punto me ha humillado, Diana, así que no lo defiendas.

Diana se levantó también, enfadada, para sorpresa de Danny.

—¡Entonces, explícame qué es lo que te hizo!

Danny bajó la vista, avergonzada con solo pensarlo. Miró a su amiga, enojada aún más por la espera de la explicación de Danny.

—Me ha besado, Diana.

—¿Qué?

—Cuando volvíamos hacia aquí después de que él me rescatara, acampamos en un pequeño claro del bosque. Él fue a refrescarse al río y yo me quedé. De repente, vi que una serpiente se acercaba al lugar y grité. Él apareció y vio que yo estaba dando patadas a todo lo que encontraba, echando al fuego todo lo que se interponía en mi camino. Él me sujetó e intentó reaccionara, pero era imposible. Ambos caímos al suelo y para calmarme, según me dijo, pues… él… me besó.

—¡Dios mío! —dijo Diana, más calmada, sentándose de nuevo. Danny se sentó a su lado.

—Pero ésa no fue la única vez— declaró Danny y le narró la otra vez en que Dave la había besado y acabó reconociendo que a ella le había gustado. Estaba muerta de vergüenza, ruborizada y asustada de lo que podía decir Diana. Sabía que tenía que habérselo dicho antes, pero nunca había tenido el valor para hacerlo. Diana no decía nada. Estaba rumiando toda la información que le había dado Danny.

—No doy crédito a lo que estás diciendo —dijo por fin—. Ese hombre ha puesto sus manos encima de ti, Danny, y tú… tú se lo consentiste.

—Diana, es que no sé cómo explicarte lo que ese hombre me hace sentir. No es la primera vez que me besan, lo sabes, pero ahora me doy cuenta de por qué ninguno de esos besos pasados había dejado huella en mí. Eran muy diferentes a los que el señor Holt me da. Eran superficiales, casi etéreos. Con miedo a tocarme. Pero él, oh, Dios. Diana la miraba asustada, extrañada… y envidiosa.

—Danny, no te voy a censurar por eso. En realidad, yo siempre soñé que un hombre me besara así y te envidio un poco por eso. Ojalá yo encontrara a alguien así— hizo una pausa y posó una mano en la de Danny—. Pero él no es para ti, lo sabes. No es de la misma clase social que tú y…

—Diana, puedes estar tranquila. Aunque el señor Holt me atraiga, sé que no es hombre para mí. Además, no estoy enamorada de él, ni siquiera me gusta, y sé que mi corazón nunca será suyo.

Diana asintió, no muy convencida. Si la atracción que Danny sentía por Dave se agrandaba, su amiga estaría en peligro.

El día pasó lento y aburrido. Danny y Diana se quedaron en casa todo el tiempo. Estuvieron jugando a las cartas con Amanda y Richard, pero eso les aburría también. Danny quería salir a caminar por el rancho, pero temía encontrarse con Dave. Además, el calor no dejaba a nadie salir de casa. Durmieron una siesta para pasar el calor más livianamente, pero Danny no pudo pegar ojo. Se levantó, abrió las cortinas y las contraventanas para que el escaso aire fresco del atardecer entrara a su cuarto. Bajó a la planta baja y encontró a su madre bordando en el salón.

—Buenas tardes— saludó Danny y se sentó frente a ella.

—Buenas tardes, hija. ¿Has dormido bien?

—Escasamente, el calor de hoy es insoportable.

—Sí lo es, pero prefiero un verano aquí que un invierno en Nueva York, donde todos los años nieva.

Danny Sonrió.

—Puede que sí, pero demasiado calor tampoco es bueno —respondió Danny riendo.

—Eso lo dices porque te gusta la nieve —dijo Amanda mirando a su hija.

—No dijeron más durante un rato. Danny observaba cómo su madre bordaba un cojín con un dibujo de unos caballos corriendo por una llanura.

—He oído que viene otra visita a Tucson, más concretamente, a la casa que hay al oeste del pueblo.

—¿Cuál? ¿La mansión Sullivan? —preguntó Danny con los ojos como platos. Estaba fascinada por esa casa.

—Sí, al parecer la señora Sullivan ha regresado de su largo viaje por el Este y ahora quiere descansar.

Amanda dio una puntada.

—Nadie sabe lo que le pasa a esa mujer. Anda medio mundo viajando buscando nadie sabe qué. Los rumores dicen que busca a su hijo, que al parecer está muerto. Otros dicen que busca a su amor de toda la vida y que le fue negado en la juventud. Al parecer quiere recuperar el tiempo perdido. Pero lo más plausible es que anda buscando a su sobrino desaparecido.

—¿Su sobrino? —preguntó extrañada, Danny.

—Al parecer, su cuñada abandonó a su hermano llevándose a su hijo con ella. El señor Sullivan se sintió tan desolado y traicionado que nada tuvo sentido para él. Se fue a buscarla para reclamarle a su hijo, pero nunca la encontró. Edward Sullivan, el padre del pequeño, murió al atravesar el Atlántico para ir a Inglaterra, que era el destino que le habían dicho dónde encontrar a su hijo, pero no tuvo suerte.

—¡Qué triste historia!

—Lo es. Cuentan que Catherine Sullivan, la hermana de Edward, juró por la memoria de su hermano que ella encontraría a su sobrino. Así que anda vagando por ahí en busca del pequeño, que ahora será un hombre hecho y derecho.

—¿Tampoco supo nada de su cuñada? —preguntó Danny, curiosa.

—Nada en absoluto. Aunque tampoco hay que fiarse de nada de lo que la gente diga. Los rumores suelen ser mentiras, aunque haya un poco de verdad.

Danny asintió y no dijo nada más. Tampoco su madre.

Llegó la noche. Después de cenar, Danny salió al porche a sentarse un rato al aire fresco. Sus padres y Diana estaban en el salón jugando una partida al whist, juego que aprendió su padre cuando estuvo en Inglaterra y que enseñó a todos sus conocidos. Era para cuatro jugadores, pero John había sido invitado, ya que Danny no quiso unirse a ellos, prefirió un poco de soledad.

La noche era algo cálida, pero aun así había salido con un chal sobre sus hombros. El silencio era roto solamente por las voces de las personas que ocupaban el salón. Diana le había preguntado si quería que saliera con ella, pero Danny se había negado. Quería estar sola. Pensar. Aclarar todo lo que tenía en la cabeza. Hacía casi tres semanas que había llegado a Tucson, bueno no exactamente, ya que había sido secuestrada y había tardado casi dos semanas en llegar a casa.

Le gustaba ese lugar. Sí, le gustaba por mucho que lo negara. Por mucho que lo tachara de incivilizado y hostil. Había sido casi criada allí. Conocía a todos en el pueblo. Eran buena gente. Todos ellos la habían visto crecer. Todos ellos la conocían como ninguno. Nadie de Nueva York la respetaba y quería como la gente de Tucson. Era personas humildes, sencillas y que, aunque de pequeña también eran blancos de sus travesuras, ninguno de ellos trató de lastimarla nunca. Era la hija de Richard Langton. La pequeña Langton. La muchachita traviesa y encantadora que hacía que todos se rindieran a sus pies con solo sonreír. Siempre conseguía lo que quería. Tomaba lo que se le antojaba y nadie se lo discutía. Nadie se atrevía a levantarle la voz para regañarla, nadie… excepto una persona: Dave Holt. Era el primero que se atrevía a enfrentarla y no lo culpaba. Ella era una persona fría y sin escrúpulos a la hora de humillar a alguien. Siempre había oído que por ser hija de quien era, todos le debían respeto y que todo lo que ella hiciera o dijera estaba bien.

Pero llegó Holt a su vida y decirle lo contrario. La ofendía cada vez que hablaban —discutían—, y le hacía ver que ella no era más que nadie. La hija de un acaudalado abogado no era más que él, un simple criador de caballos. Se lo demostraba con cada palabra hiriente, con cada mirada fría, con cada beso recibido. Si él se atrevía a hacer eso, entonces es que Dave Holt no temía por nada. Sabía que ella no le diría nada a su padre. Aunque fuera la excusa perfecta para echarlo de allí, que era lo que más quería ella, no la usaba en su contra. ¿Cómo podía saber él que no diría nada? ¿Quizá porque ya era demasiado tarde? Si le hubiera dicho a su padre que Dave la había besado en su regreso a casa, sería todo diferente. Ahora tendría que explicar por qué él la había besado una vez más. Y todo era por ella. Por ir a buscarlo, aunque fuera por excusas plausibles para ella, él aprovechaba la oportunidad para reducirla a nada. Con sus besos estaba diciendo que podía hacer con ella lo que quisiera, porque Danny no ponía demasiada resistencia. ¡Maldición! Había dejado al descubierto una debilidad frente a él.

Como si estuviera dentro de su cabeza, Dave se presentó frente a ella con expresión sombría. ¿Estaba enfadado? ¡Ahora qué habría hecho!

—¿Está usted loca? —preguntó Dave, con los puños apretados a ambos lados de su cuerpo.

Danny se puso en pie.

—No comprendo.

—¿Cómo se le ocurre entrar en la cantina del pueblo? ¿No sabe que ese no es lugar para usted?

—En primer lugar, dígame cómo se ha enterado de eso. Y en segundo lugar dígame quién es usted para regañarme por lo que he hecho.

Dave dio un paso hacia ella.

—En primer lugar no le interesa cómo me he enterado. Y en segundo lugar puede que no sea nadie para regañarla, pero le advierto que la próxima vez que entre en ese lugar, se lo comunicaré a su padre inmediatamente.

—¿Le advierto? ¿Se atreve a advertirme a mí? ¿Un simple criador de caballos osa a darme una orden? Dave dio otro paso, pero ella no retrocedió.

—Puede intentar humillarme recordándome cuál es mi posición, pero no lo logrará. Y sí, estoy advirtiéndole de lo que voy hacer si se le ocurre volver a ese sitio.

Danny se mordió el labio inferior.

—No volveré. Sé que no es un lugar para señoritas —dijo Danny más calmada. ¡Diablos! Otra vez la hizo acobardarse con solo la mención de su padre—. Entré para buscar a John, el cochero, y fue en pleno día, muy temprano como para que hubiese gente.

—¡Es igual! Ese lugar no es propio para usted. Está lleno de gente indeseable. Cualquiera podría haberla tomado en contra de su voluntad, llevársela lejos y hacer con usted lo que él quisiera, ¿quiere que vuelva a buscarla otra vez?

—¡No! —exclamó Danny, asustada y con los ojos empapados, pero no iba a llorar delante de él.

—Entonces no se acerque a ese lugar nunca más. No sé cómo Dick ha permitido dejarla entrar. Él es partidario de que ninguna mujer cruce el umbral de su bar.

—¿Por qué es tan peligroso? —preguntó ella.

—¿No se lo acabo de decir? —la miró incrédulo y suspiró— En ese lugar solo hay hombres borrachos jugando al póker, armando jaleo por nada y desenfundando a la mínima. Son escenas que mejor es que se las ahorre, señorita.

Danny tragó saliva.

—He oído que hay también señoritas en ese lugar —dijo ella en voz baja.

—Sí, pero no la clase de señoritas que usted piensa.

—No comprendo…

—Ni falta que hace— Dave se colocó el sombrero e hizo una reverencia—. Será mejor que entre en casa y recuerde que no debe volver por allí.

Se dio la vuelta, pero Danny lo detuvo agarrándole por el brazo. Él se dio la vuelta mirando la mano delicada que reposaba en su antebrazo.

—Soy demasiado curiosa, señor Holt, le ruego que me lo cuente —dijo ella, seria. Él la miró a los ojos y apartó su mano. Resopló.

—Haré otra cosa. La llevaré para que pueda verlo con sus propios ojos —dijo él y la agarró de mano. La llevó arrastras hasta su caballo.

—No puede hacerme esto, no pienso subir a su caballo de nuevo —dijo ella protestando, pero ya estaba sentada detrás de él—. No puede llevarme ahora al pueblo.

—Usted me obligó. Ya que no puedo confiar en que no vuelva a ese lugar, será mejor que lo vea para que se dé cuenta de cómo es en realidad.

—Pero…

—Agárrese fuerte —le dijo él.

Se agarró a su cintura y galoparon hacia Tucson.

A Danny no le importó que todos en su casa estuvieran despiertos. Aún lo estarían cuando ella llegara a casa y, con suerte, nadie se enteraría de lo que estaba haciendo. No podía creerse que estuviera otra vez sentada en un caballo con ese señor. ¡Maldita curiosidad! Sabía que algún día le traería serios problemas.

Llegaron al pueblo en veinte minutos galopando velozmente. Dave estaba furioso. Simplemente tendría que haberla advertido e irse a dormir, pero se había olvidado de que esa mujer no era sumisa y obediente. No, era una testaruda y curiosa que lo había obligado a llevarla a esas horas hasta Tucson, con el riesgo de que alguien los viera, para que ella supiera las razones por las que no debería volver a entrar en el bar.

Desmontaron en la parte trasera del edificio. Dave la cogió de la mano y la llevó hasta una ventana.

—Mire— le dijo.

Danny miró dentro del bar y vio, entre una nube de humo, a hombres jugando a las cartas. Algunos estaban levantados, discutiendo, pero no se les entendía nada por el alcohol ingerido. El dueño del bar, Dick, estaba poniendo orden entre ellos sin mucho éxito. El resto del personal seguía con lo suyo, como si no fuera a pasar nada. Como si nadie, en cualquier momento, pudiera desenfundar y empezar a disparar.

Luego, cuando la pelea se calmó, se fijó en el resto del bar. Vio que las mujeres estaban vestidas con escasas ropas y algunas estaban sentadas en el regazo de algún hombre, rellenándole la copa de whisky. Otras servían en las mesas y al mirar hacia arriba, vio a un hombre salir de una habitación seguido de una mujer medio desnuda. Vio que el hombre le daba unas monedas y bajaba al piso inferior para seguir bebiendo.

También reconoció algunos de los hombres presentes. Algunos casados y eso la horrorizó. ¿Qué clase de bar era ese? Toda su vida yendo allí y nadie se había tomado la molestia de informarle de aquello. Estaba escandalizada. No podía creer que hubiera entrado a aquel lugar tan inhóspito.

Dave miraba las expresiones que Danny ponía a causa de las sorpresas que iba encontrando. Estaba junto a ella, demasiado cerca. Podía oler el perfume de su cabello.

Podía ver cómo sus ojos color ámbar, de forma almendrada, se abrían y cerraban cada vez que veía algo nuevo e insólito. Se mordía un labio y a Dave, ese gesto le pareció encantador. Miró sus labios y el deseo volvió a él como un rayo.

¡Por el amor de Dios! ¿Es que no podía mirarla sin sentir la necesidad de estar más cerca, de tocarla, de besarla? Ella se dio la vuelta y se encontró con la mirada plateada de Dave. La miraba de un modo extraño, del mismo modo cuando la besaba. ¿Pensaba hacerlo ahora? Decidió que no.

—Tiene usted razón, no es lugar para mí —dijo ella sacando tema de conversación.

—¿Entonces me promete que nunca volverá a este lugar? —preguntó él mirando sus labios.

—Se lo prometo. Este lugar es repugnante. Además, después de hoy no creo que pueda volver a mirar con los mismos ojos a algunos de los hombres que están ahí dentro.

—Eso es normal, pero con el tiempo se acostumbrará.

—Debo reconocer que esta vez, usted tenía razón en todo —dijo ella, bajando el tono de voz—. La próxima vez, me cercioraré de que usted dice la verdad antes de acusarlo de mentiroso.

—Se lo agradecería —dijo él.

—Se miraron a los ojos durante mucho rato. Estaban serios. Sin poder dejar de mirarse uno al otro. Algo pasó entre ellos, como un escalofrío que azotara sus cuerpos. Como un rayo que fuera desde la mirada de él a la de ella y viceversa, pero algo los distrajo. Un ruido. Alguien se acercaba, pero estaba demasiado cerca como para echar a correr y esconderse.

—¿Qué hacemos? —preguntó Danny.

Dave, como viendo una luz al final del túnel, la abrazó y la besó. La apoyó en la pared y allí, dio rienda suelta a la pasión reprimida durante tantas horas.

El hombre pasó a su lado, pero iba tan borracho que ni los vio.

Ninguno de los dos se había percatado de que ya había pasado el peligro, estaban tan absortos que siguieron besándose. Danny se aferró a él y Dave la acercó más. Tenía su cara entre sus manos y la besaba con pasión. Primero su cabeza estaba ladeada hacia la derecha, luego hacia la izquierda. Ella le seguía como podía. La mano de Dave bajó hasta su cintura y metió su muslo entre las piernas de ella, presionando y logrando otro gemido por parte de ella. Era una sensación deliciosa. La otra mano fue hasta su cuello para apretarla más contra él e intensificar el beso. La lengua de Dave se abrió paso en la boca de Danny y la exploró por todos los rincones. La lengua de Danny se unió al baile y ambas danzaron durante un buen rato.

Fue tanto tiempo, que Danny no notó que la mano de Dave ya no estaba en su cintura, sino que le acariciaba un pecho. Aunque fuera por encima del vestido, la sensación era excitante. Lo amasó y lo sopesó en su mano. Notó que su pezón se erguía bajo el contacto del pulgar de Dave y ella emitió otro gemido. Esas nuevas sensaciones eran extrañas para ella. Sabía que estaba haciendo mal. Que un hombre la tocara así sin estar casados era algo espantoso. ¿Cómo algo tan maravilloso podría ser horrible? Disfrutaría de eso unos minutos más, solo unos minutos más.

Dave dejó su boca para bajar hasta su cuello. La besó en la base, detrás de la oreja y le mordisqueó en la barbilla. Miró a Danny, mientras su mano aún seguía en su pecho. La mano que tenía detrás de su cuello había bajado hasta su cintura y el muslo de él había presionado aún más. Vio la cara de placer de Danny, que aún continuaba con los ojos cerrados, disfrutando de cada caricia. Dave Sonrió y volvió a sus labios. La mano del pecho subió a su cuello y lo acarició con las puntas de los dedos. Notó cómo se estremecía.

—¡Dios mío, Danny! ¿Qué me haces? —preguntó Dave sin esperar respuesta, volvió a besarla, salvajemente.

Era la primera vez que usaba su nombre y a ella le encantó.

Danny ya no sabía qué hacer. Sus brazos rodeaban el cuello de Dave. Saboreaba su boca como hacía él con la de ella. Era asombroso cómo su seno había despertado bajo la experta mano de él. Era increíble cómo esa pierna encajada entre las suyas podía hacer que el lugar más sensible del cuerpo de Danny se alterara pidiendo más.

Dave mordió el labio inferior de Danny y se separó de ella. Danny abrió los ojos y vio que él estaba sonriendo. Ella se sonrojó y Sonrió tímidamente. Era la primera vez que se sonreían.

—Es mejor que volvamos a casa. Esto podría acabar mal para ambos —dijo él y la llevó hasta el caballo. La montó, esta vez delante de él, y cabalgaron tranquilamente hacia la hacienda.

Cuando llegaron, Dave la ayudó a desmontar y la acompañó hasta la puerta de casa. Oyeron que aún estaban en el salón, así que estaba fuera de peligro.

—Buenas noches, señorita Langton —dijo Dave y le besó la mano cortésmente. Danny se ruborizó y Sonrió.

—Buenas noches, señor Holt —respondió ella y se metió en la casa. Danny presintió que esa noche, iba a dormir mejor que nunca.

11

Danny se levantó ese día con una sonrisa permanente en su cara. No había dormido tan bien en su vida. Aunque dormir, poco. No podía dejar de pensar en lo ocurrido anoche y en eso que podría acabar mal para ambos, como dijo Dave. ¿Le habría hecho el amor? ¿Sería capaz de llegar tan lejos? Un escalofrío recorrió su cuerpo y se sonrojó solo al pensarlo. Hacer el amor con Dave sería una experiencia maravillosa, estaba segura pero no era lo correcto. No podría entregarse a alguien que luego no respondiera por ello y sinceramente, no se veía casada con Dave Holt. No era la clase de hombre con el que soñaba, sin embargo, en ese momento era el hombre que le gustaba.

Se acordó del hombre que había conocido en el baile de lady Lampwick y pensó que ese sí sería un buen partido. Aunque su educación no hubiera sido la mejor, era un caballero. Un noble, un miembro de la clase alta, la clase donde pertenecía ella. Era el hombre con el que su padre estaría encantado de que su hija se uniera. Pero sabía también que era muy improbable que se encontrara con él. Además, no le había visto la cara y eso lo hacía más difícil aún.

Pero no iba a pensar más en aquel hombre. No iba a pensar más en nada. Iba a disfrutar ese verano mágico que estaba viviendo. Quizá no empezara muy bien, pero las cosas estaban cambiando. Sabía que no llegaría muy lejos con Dave, pero si podía disfrutar de aquello, lo haría. No hacía nada malo a nadie, excepto a ella, que, si no controlaba esas nuevas sensaciones encontradas, acabaría dañada.

Bajó para desayunar y vio a sus padres y a Diana en el comedor. Entró con una sonrisa de oreja a oreja y se sentó para disfrutar de un buen manjar. Todos la miraban extrañada. Anoche había salido al porche con una actitud triste, decaída y cuando había vuelto a entrar, estaba de lo más contenta. Sus padres no se lo explicaban, pero Diana se podía imaginar qué había pasado así que después de desayunar la llevó afuera para que nadie las oyera.

—¿Qué ha pasado anoche? Y no te atrevas a mentirme, Danny, sé que ocurrió algo con el señor Holt. Por eso entraste tan contenta.

Danielle Sonrió.

—Puede que haya pasado algo— Diana puso cara de horror—. Oh, no, no ha pasado nada de lo que piensas. Simplemente me besó de nuevo. Diana, no sé qué me está haciendo ese hombre, pero con uno solo de sus besos me sube el ánimo en menos de lo que canta un gallo.

—Danny, es peligroso. Puedes enamorarte de él y sabes que eso no puede ser.

—No seas ridícula, sé cuál es mi posición y la de él. Nunca permitiría que mi corazón entrara en juego.

—Espero que así sea. No quiero que sufras —dijo Diana, preocupada. Danny Sonrió aún más y la abrazó.

—Por cierto, ¿cómo ha ido hoy tu cabalgada? ¿Has avanzado más? Diana miró al establo y frunció el ceño.

—Danny, el señor Holt se ha ido —contestó Diana.

—¿Qué? ¿Adónde? Tenía asuntos personales que tratar y se ha ido. Creo que vendrá en una semana o más.

—Danny se puso seria. ¿Se había ido? No se lo podía creer. ¿Asuntos personales? Algo ocurrió en su interior que hizo que Danny estuviera triste durante el resto del día.

Dave iba en la diligencia que lo llevaba a Los Ángeles. Había recibido la carta esa misma mañana y partió de inmediato. John lo había dejado en la estación de Tucson, ya que el caballo no lo iba a llevar. Iría a averiguar si lo que decía la carta era cierto. Su detective, el señor Hartman, le había escrito para decirle que había visto a la señora en la ciudad costera. ¿Sería cierto? Había viajado por todo el país en busca de la única persona que podía contarle la verdad sobre sus padres. Tenía cinco años cuando Margaret Holt abandonó Tucson para irse al Este, a casa de una prima. Allí, había criado a su hijo entre preguntas que él hacía. Margaret hacía todo lo posible por evadirlas y así, pasó el tiempo hasta que, cuando Dave tenía dieciséis años, su madre murió a causa de una fiebre. A partir de ese momento decidió que buscaría a su padre, pero fue en vano ya que había muerto tiempo atrás. Se enteró de que tenía un familiar viajando por el país y que podía ayudarlo.

Juntó el dinero suficiente para contratar al señor Hartman y a partir de ahí, empezó su búsqueda. No tuvo éxito y ahora esperaba que le ocurriera todo lo contrario. Llevaba ocho años buscándola. Necesitaba encontrar a esa persona para saber la verdad. Quizá no le debería importar, pero quería saber las verdaderas razones por las que su madre había decidido abandonar aquella tierra. ¿Qué clase de matrimonio era? Tenía que averiguarlo. Tenía que saber de dónde provenía.

Además, le convenía también alejarse del rancho Langton. De Danielle Langton. No quería ni pensar en lo que hubiera ocurrido si hubiesen estado en otro lugar, sin riesgo de que nadie los viera. Estaba dispuesto a hacerle el amor. ¡Qué locura! No podía acostarse con Danny. No era lo correcto. Él no era más que un empleado y ella la señorita de la casa. Estaba por encima de él, aunque eso no le gustara en absoluto. Y ella era una dama, una doncella aún y que no se merecía que alguien como él le quitara la inocencia. Por mucho que deseara a esa mujer, tendría que mentalizarse que acercarse a ella le estaba prohibido.

Pero no podía dejar de pensar en lo que había pasado la noche anterior. En cómo su cara reflejaba el placer que estaba sintiendo gracias a él. Era una mujer apasionada, de eso no cabía duda. Se acordó de cómo se estremecía con solo el contacto de su mano en su cuello, en su cintura, en su pecho, ese glorioso busto que le iba tan bien a su mano. Lo imaginó sin ropa de por medio, pero se sacudió la cabeza, intentando borrar ese pensamiento de su cabeza. ¿Qué le pasaba? ¿Por qué demonios tuvo que hacer caso a sus instintos y besarla? ¿Dónde estaba su sentido del decoro? Estaba seguro de que se había esfumado al conocer a Danielle Langton. Robert Langton, un hombre alto, musculoso, pelo negro y ojos verde jade, acababa de llegar a la hacienda Langton, a su casa. Estaba contento por volver a ver a su familia. La había echado de menos durante tanto tiempo… su paso en el ejército había sido duro, pero todo había acabado bien. Estar lejos de sus padres y de su hermanita era lo peor de todo. Pero ahora ya disponía del tiempo suficiente para disfrutar de ellos. Sonrió y bajó del caballo.

Amanda estaba fuera regando sus plantas cuando vio que se acercaban dos caballos a la hacienda. Miró y su sonrisa era mayor que la de su hijo. Su hijo. Robert había vuelto. Dejó su pequeña regadera en el banco y corrió a los brazos de él. Lloró emocionada y rio feliz. Robert la abrazó con fuerza. Su madre, su tierna y noble madre. Siempre tan callada, tan sumisa. Se apartó de ella y la miró, sonriente aún.

—Robert, hijo, qué alegría verte de nuevo —dijo enjugando sus lágrimas.

—Yo también estoy contento de volver a casa, madre —contestó él. Miró por encima de la cabeza de Amanda hacia la casa—. Veo que está todo igual que antes. ¿Dónde están mi padre y Danny?

—Tu padre está en su despacho y Danny, creo que está en su cuarto. No ha salido en todo el día de allí.

—Bien, iré a verlos ahora mismo, pero antes, quiero presentarte a un amigo del ejército —dijo Robert señalando a su amigo—. Este es Andrew Sandford. Andy, ésta es mi madre.

—Encantado, señora Langton, es un verdadero placer —dijo Andrew y besó la mano de Amanda.

—Igualmente y bienvenido.

—Andrew se quedará unos días antes de partir hacia Chicago, si no te importa.

—Por supuesto que no, pero entremos a la casa. Tu padre está ansioso por verte.

Los tres se encaminaron hacia la casa y entraron al vestíbulo. El mayordomo llevó sus pertenecías a los cuartos correspondientes, mientras ellos pasaban al salón para tomar una taza de té helado. Richard entró en ese momento y se quedó en el umbral durante un minuto, luego se acercó a su hijo y lo abrazó con fuerza.

—Después de cinco minutos abrazados, ambos se separaron.

—Bienvenido a casa, hijo —dijo Richard.

—Gracias, padre. Es un placer —respondió Robert—. Te presento a Andrew Sandford, un amigo que pasará unos días aquí antes de partir hacia su hogar.

Andrew se levantó y estrechó la mano del padre de su amigo. Richard le Sonrió y le dio la bienvenida. Se sentaron todos a tomar el refrigerio y a hablar sobre la guerra pasada y todo lo que tuvieron que luchar Robert y Andrew al frente. Apenas tenían cicatrices y ninguna herida había sido grave. Aunque Robert había contado que había sido herido en el costado, pero que no le llevó más que un par de semanas recuperarse. Habían acabado por derrotar a los apaches en el año anterior, pero habían tenido que quedarse para ayudar a los heridos y comunicar a los familiares de los fallecidos.

Ahora podía disfrutar de unas vacaciones con su familia y luego dedicarse a la medicina, estudios inicializados durante la guerra. Quería ser médico y ayudar a los demás. Tenía veinticuatro años y aún le quedaba tiempo para acabar con sus estudios. Incluso antes de buscar a una mujer con la que compartir su vida.

La puerta del salón se abrió y dio paso a Danny. Con la cara triste y casi sin arreglar miró a su hermano, que se había levantado para recibirla. Se quedaron mirando durante un momento y acto seguido, Danny corrió a sus brazos casi llorando. Hacía tanto tiempo…

—¡Robert! —exclamó ella.

—¡Danny! —se apartó de ella para mirarla mejor—. ¡Dios mío! ¡Cómo has crecido! Cuando dejé la ciudad eras una chiquilla de catorce años llena de pecas y enormes ojos —rio—. Bueno, los ojos grandes sigues teniéndolos, pero más hermosos. Estás preciosa.

Danny rio y lo abrazó otra vez.

—Qué bien que estés aquí. ¿Ya no tendrás que volver? No, todo ha acabado. Ahora me dedicaré a vosotros y a mis estudios.

—Eso es estupendo.

—Robert se apartó de ella y señaló a Andrew.

—Este es Andrew, un amigo del ejército, se quedará con nosotros unos días —dijo Robert—. Ésta es mi hermana pequeña, Danielle.

—Andrew besó la mano de Danny, sonriendo. Nunca había visto una mujer tan bella como aquella.

Después de hacer las presentaciones, siguieron charlando hasta que el mayordomo anunció que la cena estaba lista. Todos se sentaron a la mesa. Richard presidiendo, su mujer a su derecha, Robert a su izquierda. Al lado de este, Danny y junto a Amanda, Andrew.

Cuando estaban a punto de empezar, Diana irrumpió en la estancia como un huracán. Sabía que llegaba tarde y se sintió un poco avergonzada. Pero al entrar se paró en seco al ver que dos personas desconocidas estaban en la mesa. Los hombres se levantaron esperando a que ella tomara asiento. Danny también se levantó y fue hacia ella.

—Diana, llegas justo a tiempo —dijo la joven cogiéndola por el brazo y arrastrándola hasta llegar al lado de su hermano—. Este es Robert, mi hermano. Quizá ahora lo recuerdas.

Robert miró a la muchacha de pelo negro y unos ojos azules cristalinos con una sonrisa en la cara. Quizá ella no se acordaba de él, pero él no la había olvidado nunca. Puede que cuando él se marchara no fuera más que una niña, pero sabía que Diana Hobbs sería una belleza y no se había equivocado. Cogió su mano y la besó sin dejar de mirarla a los ojos.

Diana se sonrojó y Sonrió tímidamente al hombre más apuesto que había visto en su vida. Recordaba vagamente a Robert, pero se alegraba mucho de verlo y esos ojos que no paraban de mirarla.

Danny la acompañó al otro lado de la mesa y le presentó a Andrew. Cuando acabaron, se sentaron ambas a la mesa una frente a otra. Diana notó cómo Robert la miraba de vez en cuando. Ella intentó no mirarlo, pero no podía dejar se sentirse atraída por la mirada de él, profunda.

Hablaron de temas triviales mientras cenaban. Cuando acabaron, pasaron al salón para tomar el té y después jugar una partida a las cartas. Danny se abstuvo del juego y tampoco salió al porche, sabía que esa noche no estaría acompañada. Eso la hizo pensar en Dave. No había salido de su cuarto en todo el día, alegando una jaqueca. Diana sabía que era mentira, pero tampoco quiso preguntarle. Danny no comprendía por qué la partida de ese hombre la tenía tan afectada. Ya había reconocido que se sentía atraída por él, incluso que le gustaba cuando la besaba, pero nada más. No había motivos para echarlo de menos, porque eso era lo que le pasaba, echaba de menos a Dave Holt.

Enfurecida consigo misma, cogió un libro de la estantería y se puso a leer junto a la ventana para disipar las estúpidas ideas de su cabeza.

Más tarde, cuando todos se habían acostado, Danny y Robert se quedaron en el salón para hablar un poco más sobre ellos.

—¿Así que tu llegada aquí no fue muy buena? —preguntó Robert.

—Pues no, pero por suerte estoy aquí. Esos bandidos sabían que llegaba ese día y quisieron robarme, pero al ver que no tenía mucho de valor, decidieron llevarme con ellos para pedir un rescate.

—Sí, pero gracias a ese señor Holt puedes vivir para contarlo, ¿no? Danny se estremeció.

—Sí, gracias a él estoy sana y salva.

—¿Por eso nuestro padre lo contrató?

—No quiso el dinero.

Robert arqueó las cejas, sorprendido.

—¿Qué? ¿Qué clase de persona rechazaría una buena suma de dinero?

—Una persona como él. Solo quería un trabajo.

—La verdad que no entiendo que, alguien que necesita dinero para poder lograr sus asuntos, no quisiera una cantidad así.

—Quizá lo movió otro motivo. ¿Sospechas de él? ¿Crees que tiene alguna razón para querer entrar en el rancho?

— No creo que ése sea el tema. Pero tampoco me importa. Es un empleado más.

—Tú y tus diferencias de clases sociales, hermanita. Algún día, se te caerá todo encima por escupir tanto para arriba.

Danny pensó que ya le había caído todo al conocer a Dave.

—Bueno, el señor Holt tampoco es un empleado cualquiera. Su educación parece la de un noble. Él y yo tuvimos unas diferencias. No sabes lo que me hizo pasar en nuestro viaje de regreso cuando me rescató.

—Explícate.

—Me obligó a montar a caballo sabiendo que los odio. Me dio de comer agua y pan y casi me muerde una serpiente por dejarme sola en medio del desierto.

—¿Te ha dejado sola?

—Bueno, se alejó un momento para refrescarse al río y en ese momento apareció una serpiente. Yo grité y él… vino enseguida y la mató.

—Pero no te pasó nada malo, ¿verdad? —preguntó Robert, un poco alterado.

—Por suerte no, aunque su trato no fue el de un caballero.

—Danny, si te trajo en caballo estoy seguro de que fue porque no quería que anduvieras. Lo de comer pan y agua, bueno, viajando en caballo poca comida debes llevar encima.

—¿Lo estás defendiendo? —preguntó Danny con las cejas arqueadas.

—No lo defiendo, pero yo hubiera hecho lo mismo en su lugar. Simplemente hizo lo que creyó conveniente para ti.

—¿Y lo de dejarme sola?

—Eso fue solo un golpe de mala suerte, Danny. Si te dejó es porque pensó que no corrías peligro. Supuso que no te pasaría nada malo. Pero, al fin y al cabo, no pasó nada de lo que lamentarse.

Danny guardó silencio. No podía creer que su hermano defendiera a un hombre que ni siquiera conocía. Aunque, ¿quizá ella se estuviera equivocando? Sacudió la cabeza. No, de ninguna manera.

Carraspeó y optó por cambiar de tema.

—Bueno, creo que no merece la pena hablar más de ese hombre, cuando lo conozcas, lo juzgarás por ti mismo, mejor cuéntame tú. ¿Cómo estás?

—Bien, contento de volver. Por cierto, esa amiga tuya, Diana, ha cambiado mucho, ¿verdad? Danny lo miró con los ojos entrecerrados.

—Ni se te ocurra Robert Langton, no pongas tu mirada sobre Diana. Ella es buena, no es cualquiera de esas mujeres a las que estás acostumbrado a tratar. Robert rio.

—No he dicho nada. Simplemente la recordaba de otra manera.

—La recordabas como una niña como a mí, pero ahora es una mujer hermosa, ¿verdad?

—Bellísima, Danny. He de confesar que siempre pensé que sería una beldad, pero no tanto. Me ha impactado.

Danny le dio un empellón en el hombro, en broma.

—Robert, no pienses en ello ni por un instante.

—¿Y si tuviera intenciones serias respecto a ella?

—¿Las tienes?

—Por ahora no.

—Cuando las tengas, tendrás mi permiso para cortejarla, hasta entonces, sé su amigo y nada más.

Robert rio y abrazó a su hermana. Ambos recordaron tiempos pasados. Cuando eran niños, cuando Danny le seguía a todas partes, cuando hacían alguna travesura juntos. Siempre se habían llevado bien, ninguna discusión, ninguna palabra más alta que otra. Sus padres estaban orgullosos de ellos, por haber educado a los mejores hijos que uno podía tener. Y ahora, aún después de cuatro años sin verse, seguían como si nunca se hubiesen separado.

Los días pasaron lentos para Danny. La ausencia de Dave no dejaba que los días fueran normales, eran más aburridos. Se maldecía cada vez que pensaba en él. Intentaba distraerse. Iba al pueblo con Diana y su madre. A veces con su hermano, Andrew y Diana. Otras veces salían a pasear los cuatro por los alrededores. Vio que su hermano mostraba interés por Diana, y también vio que iba en serio. Se lo confesó un día a ella. «Diana me gusta mucho y no es nada pasajero, me temo», le había dicho. Eso era amor a primera vista. Diana le había dicho que sentía algo especial por Robert. Aunque no le extrañaba. Su hermano siempre había sido el hombre más apuesto de todo Nueva York. Tenía los ojos más hermosos y la sonrisa más encantadora que nadie había visto, además de su labia, que nunca le fallaba. Diana había caído bajo su encanto, pero se alegró de que no se equivocara. Sería algo maravilloso que ella y Diana acabaran siendo cuñadas. Sonrió.

Estaban junto al río. Danny estaba viendo cómo Robert le explicaba a Diana el poder curativo de una planta, cuando Andrew Sandford se acercó a ella. Era alto, musculoso y varonil. Tenía el pelo castaño oscuro y los ojos azules. Era guapo, pero no tanto como… ¡Maldición! Lo que le faltaba, empezar a comparar a Dave con los demás hombres. Andrew era todo un caballero, respetable y educado. Había tenido conversaciones con él verdaderamente interesantes. Le gustaba leer, como a ella y compartieron varias opiniones sobre los libros y escritores. A él le gustaba leer sobre filosofía y a ella novelas de terror y poemas. Aunque los filósofos también tenían sus momentos de atención por parte de ella.

—¿Lo está pasando bien, señorita Langton?

—Oh, sí, estupendamente. Espero que su visita sea de su agrado y esté disfrutando de esto.

—Por supuesto, sus padres han sido de lo más corteses y amables. Estoy encantado de estar aquí y conocer a la familia de mi amigo.

Danny Sonrió y Andrew pensó que no había sonrisa más hermosa que aquella.

—Cuando llegue a Chicago, le haré enviar unos libros sobre Edgar Allan Poe y Charles Maturin. Estoy seguro de que le gustará.

—Sí, apueste por ello. Allan Poe es uno de mis favoritos. Sus obras son extraordinarias: «Los ángeles que no eran tan felices en el cielo, nos tenían envidia. ¡Sí! Este es el motivo (como toda la gente sabe, en aquel reino junto al mar) para que el viento viniera por la noche desde la nube, helando y matando a mi Annabel Lee». ¿Conoce su poema?

—Conozco sus obras, pero yo prefiero las que tratan sobre filosofía.

—¿Ha leído *Filosofía de la Composición*?

—Por supuesto, y después he leído su poema *El Cuervo*, ya que explica cómo lo ha escrito —Andrew Sonrió—. ¿Qué otro poema le gusta de Poe?

—*Lenore*.

—Ése es bastante triste, pero magnífico de todas maneras.

Danny Sonrió ampliamente. Era maravilloso hablar con alguien de esos temas. Diana no solía leer mucho. Sus padres encontraban inadecuado que una mujer leyera a Allan Poe, decían que sus libros reducían la valentía de las mujeres.

—La verdad, que me sorprende que lea esa clase de libros. La mayoría de las mujeres, cree que leer ese tipo de literatura es para hombres, ya que el miedo constituye algo en la forma de ser de la mujer. Yo no estoy de acuerdo y me alegra conocer a una mujer que lo haga.

—Gracias, señor Sandford —dijo Danny son una sonrisa. Se unieron a Robert y Diana. Ese hombre era interesante en todos los sentidos. Sería un buen partido. Guapo, rico y compartía los mismos gustos que ella. Su hermano ya le había hablado del tema y le sugirió que se interesara por él, pero Danny no estaba segura de hacerlo. Aunque sabía que era el hombre ideal para ella, sentía que no había nada que le atrajera de él. Ninguna mirada, sonrisa o palabra despertaba su interés. Tenía claro que su matrimonio sería por amor y Andrew Sandford no era el hombre con quien Danny quería pasar el resto de su vida.

12

Después de una semana en compañía de su hermano y Andrew, Danny estaba más alegre y más calmada. La marcha de Dave la había afectado un poco, no se explicaba por qué, pero era así. Ahora, todo giraba alrededor de Diana y Robert. Cada día estaban más unidos y se les veía tan felices juntos. Robert había sustituido a Dave en las clases de hípica de Diana. Aunque al principio no aprobaba mucho su manera de montar, al final accedió encantado. Todas las mañanas salían en compañía de Andrew. Danny sentía perderse esos momentos, pero aprovechaba para acompañar a su madre al pueblo o simplemente leer. Le gustaba tener la mente ocupada en otras cosas que no fuera en el regreso de ese criador de caballos. No sabía cuándo iba a volver, si volvía, pero hacía poco más de una semana que ya no estaba y pensó que no faltaría mucho.

Encontró a su padre en el despacho y entró para charlar con él.

—¿Interrumpo? —preguntó ella, sonriendo.

—Por supuesto que no, hija —respondió Richard—. Pasa. Siéntate. ¿Qué te trae por aquí?

—He venido a verte y hacerte un poco de compañía.

—¿Dónde está tu hermano? Danny se sentó frente a su padre, que siguió revisando papeles.

—Se fue a cabalgar con Diana y el señor Sandford.

—Veo que Robert le ha cogido mucho cariño a tu amiga, ¿me equivoco?

—Danny Sonrió.

—No te equivocas. A Robert le gusta mucho Diana y creo que va en serio.

—¿Y Diana que opina de esto?

—Me ha confesado que ella también está interesada en él. Richard firmó un par de documentos y miró a su hija.

—Me alegra oírlo. La chica está en edad de casarse y tu hermano es un buen partido. Acabará este año sus estudios y después, si quieren, podrán casarse.

—¿Crees que el señor Hobbs pondrá alguna objeción? —preguntó Danielle con el entrecejo fruncido.

—No creo. Robert, como he dicho, es un buen partido, y si además quiere a la muchacha, mucho mejor. Su dote le irá muy bien a tu hermano.

—Están enamorándose —dijo Danny con un suspiro—. ¿No es maravilloso? Mi mejor amiga y mi hermano.

—Richard la miró por encima de sus gafas de leer.

—Espero que esta temporada que viene encuentres tú también a alguien, Danny. Se te está pasando la edad.

—Lo sé, pero no te preocupes, este año me pondré a ello. Antes de fin de año, estaré prometida.

Danny se arrepintió de sus palabras. Sabía que no iba a pasar eso, porque ella sabía que no se iba a enamorar tan rápido a no ser que le pasara lo mismo que a su hermano y se enamorara a primera vista, cosa improbable... pero no imposible.

—Eso espero —dijo Richard, aunque sabía que lo iba a cumplir.

Danny dejó a su padre y fue a mirar la biblioteca que tenía Richard en su estudio. Amanda irrumpió en la estancia como un huracán. Llevaba algunos mechones sueltos y las mejillas rojas. Estaba fatigada de correr, de eso no cabía duda y en sus ojos había una expresión de emoción.

—¿Qué pasa? —preguntó Richard levantándose de la silla.

—La... la señora... la señora Sullivan ya ha llegado —respondió Amanda intentando llegar a una respiración normal.

—¿La señora Sullivan? —preguntó Danny, que se había dado la vuelta cuando la vio entrar.

—Sí, acabo de llegar del pueblo y dicen que llegó esta misma mañana. ¡Dios mío! Habrá que hacerle una visita, ¿verdad, Richard? Por supuesto, tendremos que ir. Le mandaré una nota con nuestra visita para dentro de dos días.

—Perfecto. ¡Oh, Dios! Qué emoción —dijo Amanda con su respiración ya normalizada.

—¿Por qué es tan importante visitar a esa señora? —preguntó Danny.

—Hace años que no viene y es cuestión de respeto ir a hacerle una visita para darle la bienvenida.

—Pero, ¿fue amiga vuestra?

—Cuando estaba aquí de seguido, hacía bailes como si estuviera en plena temporada de Nueva York. Inventaba cualquier excusa para que la gente fuera a su casa. Se sentía sola después de que su hermano se fuera. Cuando se enteró de que estaba muerto, entonces decidió irse de aquí y no regresar hasta que no encontrar a su sobrino. Quizá lo haya encontrado y por eso está aquí.

Danny frunció el ceño. ¿De verdad era tan importante esa señora para todos ellos? Su madre a veces también exageraba un poco. Se encogió de hombros y le quitó importancia. Si había que ir a visitar a esa mujer, pues iría. Además, había despertado su curiosidad, y ésta siempre había que satisfacerla.

—Dios mío! No tengo tiempo para prepararme. ¿Qué vestido pondré?

—Danny, querida, tú no irás —dijo Amanda—. Iremos tu padre y yo y si ella quiere, Robert y tú iréis a visitarla.

—¿Por qué? Porque no es propio ir toda la familia, lo sabes bien. Así que, llegado el día, ya nos preocuparemos de tu ropa.

Amanda mandó salir a su hija y ella y su marido redactaron la carta para hacérsela llegar a Catherine Sullivan.

El mayordomo, alto y muy estirado los hizo pasar al salón de té donde estaba Catherine. Catherine Sullivan era una mujer de cincuenta años, baja pero delgada. Tenía el pelo moreno con canas en las sienes. Llevaba un recogido en lo alto de su cabeza con tirabuzones enmarcando su cara aún bella. Tenía el pelo negro y ojos del color de la plata. Sus mejillas siempre estaban sonrosadas.

Llevaba un vestido gris y negro con bordados en la parte de abajo. El corpiño dejaba sus hombros, todavía tersos, al descubierto. Llevaba un abanico colgado de su muñeca. Tenía una mirada noble y tierna, aún después de todo lo que había sufrido. Richard pensaba que era una mujer aún hermosa para su edad y que era una pena que se hubiese quedado soltera. Amanda pensaba que la casa era muy grande y espaciosa. Un lujo para el viejo oeste. Pero no le extrañó puesto que esa mujer era inmensamente rica.

—Buenas tardes, señora Sullivan —dijo Amanda, con una media sonrisa.

—Buenas tardes, señora. Le damos nuevamente la bienvenida a Tucson —dijo Richard. Catherine se levantó y los miró de arriba abajo. Conocía a los Langton hacía mucho tiempo.

—Buenas tardes, señores Langton y bienvenidos a mi casa —dijo ella—. Por favor, tomen asiento. Peter, trae unos refrigerios —dijo a su mayordomo y este salió de la sala.

Se sentaron todos en los sofás color crema con cojines de color chocolate. La sala era inmensa, toda ella del mismo color que los sofás. Había una chimenea enorme en una de las paredes, ahora apagada. Un escritorio con un tintero y papel encima. Un piano a un lado y una mesa redonda llena de bordados. Al otro lado había un armario con fina cristalería y una vajilla importada. Junto al armario, una licorera con la botella de brandy en medio y los vasos alrededor.

—¿Hay alguna novedad que contar durante mi ausencia? —preguntó Catherine mirando a la pareja que tenía enfrente.

Amanda fue la que habló.

—Bueno, no mucho que decir. Tucson ha estado tranquilo desde hace tiempo. Hubo un par de tiroteos hace dos y tres años, pero nada grave. El sastre ha fallecido hace cuatro años y su hijo ha quedado con el negocio.

Mientras Amanda hablaba, Peter había llegado para traer los refrescos. Catherine le dijo que ella misma los serviría y que ya podía retirarse.

—Por lo demás, todo sigue igual— concluyó Amanda.

—Veo que no me he perdido nada, entonces —comentó la señora Sullivan tendiendo un vaso a Richard.

Hablaron de cosas triviales. Catherine les comentó de su viaje por todo el país, pero no les dijo nada sobre el por qué. Aunque todo el mundo sospechaba el motivo y Catherine también sabía eso. Sonrió para sus adentros pensando que nadie en el pueblo se atrevería a preguntarle si había averiguado algo sobre la persona que buscaba. Toda la vida esperando a que alguien le dijera "aquí está". Pero nadie había dado con el paradero de su querido sobrino, incluida ella misma. Ahora ya estaba cansada y sabía que esa era una búsqueda inútil. Esperaría su vejez en su rancho de Arizona decepcionada por no poder cumplir con la promesa a su hermano.

—¿Y cómo están sus hijos? —preguntó Catherine.

—Bien, están bien. Mi hijo Robert ha regresado hace poco del ejército y Danielle también está aquí —respondió Richard después de un trago a su bebida.

Me alegro de que Robert haya vuelto sano y salvo. Esta guerra contra los indios era bastante fastidiosa. Aunque no he estado en los últimos años siempre me informaba de todo cuanto pasaba aquí.

—Sí, era una guerra estúpida, pero simple, al fin y al cabo. Los militares pudieron calmar las cosas antes de que llegaran a más —dijo Richard.

—Me alegra saber eso —contestó Catherine—. Díganme, ¿cómo está Danielle? Debe ser una joven hermosa. La última vez que la vi prometía eso.

—Danny es una mujer bellísima, señora Sullivan —contestó Amanda, orgullosa.

—¿Sigue tan traviesa como lo era antes? Amanda y su marido se miraron, pero fue Richard quien contestó.

—Sigue haciendo alguna travesura, pero ya no es como antes. Ahora su ingenio ha superado todo aquello.

—¿Además de hermosa es ingeniosa? Eso es impresionante. La mayoría de las jóvenes de su edad simplemente son como máquinas. Es un alivio ver que aún hay mujeres con cerebro para pensar por ellas mismas.

Catherine hizo una pausa para beber un sorbo. Miró a la pareja.

—Supongo que la noticia del periódico no os ha impresionado, ¿verdad? Danielle es propensa a hacer ese tipo de escándalos.

Richard y Amanda se volvieron a mirar, pero ahora ceñudos.

—Creo que no comprendemos lo que dice —dijo Amanda.

—¿No os habéis enterado del altercado de Danielle en Nueva York?

—¿Altercado? Catherine sintió que metía la pata, pero sorbió un poco más de su bebida y carraspeó.

—¿No habéis leído el *New York Post*? La noticia ha salido hace casi un mes.

—Estamos aquí desde hace un mes, quizá fue cuando dejamos a Danny en la ciudad. Pero, ¿qué ha pasado? La señora Sullivan volvió a carraspear y abrió su bolso para sacar una hoja de su interior. Se la dio a Richard y él y su mujer empezaron a leer la noticia sobre la cual Danny era acusada de insultar a Lydia Villard. Abrieron mucho los ojos, sin poder creérselo. ¡Una semana sola y ya había salido en la prensa! ¿En qué estaba pensando esa muchacha?

—Guardé la noticia porque me impactó mucho leerla y pensaba comentarla con ella en cuanto la viera. Veo que no tenían ni idea. ¿Su hija no les comentó nada? —cuestionó Catherine.

Richard fue el primero en hablar.

—Danielle no nos contaría nada de esto a nosotros. Ha hecho demasiados escándalos en su vida como para hacernos saber otro más. Pero esta vez ha llegado lejos. ¡Ha salido en el periódico!

—Bueno, tampoco es para tanto. Toda la ciudad sabe cómo es. Todo el mundo lo tomará como otra de sus rabietas y asunto zanjado —contestó Amanda, comprensiva siempre.

—¡Qué vergüenza! Ruego que nos disculpe, señora Sullivan.

—No hay nada que perdonar, a mí no me ha hecho nada. Es más, la admiro por ello. Es una muchacha valiente y conozco un poco a esa tal señorita Villard, estoy segura de que ella la ha provocado. No creo que Danielle la insulte, así como así. ¿No opinan igual? Richard leía la nota una y otra vez mientras Amanda se ruborizaba.

—Sí, estoy segura de que esa señorita tuvo que molestarla al punto de que Danny armara tal alboroto. Tengo entendido de que no les cae en simpatía, ni ella ni Samantha Fox.

—Si, yo opino igual —dijo Richard—. Si no le importa me gustaría llevar la nota conmigo para hablar del tema con mi hija.

—Por supuesto, no hay problema —dijo Catherine—. Por cierto, ¿pueden decirle a Danielle que venga hacerme una visita? Me gustaría hablar con ella.

—Desde luego, vendrá cuanto antes —dijo Richard, aún con el ceño fruncido.

—Su hijo Robert también podrá venir cuando quiera, son todos bienvenidos— informó Catherine.

Siguieron hablando durante una hora más y luego los Langton abandonaron la casa de la señora Sullivan. De camino a su rancho, Richard y Amanda discutían sobre la actitud de su hija y el escándalo en la ciudad. No podían creer que Danny hubiera hecho semejante cosa. Aunque lo de que se salieran en el *New York Post* no les sorprendían tanto, ¡pero era intolerable! Ningún Langton era el foco de cotilleos. Seguramente las chismosas habían estado cebándose a causa de eso y también los criticarían a ellos por dejarla sola en casa. Si su hija no hubiera sido tan terca, si Richard hubiera tenido más mano dura, si hubieran estado allí para ver la escena...

Danielle Langton estaba en el estudio de su padre esperando por él. No comprendía por qué estaba allí y su paciencia no la dejaba tranquila. Que ella supiera, no había hecho nada malo. Desde que llegara al oeste no había hecho ninguna de sus travesuras. Hacía todo lo que podía por portarse bien. Estaba amable con Diana, con su hermano y hasta con ese tal Andrew Sandford. No entendía nada. ¿Sería algo relacionado con la visita a Catherine Sullivan? Tenía que ser eso.

En ese instante la puerta se abrió y Richard Langton y su mujer entraron. Su padre se sentó detrás del escritorio y su madre al lado de ella. Ambos tenían una expresión sombría. Estaba claro que había hecho algo, ¿pero qué? No tardó en saber la respuesta.

—¿Qué significa esto, Danielle Langton? —preguntó su padre extendiendo el recorte del periódico hacia ella.

Danielle Langton. Su padre había utilizado su nombre completo, los problemas eran graves. Cogió el papel de la mano de su padre y enseguida reconoció la noticia que decía que Danny había insultado públicamente a Lydia Villard. No podía creérselo.

—¿Cómo había llegado eso a sus manos? ¿No serían capaces Samantha y Lydia en mandar ese recorte a sus padres? ¿O sería el señor Whitman para hacerle pagar el plantón? Las primeras no tenían nada que perder, pero el segundo sí.

—¿Entonces?

—¿Quién te dio esto? —preguntó Danny.

—La señora Sullivan tuvo el placer de darme este artículo para hacerme saber la clase de hija que tengo. Pero bueno, eso ya lo sabía, ¿no? Siempre has estado haciendo disputas aquí y allá, pero esto es llegar demasiado lejos. ¡Has sido noticia de un periódico de chismes!

—Si me dejas explicarte, papá, verás que no fue así cómo sucedió —dijo Danny.

— ¡No! No quiero oír tus excusas. Te conozco demasiado para no saber que eres capaz de hacer algo así. ¿Es que no piensas en tus padres?

—¡Pero es que esta vez no tuve la culpa! —gritó Danny poniéndose de pie. Las lágrimas escocían sus ojos.

Richard se puso de pie también.

—¿Ah no? ¿Piensas que voy a creerte?

—Pues sí, eres mi padre. ¿Vas a confiar en las palabras de un periódico, como tú mismo dijiste, de chismes? ¡Son puras mentiras! —miró a su madre—. Mamá, tú me crees, ¿verdad? Amanda no decía nada. Sabía que era mejor no meterse. Le dolía que su marido y su hija discutiesen, pero esta vez, no haría nada por Danny.

—Lo siento Danny, son muchos años en tu contra —respondió Amanda.

—¡No me lo puedo creer! ¿Es que nadie confía en mí?

—La cuestión no es que no confiemos en ti, pero como dijo tu madre, son muchas imprudencias durante muchos años. Es normal que pensemos así, Danny. ¿No lo comprendes? Danny se secó las lágrimas y se sentó, más calmada.

—Al menos, tengo derecho a decir mi versión, ¿no? —dijo ella. Richard miró a su mujer y ésta asintió.

—Bien, dinos qué pasó.

Richard también se sentó y se recostó en el respaldo de la silla.

—Fui al salón de té con Diana, donde había quedado con Lydia y Samantha. Sabéis que ellas no me soportan y empezaron a humillarme por tener una casa en el oeste. Intenté refrenarme por respeto a Diana, pero acabaron por colmarme el vaso y exploté. Me levanté y las intimidé de la misma manera que ellas a mí.

—Pero ellas habían sido más discretas, ¿verdad? —preguntó Richard.

—Sí, no tenía que haber gritado ni nada por estilo, pero estaba demasiado furiosa. Además, estaba en juego la invitación del baile de lady Lampwick y…

—Espera un momento, ¿hubo un baile? —preguntó su padre.

—Sí, lady L. daba un baile en honor a su hijo que volvía del colegio y decidió presentarlo a la ciudad. Después del altercado en el salón de té, pensé que no tendría la dicha de ser invitada, pero la misma señora Lampwick nos invitó a mí y a Diana personalmente.

—¿Cómo?

—Cuando volvíamos de compras Diana y yo, nos la cruzamos en la calle y me preguntó si era Danielle Langton. Pensé que aquello iba a ser mi ruina, pero en vez de abochornarla, le encantó. Me dijo que había sido muy valiente al enfrentarme a las acusaciones que se me hacían y que me había defendido como debía ser. Esa tarde tenía la invitación en casa.

—Sorprendente… —dijo Richard y carraspeó—. Pero eso no cambia las cosas, Danny. Que hayas sido noticia en todo Nueva York ya es bastante desagradable. Has deshonrado el apellido Langton y eso es un desastre.

—¡Pero yo no he hecho nada malo! ¿No me has oído? —se quejó Danny levantándose otra vez.

—Sí te he oído, pero eso no tiene que ver con que has hecho una escena delante de personas. Has echado más leña al fuego, ¿no lo entiendes?

—Lo que entiendo es que mi padre no me defiende. No puedes creer a una estúpida niña de papá antes que a mí —Danny había levantado la voz—. Además, está Diana para corroborarlo.

—¿Ah sí? Dime, ¿qué dirá Diana? Es amiga tuya, dirá lo mismo que tú dijiste.

—¡Porque esa es la verdad!

—Richard, quizá sea cierto lo que Danny dice. Si lady Lampwick la invitó a su baile después de todo lo ocurrido, puede que sea verdad.

—Lady L. me dijo que ella misma había presenciado la escena, papá. Ella no se hubiera atrevido ni siquiera a dirigirme la palabra si yo no hubiera tenido razón.

—Amanda, no la defiendas —gritó Richard poniéndose de pie. Miró a ambas mujeres—. Lo siento, Danny, me resulta difícil creerte.

Danielle estaba furiosa. Ya no sabía cómo decirle a su padre que, esta vez, ella no había tenido nada que ver. No creía en su palabra, no creería a Diana y por supuesto no creería a lady Lampwick. ¿Qué más podía hacer? Su fama le había tendido una trampa y ella había caído como una estúpida.

—¡Juro que les cortaré el cuello en cuanto llegue a Nueva York!— gritó Danny antes de salir del despacho. Sus padres entendieron que se referiría a sus verdugos sociales: Lydia y Samantha.

13

Dave había llegado por la mañana ese mismo día. Trabajaría un poco antes de presentarse ante Richard Langton y avisarle de que ya estaba a su servicio. Había tenido un viaje agotador y en vano. No había encontrado a la persona que estaba buscando. Otra vez había llegado tarde. Su investigador había vuelto al trabajo y ahora estaba buscando el nuevo paradero de ese familiar perdido.

Echaba de menos Tucson. No es que le gustara trabajar, a nadie le gustaba, pero extrañaba la vida que llevaba allí. ¡Y eso que solo había estado una semana fuera! Era increíble lo rápido que una persona podía habituarse a un lugar, aunque Dave sabía que no solo era el lugar. No había podido dejar de pensar en Danielle. Se dijo a sí mismo que era bueno alejarse por unos días, pero le había sido imposible. La deseaba demasiado y a medida que se acercaba a Tucson, sentía cada vez más ese deseo. ¿Cómo había permitido que ocurriera eso? Estaba allí para algo totalmente diferente. No para entretenerse con amores tontos. ¿Amores? ¡No, por Dios! Con deseos tontos. ¡Maldición! Sabía que debía mantener una distancia muy amplia entre ellos dos, sino sucumbiría a lo que sentía.

Había entrado en el establo cuando oyó un lloriqueo. No podía ser uno de los empleados, todos ellos estaban trabajando. Un caballo no podía ser. Se adentró más y empezó a caminar hacia el ruido. Cada vez se hacía más fuerte. Sí, era alguien llorando. Siguió caminando entre las pesebreras mirando todas y cada una de ellas. Todavía quedaba algún caballo dentro, pero los demás estaban siendo ejercitados. Llegó al final del pasillo y el llanto se hizo más sonoro. Llegó a la última pesebrera y se agachó. Allí estaba la fuente de tanto sollozo: Danielle Langton. Estaba hecha un ovillo, sentada, con las piernas dobladas, pegando sus rodillas en su pecho. Sus brazos rodeando sus piernas y su cara escondida entre ellas.

Dave frunció el ceño y entró. Se acuclilló frente a ella. Danny se dio cuenta y levantó la mirada hacia él. No se movió. No hizo nada aparte de mirarle. No podía creer que fuera él precisamente quien la encontrara en tan lamentable situación. Sentía su mirada plateada sobre su propia mirada. Un estremecimiento se apoderó de su cuerpo.

¿Cuánto hacía? ¿Una semana? No, más. Una eternidad. Se secó las lágrimas y se puso de pie.

—Veo que ya ha vuelto —dijo ella y lo miró desde arriba. Dave se levantó.

—¿Está bien? —preguntó él. Tuvo el impulso de abrazarla, pero no lo hizo. Temía la reacción de Danny.

—Sí, estoy bien. No se preocupe. No es importante —respondió ella.

—¿Está segura? La vi muy afligida —dijo Dave y extendió la mano y secó su mejilla con el dorso, ¡Al diablo con lo que ella dijera! El cuerpo de Danny no se movió, en cambio, su cabeza sí. La ladeó hacia la caricia de Dave y sintió ganas de llorar de nuevo. Era tan reconfortante que tuvo ganas de abrazarlo. De consolarse entre sus brazos. Recordó lo que era eso y deseó con todo su corazón que él la arrastrara hacia su cuerpo y la envolviera con esos brazos fuertes y protectores, que su boca descendiera hasta la suya y...

—¿En verdad está bien? —volvió a preguntar Dave.

—Danny salió de su estupor. ¿Qué le había pasado? Sacudió la cabeza y lo miró. Su mano ya no estaba en su mejilla.

—Sí, perdone, tengo que irme —dijo ella y avanzó hacia el pasillo. Dave la detuvo.

—No me engañe, señorita, usted estaba llorando.

—Es un tema que a usted no le incumbe —dijo ella, enfadada otra vez.

—Dave vio el papel que ella sostenía en la mano y se lo arrebató. Ella intentó quitárselo, pero en vano. Dejó que lo leyera. Total, un insulto más por parte de él…

—Vaya, veo que se entretiene mucho en Nueva York —dijo él después de leer la nota—. ¿Se aburre demasiado?

—¡No es lo que parece! —exclamó ella quitándole la nota—. Además, no estoy así por eso. —Esto ocurrió hace un mes y ya había visto la noticia en el periódico.

—¿Y cuál es el problema?

—Mis padres se enteraron hoy —dijo ella y se ruborizó.

—Eso debió ser un chasco muy grande, ¿verdad? Sus padres educándola como toda una dama y usted armando escándalos en los salones de té.

Se puso furiosa de nuevo.

—Ésa no es la verdad, señor Holt. Mis padres sí me educaron para ser una dama, pero mi carácter siempre me traiciona. Me gané la fama por mis travesuras cuando era pequeña, pero cuando crecí se convirtieron en un problema. La gente me miraba como si fuera algo extraño. En verdad lo era, o lo creí así por un tiempo —las lágrimas volvían a sus ojos—. Pero me di cuenta que lo que la gente pensara de mí me traía sin cuidado. Me gustaba mi forma de ser porque pensaba que no hacía nada malo a nadie, pero me equivoqué. Mis rebeldías no eran tan inocentes como pensaba. A la gente no le caía en gracia nada de lo que hacía. Mis padres estaban acostumbrados a eso y no pasaba de una riña simple, pero esto les ha afectado demasiado. Y les entiendo, por una parte. Pero por otra… ¿Por otra? Esta vez, por irónico que suene, yo no tuve ninguna culpa. Esas dos… arpías… me hicieron perder la paciencia. No empecé yo…

—Pero les siguió el juego… exactamente lo que ellas querían… cayó en su trampa —dijo Dave.

Danny lo miró y se dio cuenta de que había compartido con Dave una parte de su vida. Se sentía más cerca de él.

Miró el artículo que tenía en la mano y lo rompió en peda-
citos que luego los tiró al suelo. Alzó la vista hacia Dave y
vio que él le sonreía. Sonrió a su vez. Se dio cuenta de que
podía hablar con él de cualquier tema sin reñir. Eso la satis-
fizo, mostraba una parte de Dave que desconocía. La parte
compresiva y amable. Eso le gustaba. Otra parte de Dave que
también le gustaba, aparte de sus besos. Besos, que también
extrañaba.

—Supongo que me dejé llevar por mi… … ¿rabia? —Ella
lo miró, sonriente—. Sí, por mi rabia. Encima, me echaron
en cara que si venía aquí no era necesario ir al baile de lady
Lampwick. Bueno, usted no sabe quién es, pero es una de las
mujeres más importantes de la ciudad y ser invitada a uno de
sus bailes es todo un lujo, pero les dije que sí tenía pensado
ir al baile y que retrasaría mi viaje a Tucson. No sé, quizá fue
la rabia de saber que estaban haciendo lo posible para que no
fuera al baile, que hice lo que primero me vino a la mente:
armar una reyerta.

—Y lo hizo por todo lo alto, ¿verdad?

—Se aprovecharon de eso, estoy segura, y lo publicaron al
día siguiente para que todo el mundo se enterara de la última
travesura de Danielle Langton.

—Así, también aseguraban que lady Lampwick no le enviara la invitación para su fiesta, ¿me equivoco?

—En absoluto, pero el plan falló de todas maneras. La
misma lady L. me invitó a su baile personalmente y felicitán-
dome por tal actuación en el salón.

—Tiene unas amigas muy raras, señorita —dijo él y Sonrió. Se apoyó sobre la pared con los brazos cruzados.

—No son mis amigas. Nunca lo fueron. Solo me tolera-
ban por Diana. Nunca pensé que llegarían a estos extremos.

—La gente puede ser muy cruel cuando se lo propone.
¿Por qué le tienen tanta animosidad?

—decían que no era buena influencia por mi… *fama…*
y decían que cualquier día las llevaría a la boca de toda la
ciudad. Así que dejaron bien claro que yo no les caía bien y

así la gente pensaba que yo era una pobre muchacha que no tenía amigas —Danny hizo una pausa—. Lydia es la hija del dueño del *New York Post*, así que no tuvo ningún problema en publicar la noticia. Además, es el periódico de chismes más popular de Nueva York.

—Vaya— suspiró Dave—. ¿Y la señorita Hobbs? ¿Por qué ella no piensa igual?

—Diana y yo crecimos juntas. Me conoce mejor que nadie. Siempre estaba detrás de mí para que no hiciera de las mías, pero siempre lograba inmiscuirla conmigo. Muchas reprimendas nos cayeron por mi culpa. Yo decía que ella no tenía nada que ver, pero daba igual. Ella admitía que sí. Estaba orgullosa de ser su amiga y que ella no me viera como el resto de la gente. Quizá yo soy la parte que le falta a Diana y ella es la parte que me falta a mí. ¿Me entiende?

Dave entendía perfectamente. Danny era la loca y Diana, la cuerda. Sonrió más. Esa mujer era increíble. Tenía a toda una ciudad en su contra. La miraba fijamente. Su cuerpo estaba en tensión. Estaba aguantando las ganas de abrazarla. Al verla así, tan hundida y triste, una especie de instinto protector salió a flote en él. La quería consolar. Quería que dejara de llorar y que él fuera el bálsamo de sus lágrimas. Quería acunarla hasta que su llanto cesara. ¡Dios mío! En serio, ¿qué le estaba pasando? Esa mujer lo volvía loco y lo miraba tan tiernamente. O dejaba de mirarlo así o tendría que besarla…

—¡Danny! ¿Estás aquí? —gritó una voz dentro del establo.

Ambos salieron de su estupefacción y Danny fue la primera en hablar.

Es mi hermano, es mejor que me vaya —dijo y antes de irse lo miró otra vez y Sonrió. Esta vez también fue correspondida.

—¡Estoy aquí! —dijo Danny cuando llegó al lado de Robert.

—¿Estás bien? Madre me dijo lo que había pasado— la abrazó—. Esas brujas de Villard y Fox.

Danny levantó la cabeza y lo miró con los ojos agrandados.

—¿Tú me crees? —preguntó en un hilo de voz.

—Por supuesto, Danny, conozco a esas dos mujeres lo suficiente para saber de lo que son capaces. Algún día pagarán por lo que hicieron.

Danny rio por lo bajo.

—¿Qué ocurre?

—Creo que ya han pagado por su maldad.

¿Por qué lo dices? —preguntó ceñudo Robert, mirándola.

—El baile de lady L. era una fiesta de disfraces, así que no pudieron reconocerme. Entable una conversación con Diana sobre el asunto del periódico y bueno, comprendieron lo que la sociedad neoyorkina piensa de ellas.

—Eres terrible, hermanita, condenadamente terrible— rio Robert y la volvió a abrazar. En ese momento apareció Dave junto a ellos. Robert lo miró con el entrecejo unido y se separó de su hermana. Danny miró a Dave y luego a Robert.

—Este es Dave Holt, el nuevo empleado —dijo ella. Robert se adelantó y estrechó la mano de Dave.

—Bienvenido, señor Holt, espero que esté cómodo aquí— Robert se echó hacia atrás para mirarlo mejor—. ¿Así que es este el motivo de tu mal humor, hermanita? Danny se ruborizó al instante y Dave se sintió como un caballo de exposición, observado y evaluado.

—Robert, este que el hombre que me rescató del secuestro, ¿te acuerdas que te lo dije?

— Por supuesto— miró a Dave otra vez—. Muchas gracias por traerla de vuelta a casa, señor, sin ella esto no es lo mismo.

—Robert volvió a abrazar a Danny. Dave los miró y sintió envidia. Él nunca había tenido hermanos así que no sabía lo que era estar a punto de perder uno pero sí sabía lo que era perder a un padre y a una madre. Sacudió la cabeza, quitando esos pensamientos de su mente.

—Tengo que volver al trabajo, si me disculpan. Encantado de conocerlo, señor Langton —dijo Dave y se fue.

Robert y Danny lo miraron alejarse hasta que desapareció.

—Bueno, no es muy hablador, pero no se ve mala gente —dijo Robert.

—No, no creo que lo sea… —dijo Danny mirando aún el sitio por donde Dave se había ido.

—¿Ese cambio de parecer? ¿No lo odiabas?

—Bueno, se puede cambiar de opinión…— Danny se dio cuenta de sus palabras y reaccionó—. Pero eso no quiere decir que no sea un grosero y maleducado. Sigue sin caerme bien.

—Seguro… —dijo pensativo Robert y luego acompañó a su hermana hasta la casa. Robert pensó que conocería mejor al «grosero y maleducado» señor Holt.

Ese día más tarde, Robert se dirigió hacia el establo para ensillar su caballo y cabalgar un poco. Andrew no quiso acompañarlo, prefirió quedarse en casa con las damas. Sabía que le gustaba su hermana y eso le agradaba. Conocía a Andy lo suficiente para saber que era el hombre adecuado para Danny. Esperaba que su terca hermana correspondiera a esos sentimientos.

Mientras, él hacía progresos con Diana. La joven era tan encantadora que quitaba el aliento. Sabía que se estaba enamorando de ella y eso le hizo feliz. Sabía que la chica tímida que siempre estaba detrás de su hermana algún día alumbraría por luz propia. Qué bueno que fuera él quien viera esa luz. Sonrió al pensar en ella. En breve le mandaría una carta a su padre para pedirle permiso para cortejarla. Necesitaba una mujer al lado. Había pasado tanto tiempo en la guerra y había visto cosas horribles, que volver a ver a Diana era un bálsamo para su alma herida. Su ternura, su dulzura y su belleza era todo cuanto necesitaba para calmarse.

Robert encontró a Dave dentro del recinto. Ese hombre lo intrigaba, pero también supo que podrían llevarse bien. Al fin y al cabo, fue él quien salvó a su hermana y eso era más que un motivo como para intentarlo.

—Buenas tardes, señor Holt —dijo Robert.

Dave se dio la vuelta y lo saludó de la misma manera.

—Me gustaría cabalgar un rato. ¿Le importaría traerme el caballo?

—Por supuesto —contestó Dave y fue a por el corcel de Robert. Volvió rápidamente con él ensillado.

—No hacía falta que lo ensillara, podría haberlo hecho yo mismo —dijo Robert, sonriendo.

—Me gusta hacer mi trabajo bien —respondió Dave, serio.

—¿Siempre es así de serio? Vamos, yo no soy como mi hermana. Yo no hago distinciones sociales. Para mí todo el mundo es igual.

—¿Por eso luchó contra los indios? —preguntó Dave.

—¡Dios mío! Es cierto que es usted un poco grosero. Pero le contestaré a eso, señor Holt. Esa guerra era totalmente diferente. Estaba luchando por mi país. Esa gente mata sin importarle las consecuencias. Yo me refería a que no hago diferencias entre mis empleados y yo.

Dave aun así no se arrepintió de sus palabras.

No se altere tanto, hombre, estaba haciendo mi deber —dijo Robert y sonrió—. Mi hermana tenía razón, ¿verdad?

—¿Sobre qué? —cuestionó Dave, ceñudo.

—Sobre que es usted un poco impertinente. Si fuera yo otra persona, no hubiera tolerado esa pregunta. Por eso me cae usted bien, señor Holt. Espero que no tome represalias en mi contra, solo quiero llevarme bien con usted.

—¿Su hermana le dijo que yo era impertinente? —dijo entre dientes Dave.

—Bueno, me ha contado su viaje de regreso al rancho después de ser secuestrada. La verdad yo hubiera hecho lo mismo que usted. Le dije que no tenía razón alguna para arremeter contra usted después de que hubiera salvado su vida, pero me temo que mi hermana tiene otro motivo por el que le odie.

—¿Otro motivo? Sí, ¿no tiene idea de qué es?

—No, claro que no. No le he hecho nada malo, salvo traerla a casa.

—Eso mismo le dije yo, pero es muy terca —Robert se encogió de hombros—. Supongo que con el tiempo verá que usted no es lo que ella creía —cogió las riendas del caballo y montó sobre él—. Iré a dar un paseo. Que tenga buena tarde, señor Holt.

Dave lo despidió con un cabeceo. ¿Así que quería hacerse amigo suyo? No era mala idea. El tipo le caía bien también. Aunque era uno poco menor que él, se veía que era una persona sensata. Una guerra siempre hacía madurar a todos los hombres, sería por eso. Se encogió de hombros y volvió a hacer su trabajo. Entonces reflexionó: ¿Impertinente?

14

Danny iba camino a la casa Sullivan. Había recibido el mensaje de la señora a través de sus padres. Había cogido la calesa y John la acompañaba pues luego quería ir al pueblo para hacer algunas diligencias. Esperaba no tener que tardar más de una hora con Catherine, de lo contrario se le haría tarde para ir a Tucson.

Llegó y Peter, el mayordomo, le abrió la puerta. La hizo pasar al mismo salón donde sus padres habían estado. Catherine estaba sentada sirviendo té helado para ellas. Dejó lo que estaba haciendo y miró a Danny. La evaluó de arriba abajo y Sonrió.

—Danielle Langton, veo que has crecido mucho desde la última vez que te vi —dijo Catherine y le indicó el sofá para que se sentara. Ella lo hizo.

—Lo siento, señora Sullivan, pero no me acuerdo de usted. Quizá yo era demasiado pequeña —contestó Danny tomando la taza que le ofrecían.

—Sí, tendrías unos nueve o diez años. Además, no teníamos mucho contacto. Tus padres venían a verme, pero me temo que yo iba a su rancho pocas veces. Se hizo un silencio mientras Catherine la miraba. Danny estaba un poco incómoda.

—Debo decir que eres una mujer muy hermosa, Danielle.

—Gracias, señora —respondió Danny dando un sorbo a su té.

—Por lo que he oído, tu llegada al oeste no ha sido muy grata. Debió ser muy difícil para ti.

—Digamos que fue un pequeño percance del viaje. Ya no tiene importancia. Catherine asintió.

—Comprendo. ¿Estarás aquí mucho tiempo?

—Hasta que se acabe el verano —dijo y dio otro sorbo.

—Me imagino que has acabado tus estudios, ¿verdad?

—Sí, he salido este año del colegio.

Catherine no dejaba de mirarla con ojo crítico. ¿Qué estaba buscando en ella?

—¿Le gusta Nueva York?

—Sí, señora. Esa ciudad es mi hogar y me gusta mucho su ambiente.

—Sí. Recuerdo los bailes y fiestas que había en mis tiempos. La *crème de la crème* de la sociedad neoyorkina —dijo Catherine, melancólica.

—¿Conoce usted Nueva York? —preguntó Danny, curiosa.

—Claro. He vivido allí. Cuando mi querido hermano murió, me trasladé aquí. Necesitaba paz y tranquilidad. Este rancho era de él.

—Siento lo de su hermano.

—No te preocupes, niña—dejó la taza sobre la mesa y se abanicó—. Por cierto, quiero que sepas que cuando les di el recorte del periódico a tus padres, pensé que ellos lo sabían.

—No se preocupe por eso, señora Sullivan. De todas maneras, no se me ha privado de una buena reprimenda. Y mi pasado no me ha dejado exculpada.

—¡Vaya!, siento que por mi culpa hayas pasado por eso —dijo Catherine, arrepentida.

—Como ya he dicho, no se preocupe. Estoy acostumbrada a que me regañen por mis imprudencias.

Danny Sonrió para quitar hierro al asunto. Tomó un poco de su té.

—¿De verdad ha sido una imprudencia por tu parte? ¿O te provocaron? Danny la miró con los ojos abiertos. ¿También la señora Sullivan la había visto aquel día?

—En realidad, me provocaron, pero eso no es importante. Yo debí de comportarme también. No dejar que los comentarios de ellas me afectaran de tal manera que hasta salí en la prensa.

—Sí que tiene importancia, Danielle. Tú no tuviste la culpa. Puede que no reaccionaras como debías, pero, ¡por Dios! Nadie podría aguantar insultos, ¿verdad? Danny carraspeó y se ruborizó.

—¿Y tus padres que dijeron de todo esto?

—Mis padres no creyeron que yo no tuve nada que ver. Como le dije, mi fama está por encima de todo esto.

—¡Pero es injusto! Deberían de concederte le beneficio de la duda, muchacha. ¿Tu amiga no estaba contigo?

—Sí, estaba. Pero piensan que Diana dirá lo que yo le mande decir.

—Pero…

—Señora, no se preocupe, pasará. Estoy segura de ello.

—Eso espero, querida, eso espero —dijo Catherine y volvió a abanicarse.

Siguieron hablando de Nueva York y sus noches de fiesta. Hablaron de cuando Danny era pequeña y hacía sus diabluras. Hablaron del tiempo, del té que estaban bebiendo y ambas mujeres se dieron cuenta de que congeniaban a la perfección. Danny llegó al pueblo después de dos horas con Catherine. No pensaba demorarse tanto, pero esa mujer era realmente agradable. Cotillearon, rieron y hasta hicieron bromas entre ellas. Prometió que la visitaría más a menudo.

Salió de la tienda de la señora Rutledge. Había ido a echar un vistazo a los broches importados de Chicago. Se dio cuenta de que había perdido el suyo en el secuestro. Bueno, lo había dejado como pista en la cabaña y acertó o eso creía. Aunque si el señor Holt lo hubiera encontrado, se lo hubiera devuelto, pensó.

Dejó de pensar en eso. Había otra cosa que la había desconcertado. Cuando había salido de la tienda, había visto a dos tipos entrar en la cantina. Sabía que no podía acercarse, pero era demasiado curiosa como para no hacerlo y esos hombres le eran familiares. Como John no estaba al alcance de su vista, caminó hacia el bar y se puso en la ventana donde Dave la llevó aquella noche. Se asomó y vio a los dos hombres en la barra, bebiendo. Sabía que los había visto en alguna parte, pero, ¿dónde? De repente, uno de ellos se dio la vuelta para mirar al resto del bar. Eran los compinches de Jake Lambert, su secuestrador. ¡Allí estaban! Había huido el día que Dave la salvó. ¿Cómo podían arriesgarse a ir a Tucson? Dave podía verlos y ella misma, como ahora. Tendría que avisar a Dave lo antes posible. Se dirigió hacia la calesa y pidió a John que la llevara a casa.

Al llegar, ordenó a John llevar sus cosas a casa y ella se dirigió hacia el establo. Entró y preguntó a uno de los empleados por Dave. Le señaló el final de las pesebreras. Se dirigió allí y cuando oyó ruido, dijo su nombre. Dave salió de allí y la miró con los ojos agrandados.

—¿Qué hace aquí? —preguntó él, en tono seco.

—He venido a decirle algo importante —Danny estaba temblando—. He visto a los secuaces de Jake Lambert en el pueblo. Más concretamente entrando en la cantina.

—¿Qué? —preguntó Dave, sorprendido— ¿Está segura?

—Por supuesto. Me aseguré de verlos bien. No podría olvidarlos. Los reconocería en cualquier lugar.

Dave ensilló el caballo que acababa de darle de comer y lo sacó afuera.

—¿Qué piensa hacer? —preguntó ella.

—Ir a buscarlos. Se merecen ser apresados— Dave montó en el caballo.

—Iré con usted —dijo ella. Dave negó con la cabeza.

—De ninguna manera. No la expondré a ningún peligro más.

—Pero necesito ir. Quiero ver a esos miserables detrás de las rejas.

—¡No irá! Yo mismo los atraparé y los entregaré al sheriff O›Rourke. ¿Me entendió?

—¡Maldito sea!— gritó furiosa Danny y vio partir a Dave a todo galope.

Si pudiera ella acercarse a un animal de esos, todo sería diferente. ¿Qué podía hacer? ¿Ir con la calesa? Imposible. Podría decírselo a Robert y que él ayudara a Dave, pero no quería inmiscuirlo en esto. Dave era el único que podía apresar a esos criminales, pero ¡ella tenía que estar allí! De repente una idea cruzó su mente. Aunque tuviera que ir montada en unos de esos repugnantes animales, iría. Entró en la casa y fue hasta la cocina donde encontró a John.

—Por favor John, necesito volver al pueblo, pero esta vez iremos a caballo. ¿Le importaría llevarme con usted? John casi se atraganta con el aire. ¡Llevarla cabalgando con él en el mismo caballo? ¿Estaba loca?

—Por supuesto, señorita. ¿Cuándo quiere partir?

—De inmediato.

Salieron a todo galope. Por el camino, Danny le explicó a John la situación, pero le hizo prometer que él no diría nada. John era de su confianza y sabía que podía fiarse de él.

En cuanto llegaron al pueblo, mandó a su cochero que fuera a casa y que tuviera cuidado de que no lo vieran. Si veían a John, preguntarían por ella y no podía arriesgarse.

—Pero tengo que protegerla, señorita —dijo John.

—Tranquilo, estaré bien. Sé que el señor Holt está aquí y volveré con él.

—Pero…— comenzó a protestar el cochero.

—Si no quieres encubrirme lo entenderé, John, pero por favor haz lo que te digo. Márchate. Será lo mejor para ti.

—Estaré cerca por si me necesita —dijo él para terminar.

—Gracias, lo tendré en cuenta.

—John desapareció en la oscuridad, pero esperaría a las afueras del pueblo. No podía irse y dejar a Danny sola, en medio de la noche. Era su responsabilidad.

Danielle fue hasta el lateral de la cantina en busca de Dave. No lo vio allí y fue hasta la ventana y miró hacia adentro. Tampoco estaba dentro del bar. Pero sí estaban los tipos que estaban buscando. Estaba anocheciendo y empezaba a hacer frío. Estaban casi a finales de junio y las noches eran más frescas en el desierto. Miró otra vez adentro y vio que los hombres de Jake estaban en una mesa jugando al póker. Tenían una copa de whisky al lado y uno de ellos fumaba mientras que el otro masticaba tabaco. Una de las señoritas de compañía estaba sentada en el regazo de uno de ellos. Los otros dos caballeros que jugaban contra ellos, eran el señor Higgins y el señor Blake. Ambos comerciantes de Tucson. Danny los reconoció enseguida. Estaba alerta a cada ruido que oía y a cada persona que salía del bar, por si tomaban esa dirección y la descubrían. Sabía que Dave la regañaría, pero no le importaba. Ella quería ver cómo los hombres que ayudaron a secuestrarla eran encarcelados.

De pronto una mano tapó su boca y otra la cogió por la cintura. La empotraron contra la pared y miró al hombre que la sujetaba. Unos ojos grises enfurecidos la miraban, atravesándola como si escupieran fuego.

—¿No le dije que se quedara en su casa? No quiero oír excusas. ¿Cómo ha venido? —preguntó Dave, muy enfadado. Le quitó la mano de la boca para que pudiera responderle.

—John me trajo. Es de confianza. Me dijo que me esperaría cerca por si había algún problema. Así que no se preocupe. Además, ya le dije que quiero estar presente cuando aprese a esos bandidos.

—Muchacha testaruda —dijo Dave y la soltó del todo—. ¿Es que no sabe que esos hombres son peligrosos? Podría empezar un tiroteo y usted en medio, ¿no lo comprende?

—Lo que usted no parece comprender es que tengo derecho a estar aquí. Fue a mí a quien secuestraron. Ya vi como mataba a uno de ellos, quiero ver cómo encierra a los que faltan.

Dave estaba desesperado. Esa mujer lo llevaba a la locura. Su terquedad pasaba los límites de la paciencia. Bufó y la cogió por los hombros.

Está bien. Puede quedarse, pero lo hará desde un sitio seguro —dijo él y la cogió de la mano. Cruzaron con discreción la calle y la metió en la tienda de Blake, el que estaba jugando a las cartas en la cantina, frente al bar. Desde allí podrían ver quién salía y quién entraba. El encargado de la tienda era amigo de Dave y le hizo el favor de dejarlos permanecer allí para esconderse.

—Nos quedaremos aquí hasta que podamos salir y enfrentarnos a esos tipos. Bueno, me enfrentaré yo con algunos hombres. Usted quedará aquí y podrá disfrutar de la vista —dijo esto sonriendo con sorna.

Danny se sentó encima del mostrador. Vio que la tienda era en verdad una herrería. Miró a su alrededor y no le gustó nada. Todo estaba sucio y olía mucho a quemado.

—¿Le disgusta el escondite? No había otro mejor, lo siento —dijo Dave, sarcástico.

—No hace falta ser grosero, el lugar está bien —dijo ella y se acercó a la ventana, junto a él.

—Si va a estar junto a la ventana, será mejor que se haga a un lado. Alguien puede verla. O mejor agáchese.

Ella no hizo nada de lo que le dijo, volvió a sentarse encima del mostrador.

—Es usted una mujer obstinada, señorita Langton. Si supieran sus padres que usted está aquí…

—Ellos no dirían nada. Si supieran que estoy con usted, se sentirían más tranquilos. Por alguna extraña razón confían más en usted que en mí.

Dave no dejó pasar el tono triste de aquella frase. ¡Maldición! Allí estaba otra vez esa sensación de abrazarla y consolarla. Se acercó a ella, pero no mucho.

—¿Aún está mal por lo que pasó con sus padres? —preguntó él.

—No mucho. Aún no he vuelto hablar con ellos, pero sé que todo se solucionará. Ahora lo más importante está en el bar de enfrente.

Danny bajó la mirada y a Dave le quemaban las manos por no poder tocarla. ¡Cómo había añorado besarla! Sentir su cuerpo amoldándose al suyo a la perfección. Sus labios correspondiendo a su beso. Sus estremecimientos, mientras la acariciaba. Su pecho respondiendo a su contacto. Dave la estaba mirando otra vez con esa mirada intensa que a Danny le recordó a la que usaba cuando la besaba. ¿Lo iba hacer ahora? Era lo que más deseaba ella que hiciera. Quería sentirse deseada por ese hombre y por ninguno más. Comprendió que deseaba a ese hombre por encima de todo. Quería entregarse a él y solo a él. Sabía un poco sobre lo que hacía un hombre y una mujer en su noche de bodas, pero estaba segura de que era totalmente ajena a todos los detalles. Ella quería explorar y conocer esos detalles con Dave. Solo con él, solo él. Dave iba hacia a ella cuando oyeron un ruido afuera. Al parecer había una pelea dentro del bar. Esperaban que no fueran sus hombres. Dave le hizo una seña a Danny para que se agachara detrás del mostrador mientras él se acercaba a la ventana. Sacó su pistola y esperó a que la gente saliera de la cantina.

Vio con alivio que no eran los hombres que él buscaba ni ninguno de los que le estaban ayudando. Dick sacó a patadas a dos borrachos y les advirtió que no volvieran por allí. Los tipos en cuestión, se levantaron de inmediato y cada uno cogió un camino distinto para irse a su casa. Dave miró a Danny, que estaba con los ojos como platos. Luego miró afuera. Era noche cerrada. ¿Cuánto tiempo tendría que esperar más? O salían ya del bar o acabaría haciendo una locura con Danny. Estaba seguro. Había reparado en la mirada de ella. Había pasión, ¡por el amor de dios, había pasión! Lo deseaba y estaba seguro de que tanto como él a ella. Sonrió interiormente y siguió vigilando la calle.

—Después de cinco minutos, ocurrió lo esperado.

—Acaban de salir, quédese ahí quieta y no haga ninguna locura, ¿me entendió? —dijo él en voz baja y se acercó a ella detrás del mostrador—. Tome, utilícela en caso de emergencia, solo en caso de emergencia.

Dave tendió una pistola a Danny y ella la tomó con manos temblorosas. Lo cogió por el brazo cuando él se levantaba.

—Tenga mucho cuidado, por favor —dijo ella con los ojos empañados. Estaba asustada. Dave le Sonrió y cogiéndola por la nuca, la besó con fuerza. Luego se levantó y salió sigilosamente.

El más alto se llamaba Larry y el otro, Nick. No eran más que unos andrajosos que ganaban dinero fácilmente ayudando a matar y secuestrar a gente. Dave siguió sus pasos, pero había perdido el tiempo. Ellos eran listos, aunque no lo parecieran y se habían escondido muy bien. Al final, ellos se ponían a tiro. Justo lo que él quería.

Blake y Higgins estaban con los hombres de Jake. Uno por cada lado con pistola en mano. Ellos estaban borrachos así que no se estaban enterando mucho de lo que pasaba. Dave se puso enfrente de ellos.

Buenas noches, señores, veo que está siendo una velada agradable —dijo, fríamente. Larry y Nick miraron al hombre que había hablado y abrieron mucho los ojos.

—¡Es el hombre que mató a Jake!— exclamó uno de ellos.

—Si se portan bien, ahora mismo me acompañarán a ver al sheriff para poder detenerlos.

Nick echó mano a su pistola, pero ya tenía una apuntándolo por detrás, en la espalda.

—Yo que tú, ni lo intentaría —dijo Blake.

—Nick levantó las manos y dejó que le quitaran las armas. Higgins hizo lo mismo con Larry.

—¿Me acompañan? —dijo sarcásticamente Dave.

—No pienso ir a ningún sitio con usted— escupió Nick.

—Si no lo hace por las buenas, lo hará por las malas. Usted elige —respondió Dave.

—Será mejor que le hagamos caso, Nick. Estamos desarmados. No podemos hacer nada.

—Yo sí —contestó el otro y sin dar tiempo a analizar sus palabras sacó una pistola de su chaleco y disparó al hombre que tenía delante: Dave. Entonces una bala atravesó la pierna de Nick antes de que pudiera disparar a alguien más. Larry fue golpeado con la culata de la pistola de Higgins y lo dejó inconsciente en el suelo. Nick se retorcía de dolor, mientras todos los vecinos de Tucson salían a sus ventanas y puertas para saber lo que había ocurrido. Hubo un gran alboroto. Griterío y lamentaciones. La gente creía que otra vez había una refriega en su tranquilo pueblo. Culpaban a Dave, por ser nuevo y no saber comportarse. Le echaban la culpa al sheriff por no poner orden.

El sheriff O'Rourke se acercó y miró la escena. Luego vio a Dave en el suelo y miró a Blake y a Higgins que observaban estupefactos a la persona que había disparado a Nick: Danielle Langton.

Danny estaban en la puerta de la tienda con los ojos agrandados y la pistola en la mano aún. La soltó cuando se dio cuenta y corrió hacia Dave.

El sheriff mandó llamar al médico para atender a Dave primero y luego al otro herido.

—¡No! Me lo llevaré a casa— había dicho Danny, tercamente. En ese momento apareció John y ayudó a colocar a Dave a lomos de su caballo. Luego fue a buscar el de Holt para irse a casa.

El médico atendió a Nick y vio que era una herida superficial, un rasguño en la rodilla. Lo curó lo más rápido posible y lo vendó. Mientras, O'Rourke se llevó al otro al calabozo. Danny le dijo al médico que los acompañase para atender a Dave en su casa. Ella lo quería cerca, así de simple. Se acercó a Dave y lo miró a los ojos.

—Te recuperarás —le dijo y se obligó a sonreír.

—Eres muy valiente, Danielle Langton —dijo él y luego todo fue oscuridad.

15

Llegaron al rancho lo más rápido posible. Mientras John y el médico ayudaban a Dave a bajarse del caballo, Danny fue adentro para avisar que prepararan una habitación para él. Richard, Amanda y el resto salieron del salón, asustados por los gritos de Danny.

—¿Qué ha pasado? —preguntó Richard al ver a Dave entrando por la puerta ayudado de dos personas.

—Han herido al señor Holt, tenemos que subirlo a un cuarto para que lo cure el médico —dijo Danny, histérica.

Subieron al Dave hasta el cuarto y lo echaron sobre la cama. Aún estaba inconsciente. El médico sacó a todo el mundo de la habitación para poder examinarlo mejor.

Danny daba vueltas sobre sí misma en el pasillo, impaciente.

—¿Me vas a explicar lo que pasó? —preguntó Richard, casi como un gruñido.

Danny paró en seco y miró a su padre. ¡¡Cómo explicarle que ella estaba en medio de un tiroteo!?

—Cuando fui al pueblo esta tarde vi a los dos hombres que ayudaron a secuestrarme. Vine corriendo a decírselo al señor Holt y él dijo que iría a apresarlos. Me ofrecí a acompañarlo, pero no me dejó. Así que me escapé y fui al pueblo. Allí, él me escondió en la tienda del señor Blake y cuando salieron los dos tipos de la cantina, el señor Holt se enfrentó a ellos con la ayuda del señor Higgins y el señor Blake. Los desarmaron, pero uno de ellos escondía una pistola en su chaleco y, antes de que nadie se diera cuenta, disparó sobre el señor Holt.

—¿Me estás diciendo que te escapaste para ayudar a apresar a dos bandidos? ¿Es que estás loca? Eso no es todo —dijo ella, bajando la mirada ¿Es que hay más? Yo disparé al que hirio al señor Holt.

¡¡Qué!?— Richard estaba más que furioso.

Cuando el señor salió para enfrentarse a los tipos, me dejó una pistola por si algo salía mal. Al ver que lo disparaban, mi reflejo fue disparar a ese miserable. ¡Lo hice para que no disparase a más gente! Danny tenía los ojos húmedos.

—Y seguramente todo el pueblo te vio, ¿verdad?

—Sí —musitó ella.

—¿Es que no estabas satisfecha con ser noticia en Nueva York solamente? —preguntó Richard sarcásticamente.

Danny ya estaba llorando. No quería mirar a su padre. No se atrevía. Diana se acercó a ella y la llevó a una esquina. Richard se dio la vuelta y fue a hablar con John. Este le contó que él estaba cerca por si se complicaba el asunto. También recibió reprimenda por llevar a Danny al pueblo, pero él hizo lo que debía. En ese instante salió el doctor del cuarto. Todos se agolparon a su alrededor para recibir las noticias.

—No fue una herida grave. Pude sacarle la bala del hombro y suturarle. Estará en cama una semana más o menos. Necesita cuidado intensivo durante tres días, por si tiene fiebre. En ese caso pueden aplicarle compresas frías en la frente. Pueden darle láudano para el dolor y cambiarle el emplasto dos veces por día. Yo vendré todos los días para ver su evolución. Esta noche tendrá que quedarse alguien con él por si se pone peor.

—Muchas gracias, doctor, haremos todo lo que nos dijo —dijo Richard dando la mano al médico y acompañándolo a la salida.

Danny se ofreció voluntaria para quedarse con él esa noche y nadie objetó nada al respecto. Entró al cuarto mientras los demás se retiraban dormir. Se acercó a la cama y lo vio allí tendido, indefenso. Estaba desnudo, cubierto con una sábana y manta hasta la cintura. Tenía vendado el hombro y aún dormía. Se sentó a su lado y le tocó la cara con la palma de la mano. Estaba ardiendo y le empezó a aplicarle las compresas en la frente. Esa noche iba a ser muy larga.

Amaneció un día caluroso, como siempre. Danny se despertó sentada sobre una butaca que había en una esquina de la habitación. Miró a Dave y él aún dormía. Había despertado varias veces por la noche con fiebre y delirando. Nada coherente. Su madre visitó la habitación por la noche unas dos veces. También Diana estaba despierta por si pasaba algo. Ella y Robert estaban en el salón leyendo o hablando para pasar el tiempo. Hasta Andrew se había ofrecido a ayudar.

Se levantó y le tocó la frente. Estaba menos caliente. Le dio láudano como pudo, cuando se despertó un momento. Le cambió el emplasto y le curó la herida. Estaba mejorando, pero había perdido mucha sangre y por eso le subía la temperatura.

Diana entró por la mañana y le dijo a Danny que se fuera a cambiar de ropa y descansara un poco. Danny accedió. Se dio un baño, se vistió, pero no durmió. Fue enseguida al cuarto de Dave. Su padre estaba allí. Él no se dio la vuelta cuando sintió abrirse la puerta. Sabía quién era. Se levantó de la silla que había puesto al lado de la cama y se dirigió hacia la ventana. Danny aspiró hondo y se acercó al lado de Dave.

—¿Por qué? ¿Por qué lo hiciste? —dijo Richard de repente—. Te he educado lo mejor que pude y tú, siempre armando escándalos a mis espaldas. ¿Pensaba que no me iba a enterar de lo que Nueva York? ¿O lo de anoche?

—Lo siento. No era mi intención hacerte daño, papá —respondió ella sentándose en la silla que Richard había dejado libre.

—Entonces, ¿por qué lo haces? Él aún no se había vuelto a mirarla.

—No lo sé, son impulsos que me pide el cuerpo. Lo de Nueva York fue porque me enfadaron lo suficiente como para no pensar en nada más que decirles cuatro cosas a esas dos mujeres.

—¿Y lo de anoche? Lo de noche… fue necesidad. Tenía que ver con mis propios ojos que esos miserables pagaban por lo que me hicieron.

—¿Para eso arriesgaste tu vida? —Richard se dio la vuelta para enfrentarla. Danny bajó la mirada. Sus ojos estaban empañados.

—Sí, aunque no corrí riesgos en ningún momento. John me llevó y luego el señor Holt me escondió. Nadie podía saber que yo estaba allí. Al final fue bueno que yo fuera, pude derribar a uno de los hombres de Jake Lambert.

—Y eso de disparar, Danny, ¿no te das cuenta de que es peligroso? —preguntó Richard agitando los brazos.

—Lo sé, pero si el señor Holt me la dio pues no sería tan malo, ¿verdad? Él quiso que yo me defendiera como debía ser.

—¿Qué voy hacer contigo? Cuando eras pequeña no eran más que diabluras sin importancia, pero ahora… ahora son un problema.

—Prometo que no volveré a meterme en líos, por mucho que sienta el impulso de hacerlo.

—Eso espero, hija, eso espero. No quiero más disgustos.

—Danny esperaba un abrazo, un beso, pero no recibió nada. Richard se fue de la habitación sin decir nada más. Luego miró a Dave.

—Mentirosa.

¡Lo había dicho él? ¡Sí! ¡Estaba despierto!

—¿Mentirosa? ¿Por qué me dices eso?

—No está en tu naturaleza ser buena y sumisa. Puedes intentarlo, pero sabes que no lo conseguirás.

Danny bajó la mirada a sus manos, que entrelazaba nerviosamente.

—Sí, supongo que tienes razón —dijo ella y lo miró, pero él ya estaba dormido de nuevo. Al menos estaba mejorando.

A los tres días, Dave ya se encontraba mejor. Dormía mucho, necesitaba descansar. El médico venía a verlo cada día como había dicho y felicitó a Danny por su trabajo. Lo estaba curando y alimentando muy bien. Ella se sintió orgullosa de ello. Aún no podía levantase, pero sí sentarse en la cama. Eso ayudaba para que comiera algo más que láudano.

Esa noche Danny fue a visitarlo para darle un poco de caldo. Estaba sentado, apoyado sobre las almohadas. Su piel tan morena en contraste con las sábanas tan blancas era más de lo que Danny podía soportar… y pensar que estaba desnudo. Se ruborizó de inmediato y se concentró en lo que tenía que hacer.

—Tiene mejor aspecto, señor Holt —dijo ella apoyando una bandeja en la mesita al lado de la cama.

—Creo que le tengo que dar las gracias por ello —respondió él, sonriendo. Ella también Sonrió y se sentó en la silla.

—Le he traído un poco de sopa. Tiene que alimentarse para reponer las fuerzas que ha perdido estos días.

—Él tomó el plato, pero el brazo no le aguantó el poco peso. Hizo una mueca de dolor y lo posó otra vez sobre la bandeja.

—Se lo daré yo —dijo ella y cogió el plato. Empezó a darle una cucharada que él tomó despacio. La miraba fijamente y ella sentía esa mirada sobre ella. ¿Estaba temblando? ¡Sí! Si no dejaba de observarla estaba segura de que se le caería la sopa por encima. No podía mirarlo, sería su perdición.

Le dio otra cucharada.

—¿Qué ha pasado con los dos hombres? —preguntó él.

—Están en la cárcel —dijo ella y le dio otro poco de caldo.

—¿También el que disparó usted?

—Sí, al parecer solo logré hacerle un rasguño. Se repondrá.

—Yo tengo una ventaja sobre él.

Danny lo miró fijamente y volvió a temblar.

—¿Cuál? —le dio otra cucharada.

—Él no dispone de los servicios de una enfermera tan hermosa como la mía —dijo él, sonriendo y sosteniéndole la mirada.

Después de tomar la sopa se acostó sobre la cama y cerró los ojos. Estaba cansado, pensó ella. Sin darse cuenta estaba mirándolo. Su pelo, negro como el azabache. Sus cejas finas y bien marcadas. Su nariz recta. Sus labios apenas carnosos y suaves. El mentón poco pronunciado. Posó su mirada en su torso desnudo, en su escaso vello negro, en las tetillas planas y pequeñas. En el vientre plano y marcado. La cintura pequeña y ese camino en que el vello se hacía más espeso.

Sin darse cuenta, puso su mano sobre su pecho, acariciándolo. Lo sentía suave bajo su palma. Tocó su vientre, subió por los pectorales y volvió a bajar hasta detenerse donde la sábana empezaba a taparle.

Danny estaba empezando a sudar, su respiración era dificultosa. ¡¿Qué le estaba pasando!? ¡Ay Dios! Dave le sostuvo la muñeca con la mano. Luego, tomó esa mano e hizo que la ahuecara sobre su mejilla. Danny sintió la barba incipiente en la cara de él. Sintió el calor que emanaba de su mejilla y de su mano y su propia mano ya estaba ardiendo. Sintió la mirada de él sobre sus labios. Quería que la besara. Quería que la abrazara. Quería... Le besó la palma de la mano. Ella se estremeció por el contacto y cerró los ojos. Él Sonrió. Entrelazó su mano con la de él y besó sus dedos, uno por uno. Tiró de ella y la hizo sentarse en la cama, a su lado. Posó el dorso de su mano sobre la mejilla de ella. Perfiló su ceja con el pulgar, bajó por su nariz y acabó en sus labios. Los rozó levemente y luego la cogió por el mentón para acercarla a él. Pero no la besó. Ella sintió su aliento en sus propios labios y se volvió a estremecer.

—Ya no puedes negar esto, Danny. No puedes negar lo que pasa entre nosotros —dijo él muy cerca de sus labios—. Este fuego que amenaza con destruirnos si no lo apagamos, ¿me entiendes?

—Sí —respondió ella, sin saber a qué se refería exactamente.

—Entrégate a mí —dijo él depositando un beso leve en sus labios. Danny abrió los ojos de repente y se apartó.

—No— musitó, se levantó de la silla y salió casi corriendo del cuarto. Se metió en el suyo y se obligó a respirar con normalidad. Se quedó apoyada en la puerta durante unos minutos.

«Entrégate a mí» ¿Estaba loco? ¿Cómo había podido decirle semejante cosa? ¡Totalmente indecoroso! No iba a negar que lo había pensado, pero nunca en serio. Nunca se entregaría a un hombre sin haber un compromiso de por medio y ¡él no iba a casarse con ella! ¡Ni ella con él! ¿Con qué clase de mujeres estaba acostumbrado a tratar? Sin duda alguna con las que trabajaban en la cantina. Se separó de la puerta y fue hacia la ventana. Estaba claro que Dave Holt era un hombre grosero. ¿Es que no sabía nada acerca de modales? No se puede decir a una dama que se entregue a uno. ¡Es intolerable! ¡Y pensaba que ella iba a decir que sí! ¿Acaso él había visto lo que su mirada reflejaba cuando lo miraba? Había sido delatada, sino él no se hubiera atrevido a decir semejante disparate.

Se mordió el labio inferior al recordar sus besos. Lo que había sentido al ser abrazada y besada por él era algo indescriptible. Cuando sentía sus labios sobre los suyos un remolino subía desde su estómago hasta la cabeza. Todo le daba vueltas. Sentía náuseas. ¿Podía ponerla enferma con solo besarla? Y recordó su mano en su pecho. Ese glorioso contacto hizo mucho más de lo que ningún beso pudiera hacer jamás.

«Entrégate a mí» Se dio cuenta de que era lo que más deseaba en la vida…

16

Dave esta confuso. Confuso y alterado. ¿Cómo había podido decirle semejante cosa a Danny? ¡A una dama! ¿Es que no sabía de modales? ¡Dios mío, la deseaba tanto que se olvidó por completo las maneras de tratar a una mujer! Estaba totalmente fuera de lugar. Decirle que se entregara a él era la estupidez más grande que había hecho en toda su vida. Pero allí estaba ella, mirándolo, tocándolo… Su mirada le pedía a gritos que la hiciera suya de inmediato. ¿Le había dicho que no? Sí, le había dado la respuesta que no quería oír, pero era la que más merecía. Por lo menos uno de los dos había tenido el juicio de no perder la cabeza. Si hacía el amor con Danny se arrepentiría el resto de su vida. No, eso era mentira. Sería lo mejor que le podría pasar. ¡Maldición! Esa mujer, definitivamente, lo volvía loco.

Dave se levantó y se puso junto a la ventana, estaba harto de estar en la cama. Había pasado casi una semana desde el incidente y dos días desde que le dijera esa tontería a Danny. Comprendía perfectamente por qué ella no había ido a visitarlo. ¿Estaba asustada? ¿Pensaba que si volvía a su cuarto él podría acabar llevándola a su cama? Tenía que hablar con ella lo más pronto posible.

Cuando se disponía a salir, Robert entró. Dave tuvo ganar de gritar por esa intromisión, pero no hizo nada.

—Vaya, veo que está mejor. Me alegra saberlo —dijo Robert.

—Gracias— musitó Dave.

Robert entró del todo al cuarto y cerró la puerta.

—En verdad, he venido para hablar con usted de un tema importante. Iré directo al grano.

—Por supuesto, ¿de qué se trata? —dijo Dave sentándose en la cama.

Robert se acercó ahora a la ventana y miró hacia la llanura que se extendía frente a él.

—Sé que pasa algo entre usted y mi hermana. No sé qué es, pero lo noto.

Dave se levantó de inmediato. ¿Acaso Danny había dicho algo a su hermano?

—Tranquilo, sé que no ha intentado nada indecoroso con ella. Yo soy hombre, como usted, y no voy a negar que haya besado a muchas mujeres. Pero esta vez es diferente. Danny es una dama, señor Holt. Entienda que no puede haber nada entre vosotros.

—Sé muy bien cuál es mi posición, su hermana me lo recuerda a cada poco. Y debo decirle que entre la señorita Langton y yo no hay nada —dijo Dave, enfadado.

—Me alegra oírlo, pero tampoco soy tonto. Cuando llegué aquí observé como ella hablaba de usted. Lo trataba mal, sí, pero algunas mujeres no saben disimular. Es obvio que Danny se siente atraída por usted, pero es una muchacha inocente aún. No quiero que se lleve falsas esperanzas y sufra.

—No se llevará nada porque no hay nada— interrumpió Dave cada vez más furioso. Robert lo miró y sonrió a medias. Este hombre tampoco sabía mentir, pensó.

—Bien, entonces estaré tranquilo. Si mi padre se llegara a enterar de que algo pasa con ustedes, montaría en cólera, por mucho que usted salvara la vida de mi hermanita. Lo entiende, ¿verdad? Dave asintió y se sentó.

—Además, estoy tratando de prometerla con mi amigo Andrew. Él es el hombre perfecto para ella. Tienen los mismos gustos, son de la misma clase social, en fin, es lo mejor para ella— miró directamente a Dave—. Por eso es que estoy hablando con usted, quiero que la honra de mi hermana esté intacta hasta que se case.

—¿Lo sabe ella? ¿Sabe que quiere casarla con su amigo?

—Lo sabrá —dijo Robert.

Dave estaba furioso. ¿Prometerla con Andrew? Danny no lo aprobaría jamás. Aunque eso él no lo sabía. No conocía los sentimientos de ella hacia ese hombre. ¡Maldición! Además, ¿quién era ese Robert Langton para ir a decirle que no se acostara con su hermana? Ella era bastante mayorcita para saber lo que hacía y si ella se lo pidiera en ese momento, él no dudaría en hacerla suya. Él lo había visto en sus ojos, sabía que Danielle lo se deseaba. ¿Por qué negarle ese placer?

—No se preocupe, señor Langton, tendré alejada a su hermana de mí cuanto me sea posible.

Robert, satisfecho con la respuesta, salió del cuarto. ¡Qué pena que para Dave no era posible mantenerla alejada de él! Salió del cuarto después de vestirse y bajó por las escaleras. Salió al porche y se dirigió hacia los establos. ¡Tenía que trabajar! Tenía que mantenerse ocupado como fuese para calmar esa furia repentina. Dio de comer a los caballos que estaban dentro. Curó a uno de ellos en una pata. Cambió las herraduras de tres caballos. Cambió el heno de las pesebreras y también el agua. Limpió el suelo de la entrada. Hacía calor, demasiado. Estaba agotado y la herida le dolía, pero le daba igual. Se decía una y otra vez que eso era lo que tenía que hacer.

Salió a respirar un poco aire y la vio. Estaba sentada a la sombra del porche leyendo un libro. Vestía una blusa blanca y una falda color crema. Su pelo estaba recogido, para su sorpresa, pero los rizos rebeldes aún se le escapaban. Estaba adorable, aún más desde la última vez que la había visto. La miró cuanto pudo y se extrañó de lo bien que se sentía solamente con observarla.

De repente, apareció él. Andrew Sandford. Se sentó al lado de ella y empezó a leer también el libro de ella. ¿Lectura compartida? Se enfureció aún más y volvió al trabajo.

Danny estaba leyendo un poema de Allan Poe cuando su mirada se posó en los establos y lo vio. Sí, lo había visto y él lo sabía. Se había quedado mirándola durante un rato, demasiado opinó ella. Pero eso no le importó. Al contario. Se sintió bien siendo observada por él. ¡Y había vuelto al trabajo! Ese hombre era un testarudo. Estaba segura de que la herida no estaba bien, pero tampoco lo sabía con certeza ya que no había ido a verlo durante los dos últimos días. Danny pensó que él sabría por qué. Así que también esperaba que eso no le sentara bien.

Observó cómo se metía en el establo cuando Andrew se sentó a su lado para leer. En realidad, estaba haciendo algunas anotaciones y explicaciones sobre el libro. Ella apenas lo escuchaba, pero aun así comentaba algo. Cada vez que veía que Dave salía del establo para sacar el heno, ella reía y miraba a Andrew. Este no comprendía bien, porque nunca decía nada simpático, pero dirigió la mirada en la misma dirección que Danny y supo el por qué. ¡Intentaba darle celos con él!

—Danielle, espero que me perdone, pero no creo que eso sirva —dijo Andy. Danny lo miró de repente.

—¿Qué no sirva qué?

—Lo que está haciendo. No presta atención a lo que digo y ríe cuando, hasta ahora, no he dicho nada que merezca ese gesto.

Danny se ruborizó.

—Espero que me perdone, Andrew —dijo ella.

—Si intenta poner celoso al señor Holt conmigo, no me gusta. No quiero que se me utilice de esa forma.

—¿Celoso? ¡Por Dios, no! Si intentara poner celoso al señor Holt significaría que me gusta y eso dista mucho de lo que en verdad siento.

Andrew volvió a mirar a Dave, que salía y entraba con cara de pocos amigos.

—Que usted se sienta atraída por un hombre no es ningún pecado, Danielle. Pero tenga cuidado al elegir a ese hombre. Puede que el señor Holt sea el indicado para flirtear y divertirse un poco, pero no ponga su corazón en juego con él, podría salir herida. Él no es de su misma clase, y eso podría traerle problemas —Andy hizo una pausa—. Y deje de hacer estas escenas, solo conseguirá disgustarlo con usted y… que yo reciba su puño en la cara.

Danny estaba sorprendida. ¿Tanto se le notaba que se sentía atraída por Dave? ¡Qué vergüenza! Y encima era Andrew quién se lo decía. Insólito.

—Y otra cosa —dijo Andrew para terminar—. Robert está intentando prometernos y eso no está bien. No se puede imponer nada a nadie, ¿verdad? Además, le voy a ser sincero, Danielle: yo estoy prometido. Mi novia me espera en Chicago y aún no se lo he dicho a nadie, por si algo me pasaba en la guerra. Por suerte no fue así. Dentro de unos días me iré y podré casarme con ella, por fin.

—Danny Sonrió. Se sentía feliz por ese hombre. Merecía una mujer buena y que lo amara. Ellos dos serían amigos siempre, pero nada más.

—Me alegro por usted —dijo ella—. Y es una suerte que sea así, porque mi hermano también me habló de que me fijara en usted y la verdad, nunca hubiera sido así.

—Sí, mucho mejor. Es difícil hablar con una mujer de estos temas, pero con usted no hay ningún problema. Hace que lo demás sea menos importante— la cogió por la mano—. Me gustaría que algún día conociera a Rachel, mi prometida. Estoy seguro de que llegarían a ser las mejores amigas.

—Danny Sonrió aún más. Ella estaba segura también.

—Algún día lo visitaré en Chicago. Tengo ganas de conocer esa ciudad.

—Le encantará. Aunque en invierno está muy frío, más que en Nueva York, le costará aguantarlo.

—Bueno, siempre puedo ir en primavera —contestó ella.

—Es una excelente idea —dijo Andrew, soltando su mano—. Hablaré con su hermano más tarde y le explicaré la situación. Ahora, ¿por qué no seguimos leyendo? Danny asintió y volvieron a sumergirse en la historia de Poe.

Esa misma tarde Danny y Dave estaban en el despacho de Richard. Habían sido citados por él, pero no se imaginaban para qué. Estaban sentados los dos juntos. No se miraban, no se hablaban. El rubor de Danny era bastante notable. Aún no se le había olvidado la última conversación entre ambos y ahora, al tenerlo tan cerca… Richard irrumpió en la sala y se sentó frente a ellos. Los miró con el ceño fruncido. ¿Pasaba algo malo? Quitó importancia al asunto y fue a lo que de verdad era importante.

—He recibido carta del sheriff O'Rourke diciéndome que vayáis ahora mismo a Tucson para declarar contra los hombres que están apresados. Necesita una declaración formal para poder trasladarlos a la cárcel. Así que partiréis de inmediato para el pueblo.

—¿Los dos?— protestó Danny.

—Sí, los dos. Si la otra noche no hubieras sido tan curiosa y terca, solo tendría que ir el señor Holt, pero te ha tocado también ir.

Danny se volvió a ruborizar. Estaba claro que su padre aún no le había perdonado que hubiera ido tras Dave.

—Si no le importa, me gustaría que fuera en el coche con mi hija, ya que ella odia los caballos —dijo Richard mirando a Dave.

—¿La calesa? —preguntó Danny, con el corazón latiéndole rápido al pensar en estar en un lugar cerrado con Dave.

Se la llevó tu madre para ir a visitar a una vecina. Robert salió a cabalgar con Andrew y Diana. Iréis en el coche. John os llevará.

—Por supuesto, señor, partiremos de inmediato —dijo Dave sonriendo. Sabía por qué Danny no quería ir en el coche de él, pero eso le daba a él una oportunidad de hablar con ella.

Danny lo consintió de mala gana y subió a por su bolso y su sombrilla. Cuando bajó, Dave la esperaba en el vestíbulo. Le abrió la puerta, siempre sonriendo, y luego la ayudó a subir al coche. John se encontraba en el pescante y salió en cuanto vio que los dos ocupantes estaban dentro. John sabía que esos dos saldrían del coche con algún arañazo.

Dave no dijo nada hasta que salieron del rancho.

—Quiero hablar con usted —dijo él, mirándola. Ella estaba sentada frente a él y observaba el paisaje.

—No me interesa lo que pueda decirme.

—Sé que cometí un error al decirle semejante estupidez así que le pido perdón por ello. No volverá a ocurrir.

«¿De verdad?» Quiso preguntar y la embargó una gran desilusión.

—Eso espero. Una dama no debe oír esa clase de cosas, menos una soltera. Pero bueno, supongo que puedo perdonarlo —dijo ella mirándolo fugazmente.

Dave no dijo nada más en todo el trayecto. Llegaron a Tucson y fueron directamente a la oficina del sheriff. O'Rourke los recibió con una sonrisa y los hizo sentarse frente a él en el escritorio. Hizo las preguntas pertinentes a ambos y luego los hizo firmar los papeles para que quedara legal.

—Serán trasladados en dos días —dijo el sheriff. Luego miró a Danny—. Ha sido muy valiente, señorita Langton, al disparar a ese tipo. Veo que ustedes dos se salvan la vida mutuamente, eso es bueno. Yo que ustedes, no me separaría nunca uno del otro.

Danny y Dave se miraron durante un instante.

—Bueno, lo de disparar fue un impulso, nada que tuviera que ver con el señor Holt. Hubiera hecho lo mismo por cualquiera. Que haya sido él, ha sido una mera casualidad —dijo Danny, sofocada.

Dicho esto, se levantó, deseó las buenas tardes y salió de la oficina.

—Dave, escúchame bien. Una mujer así no se ve todos los días y menos en el desierto. Yo que tú, no la dejaría escapar.

—No sé de qué me hablas —dijo Dave, ceñudo.

—No finjas conmigo, viejo. Sé que la damisela te gusta.

—Ella no es de mi clase.

—¿Y qué? ¿Eso quiere decir que no puedes divertirte un poco con ella? Dave se puso de pie.

—Ella no es una mujer con la que uno puede divertirse, James, es una dama y, además, es inocente. Yo no soy quién para arrebatárselo.

—Como quieras —dijo el sheriff y vio partir a Dave, más confuso y furioso que nunca.

Dave se paró junto a Danny.

—¿Nos vamos? —preguntó él.

—Espere, tengo que ir a la tienda de la señora Rutledge a comprar un accesorio que he encargado hace días— lo miró—. ¿Quiere venir conmigo? Dave dudó, pero accedió.

Entraron en la tienda y la señora Rutledge los recibió con una gran sonrisa. Enseguida les sirvió una taza de té, y Dave miró a Danny con una ceja enarcada. ¿Té? Comprendió por qué lo había invitado a acompañarla. La bruja quería hacerle pasar un rato incómodo al tomar una taza de té, cuando él nunca tomaba esa infusión.

De repente puso su mirada en lo que tenía Danny en las manos. Un broche. Muy parecido al que él había encontrado en la cabaña. ¡Se había olvidado por completo! Lo había guardado y aún lo tenía en su poder. No sabía por qué, pero le costaba desprenderse de esa joya. Pero algún día tendría que dársela. Observó cómo Danny la miraba y dudaba en comprarla. Ella quería la original, pero sabía que tenía que conformarse con esa. Vio su cara de desilusión y posó su taza en el mostrador. La cogió aparte y le dijo: No creo que sea buena idea. La pieza no le quedará bien a usted.

—Pero si es preciosa.

—Confíe en mí, es mejor que no la compre.

—Danny lo miró largo rato. No sabía por qué, pero lo escuchó. ¿Es que el broche original le quedaba mal? Frunció el ceño al pensarlo. Le dijo a la dueña que se pasaba otro día y se fue con Dave pisándole los talones.

—No sé por qué le hago caso. Esa joya es una preciosidad —dijo ella. Estaban cruzando la calle dirección al coche.

—Entonces, cómprala —dijo él. Ella se paró en seco y lo miró.

—¿Qué? Primero me dice que no la compre y ahora que sí. ¿Qué es lo que pretende?

—Yo le dije mi opinión, pero si a usted le gusta la joya, cómprela —contestó él encogiéndose de hombros.

—Ella lo miró largo rato, sin comprender y emprendió la marcha hacia el coche. Él la siguió.

—No se enfade, se lo dije por su bien. Me la he imaginado con ese broche y vi que no me gustaba.

—¡Debo de estar loca! —gritó ella y se paró otra vez—. ¿Desde cuándo me importa lo que piense usted sobre mí? Debí de comprarme el broche.

—Cómprelo, entonces.

—¡Ahora no quiero! —Danny se dirigió hacia el coche de nuevo. Él tardo un momento en seguirla, sacudió la cabeza y algo captó su mirada. Un hombre, vestido de negro que cruzaba la calle en caballo. Vio que desenfundaba y apuntaba… ¡a Danny! Corrió lo más rápido posible.

—¡Agáchese! —le gritó. Ella se dio la vuelta, sin comprender y de repente, Dave se abalanzó sobre ella cayendo los dos al suelo. Dave oyó el disparo y vio que el jinete salía a todo galope. Miró a Danny.

—¿Está bien? —le preguntó mientras la examinaba.

—Sí —contestó ella—. ¿Qué ha pasado? Dave se levantó y la ayudó a ella hacer lo mismo. John había saltado del pescante cuando había oído el disparo y un montón de gente se había reunido para ver qué había pasado. Al ver que Danny y Dave estaban en medio, todos volvieron a sus quehaceres, esos muchachos traían la desgracia al pueblo.

John ayudó a Danny a subir al coche y detrás subió Dave. Se sentó enfrente de ella.

—Me temo que intentaron matarla —soltó Dave. Danny lo miró con los ojos agrandados.

—¿Cómo?

—He visto a un hombre cruzar la calle a caballo y apuntar sobre usted.

—No lo puedo creer. ¿Quién quiere verme muerta? ¿Para qué? Puede que sea para hacer daño a su familia. Su hermano estuvo en la guerra, tiene que tener algún enemigo. Su padre es abogado, puede que algún tipo que acaba de salir de la cárcel. O simplemente alguna persona a la que usted ha hecho blanco de sus travesuras.

Ella ahogó un grito.

—Nada de lo que yo hice fue tan grave como para querer matarme. Es inconcebible. Dave se recostó sobre el sillón.

—Haré algunas averiguaciones. Alguien tuvo que ver a ese tipo en la calle, no solo yo. Danny suspiró.

—Me gustaría que no mencionara nada a mi familia. No quiero que nadie se preocupe.

—Pero su padre tiene derecho a saber —dijo Dave.

—Sí, pero por ahora no quiero que sepa nada. Hablaré con John, es de confianza, tampoco le dirá nada.

—Como quiera. —dijo Dave—. Pero es un asunto muy delicado, están tratando de matarla. Danny se mordió el labio.

—Lo sé, pero no voy a dejar que eso me acobarde. Demostraré que soy más fuerte que él.

—Es bueno que tenga una actitud positiva, pero a partir de ahora no saldrá sin compañía. Saldrá conmigo o con John si es que tiene que ir sola, ¿me entendió?

—Sí, no se preocupe. Haré lo que dice.

—Mientras tanto, piense en quién puede hacerle daño. Hay que tener en cuenta todas las posibilidades y a todas las personas que la rodea. Es importante que haga eso.

Danny asintió.

—Puede que en el secuestro no solo estaba implicado Jake y sus compinches —dijo Dave, pensativo.

—¿Qué quiere decir?

—Digo que cabe la posibilidad de que Jake trabajara para otro, el cual es el que quiere hacerle daño. Como no le salió bien pues quizá haya contratado a otra persona para matarla… o lo esté haciendo él mismo.

—¡Dios mío! —Danny se tapó la boca.

Dave pensó en esa posibilidad. Tendría que atrapar al hombre de hoy para dar con el verdadero culpable.

Cuando llegaron al rancho, hablaron con John y este estuvo de acuerdo en no mencionar el incidente a la familia. Dave miró por última vez a Danny y se dirigió hacia los establos.

—Espere— lo detuvo ella. Dave se dio la vuelta.

—Quiero darle las gracias. Una vez más, me ha salvado la vida —dijo ella y se ruborizó.

—No tiene nada que agradecerme, un empleado leal da la vida por su señora.

No dijo nada más y Danny vio cómo se marchaba. ¡Estúpido arrogante! ¿Por qué no podía decirle que la salvó porque no quería verla muerta? ¿Que no quería perderla? ¿Que no soportaría seguir viviendo sin ella? ¿O era ella la que quería oír eso? ¡Maldición! Al final la estúpida arrogante era ella.

17

Andrew Sandford se había ido a Chicago a reunirse con su prometida después de hablar con Robert y dejarle claro que él no quería a su hermana. El hermano de Danny se sintió un poco desilusionado, pero feliz por su amigo. Después de todo, era él quien decidía su vida y le deseó lo mejor. Andy se despidió de todos y partió de inmediato.

Danny había ido a visitar a la señora Sullivan bastante a menudo desde su percance en el pueblo. Aunque John la acompañaba o incluso Dave, no dejaba de estar asustada. Era bastante fastidioso estar amenazada de muerte por un desconocido. ¿Qué motivo tendría esa persona para querer matarla? ¿Tendría razón Dave? Podría ser un enemigo de su hermano, de su padre, incluso de ella. Todo era muy extraño. Preguntaría a Dave si había averiguado algo en el pueblo en esos días.

Estaba en el salón de la mansión Sullivan con Catherine hablando de diversos temas. John la había acompañado ese día.

—Aún no hemos hablado mucho sobre Nueva York, cuéntame cómo es ahora.

Danny Sonrió.

—¿Qué puedo decirle? Es… es… maravilloso. Aunque los veranos tengo que estar aquí, perdiéndome todo —luego bajó la voz, en tono confidente—. Pero debo confesarle que antes de venir, mi amiga Diana y yo fuimos a un baile.

—¿Un baile? —preguntó sorprendida la señora.

—Sí. Lady Lampwick hizo uno para presentar a su hijo en sociedad.

—Oh, lady L. tan propio de ella llamar la atención —rio con Danny ese comentario—. ¿Estuvo bien? ¿Cómo es el hijo? Danny se ruborizó.

—Bueno, el señor Lampwick se mostró muy amable con todo el mundo. Una pena que no haya podido hablar con él.

Catherine dejó de abanicarse.

—¿Cómo es eso?

—Bueno, pues había llegado la hora de marchar y había muchas damas esperando.

—¿Y el padre de tu amiga lo permitió? Tendrían que haber esperado hasta que bailase con ustedes.

—Oh, con Diana sí bailó— hizo una pausa y bajó la voz—. ¿Sabe guardar un secreto?

—Por supuesto, querida —dijo Catherine, intrigada.

—Cuando el señor Lampwick bailó con Diana, pensé que me sacaría a mí, pero en vez de eso, fue a bailar con otra dama. Me sentí mal y salí al jardín, furiosa por el acto de ese hombre. Entonces, una voz detrás de mí, me preguntó si quería bailar. ¡Era el señor Lampwick! Estaba emocionada. Pero cuando acabamos de bailar, Diana salió para decirme que Martin Lampwick iba a quitarse la máscara para mostrar su cara. Cuando me di la vuelta, el hombre con el que estuve bailando no estaba. No podía ser él. Así que me di cuenta de que había bailado con otra persona.

Catherine abrió mucho los ojos.

—¿Y aún no sabes quién es? No. Aunque eso ya no me preocupa. Al fin y al cabo, no me ha hecho daño ninguno.

—¡Qué descaro! Ese hombre merece ser castigado. Comprometer a una señorita así. Si alguien los hubiera descubierto, se habría armado gran escándalo. ¿Cómo lo permitiste? Danny volvió a ruborizarse.

—Bueno, yo… en fin… no sé cómo explicarlo.

—No hace falta, yo también he sido joven —dijo Catherine, con el rostro suavizado—. ¿Era apuesto? Danny se sorprendió por la pregunta. No sabía por qué, pero esa mujer le caía bien. Le había inspirado tanta confianza que hasta le había contado lo de su hombre misterioso. Ni siquiera a Diana se lo había confiado.

—En realidad, no le he visto la cara. Cuando iba a descubrirlo, Diana apareció en escena.

Catherine chasqueó la lengua.

—Una lástima. En fin, si lo encuentra otra vez, no dude en descubrirlo. Danny rio.

—Lo haré. Pero es un poco difícil ya que yo no sé cómo es su rostro y no tengo la seguridad de que vaya a asistir a más bailes. Ni siquiera sé si era un noble, aunque por su manera de hablar parecía que sí. En fin, estoy segura de que ese hombre no volverá a presentarse ante mí.

—¿Quieres más té? —preguntó Catherine sujetando la tetera. Danny asintió y le acercó la taza.

—¿Piensa volver a Nueva York? —preguntó Danny.

—No he pensado en ello, pero no creo que vuelva hasta dentro de mucho tiempo. He estado allí hace unos meses, pero… —Catherine calló, recordando.

¿Por su sobrino? —quiso saber Danielle.

Catherine no se sorprendió por la pregunta. Todos sabían que la señora Sullivan estaba buscando a su sobrino por medio mundo.

—Mi sobrino desapareció con su madre y no lo he vuelto a ver.

—Lo lamento.

—No te preocupes —dijo Catherine con un gesto de la mano para quitarle importancia—. Inicié una búsqueda durante años y al final, me rendí. Nuca tuve hijos y él era lo único que me quedaba. El único recuerdo de mi adorado hermano, Edward. Sé que si lo viera lo reconocería al instante. Tenía el pelo y los ojos igual que mi hermano. Cuando se fue tenía cinco años y ahora rondará por los veinticinco.

El rostro de Catherine se volvió sombrío por los recuerdos. Era una pena que después de tantos años, su búsqueda no diera los resultados que ella quería.

—Quizá él también esté buscándola —dijo Danny.

—No creo que su madre haya hablado de mí al pequeño y no creo que me recuerde tampoco.

—Danny quedó pensativa un instante y luego se le iluminó la cara.

—El criador de caballos del rancho de mi padre es muy buen rastreador. Recuerde que a mí me encontró fácilmente. Quizá él pueda ayudarla.

Catherine negó con la cabeza.

—Ya estoy cansada de buscar.

—Pero puede intentarlo. Le digo que es muy bueno, señora. Estoy segura de que lo encontrará.

La señora Sullivan se la quedó mirando, pensando en la posibilidad.

—Bueno, quizá no sea mala idea. Iré a verte un día de éstos y hablaré con ese joven. Danny asintió, sonriente. Estaba segura de que, esta vez, Catherine Sullivan encontraría a su sobrino. Si no era así, es que Dave estaba perdiendo sus facultades y eso era algo imposible.

Cuando Danny llegó al rancho, se dirigió hacia los establos. Necesitaba hablar con Dave para saber si había averiguado algo sobre el asunto de días atrás. Entró y no lo vio allí. Miró en todo el recinto, pensó que estaría afuera ejercitando a los caballos. Cuando salío, algo llamó su atención. La montura de Dave estaba colgada en una valla. Se acercó y la miró, la tocó y vio que tenía las alforjas puestas. Miró dentro y vio algo de ropa, dos pistolas y un cuchillo. Nada importante. Luego se fijó más en la montura de cuero y vio algo que le llamó la atención. Una placa de plata a un lado. Había una inscripción en ella: ¿DS? Danny frunció el ceño. ¿Qué querían decir? Estaba claro que la D podía ser de Dave, pero, ¿Y la S? no entendía nada. Se encogió de hombros y fue hacia la casa. Le preguntaría más tarde.

Encontró a Diana en el vestíbulo. Estaba sonriendo. Miró a Danny y su sonrisa fue más amplia.

—¿Qué pasa? —preguntó Danny.

—Tu hermano y yo saldremos esta tarde a dar un paseo en caballo —respondió Diana, feliz.

—Pero siempre lo hacéis, ¿qué hay de diferente?

—No lo sé, pero presiento que algo bueno va a pasar hoy, Danny. Danielle Sonrió.

—¿Crees que se te declarará?

—Oh, ¿tú crees? Espero que sí —dijo Diana, entusiasmada.

—¿Lo amas? Diana abrazó a su amiga con los ojos empañados.

—¿Crees en el amor a primera vista? Yo sí, Danny, yo sí. Tu hermano es el hombre que he esperado durante toda mi vida.

Danny sintió una punzada de envidia por su amiga. Ella había encontrado a su hombre ideal y eso la hacía feliz y más si se trataba de su hermano. ¡Su mejor amiga sería su cuñada! Abrazó aún más a Diana, feliz por ellos.

Espero que todo te salga bien, Diana, de verdad. Te mereces toda la felicidad del mundo.

Robert bajaba por las escaleras cuando encontró a su hermana y a Diana abrazadas en medio del vestíbulo. Llevaba una cesta en un brazo y una manta en el otro.

¿Interrumpo? —preguntó Robert, sonriendo. Ambas mujeres se separaron.

Claro que no —dijo Danny, secándose una lágrima—. Pasadlo bien. Los vio partir antes de subir a su cuarto.

Robert llevó a Diana cerca de un río a dos kilómetros de la casa. Había preparado una velada romántica para declararse a Diana y poder pedirle matrimonio. Esperaba que le dijera que sí, estaba seguro de ello. Llegaron y desmontaron cerca del riachuelo. Robert extendió la manta y después vació la cesta colocando todo en ella. Ayudó a sentarse a Diana y se sentó a su lado. La miraba sonriente y ella se ruborizaba.

—Es precioso este lugar —dijo ella mirando a su alrededor.

—Sí lo es —él la miraba a ella—. Cuando era pequeño, mi hermana y yo veníamos aquí para bañarnos en los días más calurosos del verano. Siempre me gustó estar aquí.

—Sería perfecto para venir a leer un buen libro. Este silencio ayuda mucho a ello.

—Sí, estoy seguro. Mi hermana siempre venía con un libro aquí para poder leer mientras se secaba al sol.

Robert se acercó más a ella y le cogió la mano.

—Diana, iré directamente al grano —dijo él, mirándola fijamente a los ojos—. He escrito a su padre pidiéndole permiso para cortejarla y pedirle la mano en matrimonio. Él ha aceptado —hizo una pausa—. La he traído para decirle que la amo y que mi mayor deseo es que me acepte por esposo.

Diana esperaba algo similar, pero sus palabras la habían afectado tanto… que quedó sin nada que decir.

—¿No me va a contestar? —preguntó él, con el ceño fruncido. Diana sacudió la cabeza para despejar su mente y contestó:

—Sí, quiero casarme con usted, Robert. Yo también lo amo.

Robert Sonrió, aliviado. Luego tomó el mentón de ella con la punta de los dedos y acercó su boca a la de ella. La besó levemente al principio, pero luego profundizó aún más mientras su lengua se abría paso entre los labios de la muchacha. Ella los abrió para él y no se sobresaltó al notar esa invasión. Era delicioso. Era mágico. ¡Era su primer beso! Ahí estaba la clase de beso que había anhelado durante tanto tiempo. La inundó una felicidad inmensa, tan grande que sabía que no desaparecería nunca. Era tarde cuando Danny salió al porche. Se había enterado del compromiso de su hermano con Diana y eso la hizo muy feliz. Sus padres estaban encantados también y la boda se celebraría en Nueva York a principios de octubre. El padre de Diana estaba feliz por la noticia y porque por fin vería su sueño hecho en realidad: ver a su única hija casada y con un hombre de bien.

Danny estaba sentada en el banco mirando el establo esperando indicios de que Dave estuviera en él. Cuando vio que una luz se encendía, puso rumbo hacia allí. Entró y lo vio acomodando un montón de heno en una de la pesebreras del fondo. Él la sintió y se dio la vuelta. La miró largo rato. Tenía camisa blanca, desabrochada hasta la cintura, pantalones negros y sus pies estaban descalzos. Su pelo estaba revuelto.

—¿Qué hace aquí? —preguntó él.

—¿Acomodando su cama? —preguntó ella a su vez, con una ceja enarcada. Dave miró el montón de heno en el suelo y luego a ella.

—No podía dormir y estaba adelantando trabajo. ¿Se le ofrece algo?

«Muchas cosas», pensó ella.

—He venido para preguntarle si se había informado de algo en el pueblo sobre el hombre que me disparó.

Él negó con la cabeza.

—Nada hasta ahora. Los que lo vieron dicen que era un hombre montado en un caballo, vestido de negro con media cara tapada. Lo mismo que vi yo.

Danny se adelantó un paso. Quería estar cerca de él, muy cerca…

—¿Y cómo piensa seguir con la investigación? Quizá yo pueda ayudarlo.

—¡No! —interrumpió él—. Es mejor que se quede alejada de todo esto. Usted mejor preocúpese de no exponerse a peligros y deje que yo investigue.

Danny asintió, no sabía por qué, pero asintió. Si hubiera sido unas semanas antes, se lo discutiría, pero no podía dejar de mirarlo.

—¿Necesita algo más? —preguntó él, intentando que se fuera. Si seguía mirándolo así, acabaría haciendo lo que tantos días llevaba evitando y ¡al diablo con las consecuencias!

—Eh… no, creo que no —dijo ella y dio media vuelta.

—¿Ya se ha ido su amigo? —preguntó él y acto seguido maldijo por lo dicho. En el fondo no quería que se fuera.

—¿Qué amigo?

—El señor Sandford. Tengo entendido que ustedes se entendían muy bien.

Danny se puso a la defensiva ante tal insinuación.

—Pues sí, pero regresará pronto.

—¿En serio?

—Sí. Además, ¿a usted qué le importa?

—¿Le gusta ese hombre? —preguntó él, con los puños apretados.

—Si me gusta o no Andrew no es de su incumbencia. No se meta en mi vida —dijo ella y volvió a darse la vuelta para irse.

Él acortó la distancia y la retuvo por los brazos, mirándola a los ojos.

—¡Me meto en lo que me importa! Danny Sonrió.

—¿Celoso? —preguntó ella, con la cabeza alta. Él la soltó bruscamente.

—¿Celoso? ¿Qué clase de pregunta es ésa? Los celos están relacionados con el amor y usted sabe muy bien lo que siento.

Danny puso los brazos en jarra, enfadada.

—Sí, sé lo que siente. Sé que solo quiere mi cuerpo para calmar su deseo. Quiere que me entregue a usted sin pensar en nada más. ¿Es eso lo que siente? —él se quedó en silencio—. ¡Contésteme! Él siguió sin responder.

—¡Dígamelo! —lo empujó, furiosa ya—. Tenga el valor de decirme que lo único que quiere de mí es pasar un buen rato como con esas mujeres que trabajan en la taberna del pueblo, ¿verdad?

—¡Respóndame! —Danny lo volvió a empujar y él la cogió por las muñecas.

—¡Escúcheme bien! Esas mujeres no tienen nada que ver con usted. Esas mujeres cobran por pasar una hora con un hombre en su cuarto. No se compare con ellas, ¡no se atreva! —¿Era un halago? Danny frunció el ceño, confusa.

—Ahora dígame una cosa, ¿la ha besado?

—¿Qué?

—Dígame si ese señor Sandford la ha besado— Dave la tenía cogida aún por las muñecas, con fuerza, acercándola a él.

—¡A usted qué le importa! ¿Piensa que es el único que me ha besado? —Dave estaba más que furioso.

—Después de todo, no es tan diferente a las mujeres de las que habló hace poco.

—¿Cómo se atreve? —Danny intentó pegarle, pero fue imposible—. No conseguirá ofenderme. Como usted ha dicho, esas mujeres cobran por sus servicios, yo no. Además, fueron los besos más agradables que he recibido en mi vida.

Dave la soltó. Se dio la vuelta para no poder mirarla. No quería mirarla. ¡Maldita mujer! Había colmado su paciencia. ¡Al diablo con todo! Esa mujer sería suya, suya en ese instante y para siempre.

Se dio la vuelta y caminó hacia ella. Danny retrocedió, asustada.

—Es inútil que intente escapar —dijo él y la cogió por el brazo. Rodeó su cuerpo con los suyos propios y acercó su boca a la de ella, pero sin besarla—. Veremos si esto supera a esos estúpidos besos que ha recibido.

18

Dave la besó con dureza, lastimándola. Ella tenía los brazos aprisionados contra su cuerpo y no podía moverse con facilidad. Intentaba no participar en el beso, pero él no dejaba que se separara. Si seguía besándola así, estaba segura de que acabaría sangrando. Gimió contra su boca en señal de protesta, pero él no hizo caso ninguno. La llevó adentro de la pesebrera y siguió besándola con furia, con determinación. ¿Era eso una lección? ¿Acaso quería dejar huella en ella para que olvidara los besos anteriores de otros hombres? Quiso reír, pero su boca estaba ocupada en ese momento.

Dave esta fuera de sí. Saber que otros hombres se habían atrevido siquiera a tocarla lo ponía furioso. No sabía por qué, pero tenía que borrar eso en ella. Decidió que él sería el primero y el último.

Cambió su forma de besarla. Ahora era más lenta, más tierna y más persuasiva. Se dio cuenta de que estaba lastimándola y él quería que lo disfrutara. Aflojó el abrazo y rodeó su cintura, su otra mano fue hasta su mejilla. Allí se quedó, acariciándola mientras su lengua indagaba cada rincón de su deliciosa boca. Danny rodeó su cuello con sus brazos, en cuanto éstos quedaron libres. Se apretó más contra él. Gimió otra vez contra su boca, pero esta vez fue de placer.

La mano que estaba en su cintura bajó hasta su trasero y la aprisionó aún más contra el duro cuerpo de Dave. Danny sentía su virilidad pegada a su vientre y eso hizo que se le aflojaran las rodillas. Lo sabía. Sabía que iban a hacer el amor. Sabía que, a partir de ese día, sería una persona totalmente distinta. Él no lo sabía, pero Danny tenía a Dave donde ella quería.

La tumbó sobre el monte de heno que había hecho antes. Se despegó de su boca para mirarla. El deseo de sus ojos era comparable con el de él. Pasó el dorso de su mano por su mejilla, bajó por su cuello y se ahuecó en su pecho. Danny jadeó por el contacto. Otra vez ese remolino de sensaciones que iba de un lado a otro de su cuerpo. Arqueó su espalda para facilitar la caricia a Dave, pero él no movió su mano, aún no.

La besó en el cuello, pasó su lengua por el suave latido en la base, subió por su mentón, su mejilla y llegó a su oreja. Lamió, mordisqueó y la volvió loca con el ritmo de su lengua a la vez que su mano rozaba su seno. Sus manos bajaron hasta los botones de su camisa. La abrió poco a poco, sin dejar de besarla. Danny tenía las manos en el pelo de él, revolviéndolo más aún. Bajó una mano por su espalda y luego la subió por su torso desnudo. Sintió aire fresco en su pecho, Dave le había quitado la camisa y la camiseta interior. Ahora, con el pecho al descubierto, Dave mirándola y sus manos acariciando sus senos, se ruborizó. Él la besó en la boca, en el cuello y bajó hasta uno de sus pechos. Pasó su lengua por el pezón, que se irguió de inmediato. El otro estaba bajo la presión de su mano. Lamió y mordió el busto de la joven todo lo que quiso. Le dio toda clase de atenciones, todas agradables para Danny.

Dave se quitó la camisa.

—Tócame. Sé que quieres hacerlo —dijo él en voz muy baja.

Danny se ruborizó y lo miró con recelo. Levantó las palmas de sus manos y tocó su ancho pecho tanto como quiso. Lo tocó como lo había hecho aquel día que estaba en la cama, convaleciente. Su piel morena en contraste con sus manos blancas, su áspera y tersa textura comparada con la de ella, suave y delicada. Danny lo miró a los ojos y vio que estaba sonriendo. ¿Estaba disfrutando? Sí, su cara lo decía todo.

Dave bajó la cabeza y capturó sus labios. Desabrochó su falda y se la quitó sin problemas. Le siguió el faldón y quedó solo con las medias. Con la punta de su dedo índice recorrió el cuerpo de Danny desde la frente hasta donde sus piernas se unían. Ella gimió y cerró los ojos. Dave se puso de rodillas y colocó una pierna de ella encima de su hombro. Mientras le quitaba la media, besaba cada parte que descubría con mucha ternura, tanta que a Danny sintió ganas de llorar. Hizo lo mismo con la otra media. Se las quitó con delicadeza, con suavidad. Cuando estuvo completamente desnuda frente a él, se recreó la vista con esa perfecta anatomía. Era más bella de lo que pensaba, mucho, mucho más. Y era de él, esa noche. Era totalmente suya.

Danny abrió los ojos y lo miró con incertidumbre. Estaba desnudo totalmente, frente a ella y su mirada se paseó con deleite por todo su cuerpo. Sabía que el acto en sí, dolía y no creía estar lista para ello. Él vio el miedo en su mirada y se tumbó encima de ella.

—No te preocupes, haré todo lo posible para que no sea tan doloroso. Te prepararé para ello —dijo él junto a su oído.

La mano de Dave bajó por su cuerpo despacio, sin prisa. Acarició sus senos, bajó por su vientre y acabó en la zona más íntima del cuerpo de Danny. Ella aguantó la respiración durante un segundo mientras se acostumbraba a las nuevas sensaciones que esa mano despertaba en ella. Los dedos de Dave, expertos, la acariciaron suavemente, como si aquella parte fuera a romperse de un momento a otro. Ella se aferró a él y él la besó con fuerza, mientras un dedo invasor se abría paso dentro de ella. Danny abrió mucho los ojos. Dave la besaba ahora despacio y con mucha ternura. Quería persuadirla para que no pensara en otra cosa que la distrajera del placer que recibiría, aunque ella no lo sabía.

Se colocó encima de ella, las piernas de ella alrededor de su cintura y las manos de él en los hombros de Danny. Ella rodeaba su cuello con sus brazos. «Estoy preparada», se decía una y otra vez.

Dave entró en ella de un solo embate. Atrapó el grito de Danny con su boca. Sintió como ella le clavaba las uñas en la espalda y cómo su cuerpo se contraía por el dolor. Después de unos segundos, el cuerpo de Danny se calmaba y él empezó a moverse dentro de ella. Empezó con un ritmo suave, para que ella se acostumbrara, y cuando Danny empezó a jadear por el placer que sentía, empezó con embestidas más fuertes, más rápidas. Danny se aferró aún más a él.

El remolino empezaba otra vez a recorrer su cuerpo, pero esta vez se concentraba todo en un mismo sitio. La sensación vino en forma de espiral y subió por su vientre, por su pecho hasta llegar a su garganta para convertirse en grito. Después, se desplomó sobre el montón de heno, semiinconsciente. A continuación, sintió a Dave acostándose a su lado.

Danny despertó cuando estaba amaneciendo. Abrió los ojos y vio que estaba en el establo, tumbada sobre un montón de heno. Levantó la cabeza y notó que estaba vestida, para su alivio. Miró a su lado y Dave no estaba. Suspiró y se incorporó. Se quedó sentada y miró toda su ropa. Él la había vestido. Un rubor subió por su cara haciendo que ardiera de vergüenza. Tuvo que reconocer que había hecho un buen trabajo. Vestir a una mujer no era tarea fácil. Aunque ella en verano procuraba no llevar tanta ropa.

Se levantó y sacudió sus ropas, se arregló el pelo, pero no perdió el tiempo buscando las horquillas. Con un poco de suerte podría entrar en casa sin ser vista. Rezaba para no encontrarse con Dave. Salió del establo como pudo y echó a correr hacia la casa, entró y subió las escaleras sin hacer ruido. Abrió la puerta de su cuarto y se metió dentro. Cuando estaba quitándose la ropa, se volvió a abrir la puerta y entró Diana, asustándola.

—Danielle Langton, ¿qué hacías saliendo del establo a estas horas de la mañana? —preguntó con las manos en jarras. Miro la cama y vio que estaba aún hecha—¡Ah! ¿No has dormido aquí?— Diana se tapó la boca con la mano, sorprendida.

Danny miró la cama también y supo que tenía que contarle la verdad a su amiga.

—No, no he dormido aquí—respondió. Se sentó en la cama y Diana se puso a su lado.

—¿Qué ha pasado?

—Anoche fui a hablar con el señor Holt sobre un asunto del secuestro y empezamos a discutir. Cuando me di cuenta…

—¿Te despertaste en el establo? ¿Tanto duró vuestra conversación?

Danny bajó la mirada, sonrojada

—No, él… bueno, él… Diana la miraba, anhelante por la respuesta.

Danny se levantó y empezó a caminar de un lado a otro, buscando las palabras exactas para explicar la situación. Al final se detuvo frente a Diana y lo dijo:

—He pasado la noche con él, Diana.

—Diana tardó un momento en comprender las palabras de su amiga y cuando lo entendió, abrió los ojos como platos, incrédula.

¿Tú? ¡Oh, Dios! —exclamó levantándose también— ¿Estás loca? ¿Cómo pudiste hacerlo? —preguntó, enfrentándola.

No puedo explicarte cómo pasó, pero no pude detenerlo, Diana. No te imaginas la mezcla de sentimientos y emociones que experimenté. Todas me decían que tenía que seguir, aunque mi cabeza me decía lo contrario. Me dejé llevar por el momento, algo dentro de mí me dijo que, si no lo hacía, me arrepentiría durante el resto de mi vida.

Diana le dio la espalda. Una cosa era darse besos inocentes con un hombre, otra muy distinta entregar su cuerpo. Encima a un hombre que no tenía nada que ver con ella, que nunca se casaría con ella y que nunca respondería por ello.

—No puedo dar crédito a lo que me dices, Danny. ¡Él es el hombre equivocado! ¿No lo entiendes?

—¡Sí! —exclamó Danny con los ojos empapados—. Sé que tal vez hice mal, pero no me arrepiento de nada, sentí que tenía que ser él, el primero. Lo siento, Diana, pero es algo que no puedo explicar, simplemente lo sentí.

—Diana suspiró y sus facciones se suavizaron. Se acercó a Danny y la abrazó.

—Perdóname, Danny, pero sabes que esto está mal. No entiendo qué sientes, me es difícil comprender lo que has hecho.

—Entiendo tu postura y la respeto, pero no puedo evitarlo —Danny se separó de su amiga y se acercó a la ventana—. Piensa en un momento en lo que sientes por Robert y lo que su cercanía, sus roces, sus besos te hacen sentir y me comprenderás.

—Danny, es diferente. Yo estoy enamorada de tu hermano, es normal que me sienta así.

Danny apoyó la frente en el cristal y cerró los ojos.

—Esto es muy distinto al amor, Diana. Es pura pasión. Cuando te sientes atraída por una persona con tal intensidad, te rindes con el más mínimo contacto.

Diana se sentó en la cama a rumiar las palabras de Danny. Sabía que casi se había derretido con el beso de Robert y que desearía que lo volviera a hacer. Se estremecía cuando él la acariciaba en un brazo, con una mirada, con una sonrisa. Pero estaba visto que no era nada comparable a lo que Danny sentía por ese hombre. Diana aún no conocía el verdadero significado de la pasión.

—Espero que sepas lo que estás haciendo —dijo Diana levantándose y yendo hacia la puerta—. Duerme un poco más, aún es temprano.

Diana dejó la habitación y Danny se quedó frente a la ventana, con los brazos cruzados y la vista fija en el establo. ¿Dónde estaría? ¿Por qué se había ido? ¿Se iría para siempre? ¿Había conseguido lo que quería y ahora se marchaba? ¡Cobarde! Sintió una punzada en el corazón y notó cómo los ojos se le empañaban de nuevo. No quería llorar. No por él. No después de haber pasado la mejor noche de su vida. Se estremeció al recordar lo ocurrido. En cómo él la había besado, acariciado, mimado… ¡Y cómo había empezado! Con rudeza, crueldad y luego cambió por completo. Se mostró tierno, paciente, comprensivo y halagador. No dejaba de repetir lo hermosa y deseable que era. Lo mucho que ella lo atraía. Lo mucho que le gustaba. Describió con todos los detalles todos los movimientos que hacía y eso hizo que ella se excitara aún más. Y su mano, su experta mano, en lo más hondo de su cuerpo moviéndose, contorneándose, dándole el más exquisito placer jamás sentido. Luego su miembro; aquella parte de su anatomía que la había colmado de un éxtasis delicioso, que la había llevado al cielo y luego había bajado suavemente. Sacudió la cabeza y se metió entre las sábanas. Dormiría y dormiría para olvidar todo lo ocurrido.

Dave la vio salir del establo a primera hora de la mañana. Él se había levantado treinta minutos antes que ella. Se vistió, la vistió a ella y luego se fue a desperezarse y a bañarse. Tenía pensado despertarla y volver a hacerle el amor, pero ella se había ido.

Dave había estado con muchas, muchas mujeres, pero ninguna como ésta. Llegar a la culminación con ella había sido la mejor experiencia de su vida. Sus cuerpos se habían amoldado tan bien, encajaban a la perfección. Sabía que acostarse con ella sería maravilloso, pero no sabía cuánto. Tanto, que se asustó. Temía que no iba a volver a experimentar algo tan bueno como lo de anoche. Temía que fuera solo con ella con quien sintiera esa pasión. Cuando la vio salir del recinto sintió algo dentro de él que le hizo comprender que ella, y solo ella, era la mujer que deseaba por encima de todo.

Se puso a trabajar para apartar sus pensamientos de ella, sin mucho éxito. La sonrisa no lo dejaba en paz y algunos de sus compañeros se preguntaban por qué. A medida que pasaba el día y no veía a Danny por ningún sitio, esa felicidad estaba disminuyendo hasta acabar en irritación cuando era de noche. ¿Qué le pasaba a esa mujer? ¿No iba a dar la cara?

¿No le importó lo que había pasado? No, eso no podía ser. Observaba cada mueca de Danny y esa cara no era de indiferencia. Había disfrutado y eso lo satisfacía. Danny era una mujer muy apasionada. Se había entregado por completo y había quedado saciada y feliz, su sonrisa al final era de pura felicidad.

Harto de no saber nada de ella durante el día siguiente tampoco, fue hasta la casa para preguntar por ella y con buena suerte, se encontró con Diana. Ella bajaba por la escalera y se paró en seco al verlo. ¿Qué pretendía hacer? Bajó inmediatamente y se puso frente a él.

—¿Desea algo, señor Holt? Él la miró ceñudo.

—Solo quiero saber cómo está la señorita Langton, hace dos días que no se deja ver —respondió él.

—Danielle sufre de jaqueca y no puede salir de la cama —respondió ella, sin convencerle. Dave se mesó el mentón, pensativo.

—¿Puedo verla?

—¡No! —exclamó ella, cortándole el paso.

—¿Puedo ayudar en algo? Quizá trayéndole alguna medicina.

—Usted ha hecho bastante, señor Holt —dijo Diana. Dave la descubrió al instante.

—Comprendo. Ella se lo dijo, ¿verdad?

—¿Que cometió el peor error de su vida? Dave puso los brazos en jarras.

—¿Eso le ha dicho ella?

Diana carraspeó.

—No con esas palabras.

Dave estaba furioso. ¿Un error? ¡Maldita mujer!

—Dígale que no puede esconderse por mucho tiempo y que algún día tendremos que hablar.

Salió de la casa, furioso a cabalgar todo lo rápido y lejos que pudo.

Pasó una semana desde que Dave fuera a buscar Danny a casa y se encontrara con Diana. La había visto, sí, pero ella no se acercaba a él. La veía salir y llegar acompañada con sus padres o con su hermano y Diana. Sabía que tenía que salir con alguien, por lo menos estaba cumpliéndolo. Diana le había dado el recado a Danny de que tendría que hablar con Dave y le había contestado que no tenían nada que decirse. ¿Cómo podía esconderse de él? ¿Acaso pensaba que él iba a recriminarle algo? No podía emendar el error. ¡No! No había sido un error, por lo menos no para él. Pero tampoco podía plantarse frente a su padre y decirle que él había deshonrado a su hija y tenía que casarse con él. Además, él no quería casarse con ella, aunque fuera para limpiar su honor. Si de ese encuentro no había consecuencias, entonces de nada tenía que preocuparse.

Danny había procurado por todos los medios evitar a Dave. No sabía qué podría decirle después de lo ocurrido. Él quería hablar con ella, pero ¿de qué? No, no podía enfrentarse a él todavía. Había fingido jaqueca para todos los demás, decía que hacía demasiado calor para salir de casa, pero la habían obligado a ir con su familia al pueblo o a visitar a Catherine Sullivan, quien decía que visitaría su rancho en breve. Eso la animó, pero se dio cuenta de que si la señora Sullivan venía, tenía que hablar con Dave, aunque solo fuera para presentárselo. No podía consentir por más tiempo aquel estado de huida constante, así que se prometió reunir el valor suficiente para ir a hablar con él, pero sería otro día.

Dave, en cambio, no podía esperar y esa noche se coló en la casa. Subió los escalones y se acercó a la puerta del cuarto de Danny. Sabía que estaba mal, pero después de lo sucedido… en fin, entró sigilosamente y observó que dormía sola. Su guardián, Diana, no estaba con ella. Se acercó a la cama y la vio allí tendida, destapada por el calor, con un camisón fino de algodón blanco. El pelo estaba desparramado en la almohada, sus brazos abiertos en cruz y las piernas formaban un ángulo de cuarenta y cinco grados. La prenda de dormir estaba enrollada a la altura de los muslos. Dave se excitó de inmediato, pero se concentró en lo importante. Se sentó en la cama y tapó su boca con la mano.

Danny despertó asustada, después de saber que intentaban matarla, estaba más aterrada que nunca. Cuando vio que era Dave, su alivio fue notable. Lo primero que hizo fue quitarse la mano de él de la boca y después taparse con la sábana. Encendió la vela que estaba junto a su cama.

—¿Qué hace aquí? —preguntó ella, en voz baja.

—Tenemos que hablar —dijo él.

—Yo no tengo nada que decirle, ahora salga de mi cuarto. No es lo correcto.

—¿Ah no? Después de lo que compartimos, ¿cree que no es lo correcto? Danny se sentó en la cama apoyando la espalda en la cabecera y llevando la sábana con ella.

—Lo que paso fue…

—¿Un error? Sí, sé lo que piensa. Su amiga se encargó de decirme que para usted no significó nada, pero no me lo creo.

Danny tenía el ceño fruncido.

—¿Un error? Yo no dije eso en ningún momento. Seguramente Diana lo dijo para que dejara de buscarme. Me enteré de que estuvo aquí para hablar conmigo.

—¿No lo dijo?

—No, ¡por Dios!, yo dije lo contrario…— calló de repente. Él Sonrió y se acercó aún más ella.

—¿Lo contrario? Entonces, ¿le gustó? —preguntó él, tirando de la sábana para destaparla.

—¿Qué hace? —dijo ella, subiendo más la sábana. Si pretendía hacerle el amor estaba equivocado—. No dije que fuera un error, pero tampoco dije que tenía que repetirse.

Dave paró en seco y la miró a los ojos.

—Estoy de acuerdo. No volverá a repetirse. Simplemente quería estar seguro de lo que pensaba.

Danny vio como él se levantaba. Se mordió un labio mientras su mirada lo repasaba de arriba abajo. Y pensó que era una pena que no se repetiría algo tan maravilloso.

Solo quería aclararlo con usted para luego no dar lugar a malentendidos. Lo que pasó, pasó y ya está, ¿verdad? —¿Estaba enfadado? Danny quería reír. Así que él no quería que se acabara. Se levantó y se puso una bata encima del camisón. Se colocó detrás de él y quiso tocarle, pero se resistió.

—Es lo mejor. Estará de acuerdo en que esto no puede seguir —dijo.

Dave se dio la vuelta y la miró a los ojos. Eran como oro fundido. La luz de la vela se reflejaba en ellos y parecía que ardían. Su pelo, revuelto, le caía por la espalda y por el pecho. Quiso enredar sus dedos en él y perderse en la espesura de su cabellera. Quiso olerlo, besarlo. De repente, sus facciones cambiaron y se puso ceñudo, como enfadado por saber que nunca más podría hacerlo.

—¿Quiere que se acabe?

—Sí —contestó ella.

—¿Está segura?

Danny tardó en contestar.

—Sí.

—Bien, pues déjeme que le dé una muestra de lo que se pierde —dijo él y la besó. Hundió sus dedos entre el pelo de ella, como había pensado antes, y sujetó su cabeza para que no escapara. Su beso fue lento, sensual, concebido para dejar huella en ella, para que supiera, como había dicho él, lo que se perdía—.

—A ver cuánto aguanta sin esto.

Dave salió por la puerta dejando a Danny aún más confusa que antes.

19

Danny visitó otra vez a Catherine. Quería pasar la mayoría del tiempo fuera del racho, así evitaba a Dave. Ese día había sido acompañada por John, pues lo prefería así. Catherine la recibió esta vez en los jardines que tenía detrás de la casa. Aunque hacía mucho calor, tenía un invernadero donde podía conservar las flores y plantas mucho mejor. Hablaron sobre la flora que tenía Danny en Nueva York y la comparaban con la que tenía Catherine allí. Comentaron las nuevas noticias del pueblo y rieron por los chismes que corrían.

—Por cierto, el otro día me enteré de que un hombre ha intentado matarte —dijo Catherine, poniéndose seria.

Se sentaron en el banco que había dentro.

—Lo de matarme suena muy fuerte. Simplemente lo veo como que quisieron hacerme daño, pero sí, me dispararon y por suerte no dio en el blanco. Gracias a mi empleado, que me tiró al suelo para evitarla.

—¿Un empleado tuyo?

—Sí, es el mismo que me rescató del secuestro.

Vaya, es una suerte que tengas a ese joven a tu lado, Danielle.

Danny bajó la mirada.

—Sí, una suerte.

Catherine levantó la cabeza de Danny cogiéndola por el mentón.

—¿Pasa algo?

—No, nada importante. Solo me acordaba de ese día.

—No pienses más en ello. Fue solo un susto, pero tienes que cuidarte mucho.

Danny asintió y miró a su alrededor. Era toda una belleza aquel recinto lleno de rosas, lirios, orquídeas, rododendros y toda la clase de flores.

—¿Tiene noticias de su sobrino? —preguntó Danny.

—No, aún no. Pero te prometí que iría a hablar con ese rastreador y no he ido aún. Debes perdonarme, aún estoy instalándome. Una casa tan grande necesita cuidados especiales para poder acomodarme como quiero.

Ambas rieron porque sabían que era mentira. Catherine aún no había ido porque simplemente se había olvidado.

—¿Cómo se llama su sobrino? —preguntó Danny, de repente curiosa.

—David. Se llama David Sullivan —contestó Catherine con aire nostálgico. Danny la miró un momento y la abrazó.

—Lo encontraremos. Yo la ayudaré.

Danny iba camino de casa sin dejar de pensar en Dave. Había pasado unos días desde que él la visitara en el cuarto. Lo había visto fugazmente, pero no había intercambiado una sola palabra con él. Se veía distante, evitándola también. Casi no la miraba y solo se dedicaba a trabajar. Le había dejado claro que ella no se resistiría a él por mucho tiempo. Él esperaba que Danny fuera a su encuentro, pero ella estaba resuelta a seguir firme en su palabra. Lo correcto era que no se vieran más a solas.

Luego pensó en el sobrino de Catherine. David Sullivan. ¿Dónde estaría? ¿Qué haría? Era un país muy grande y había pasado demasiado tiempo como para que hubiera un reencuentro, pero ella prometió ayudarla así que lo haría.

Hablaría con Dave para ello. Si podía hablar con él fuera del establo y con testigos, estaba segura de que podía hacerlo. Llegó al rancho y se dirigió a las caballerizas. No hizo falta entrar, él estaba fuera, como ella quería. Se acercó a él, Dave dejó de hacer su trabajo y la miró.

—Necesito hablar con usted —dijo ella en tono altanero.

—¿Qué quiere?

—En primer lugar, quiero preguntarle si ha averiguado algo sobre lo sucedido en el pueblo.

—Tengo algunos cabos sueltos, pero aún es pronto para decir algo concreto.

—Bien, espero que en cuanto se entere de algo, me lo haga saber. Él enarcó una ceja. ¿Ahora usaba un tono formal con él?

—Por supuesto, será la primera en saberlo. Danny carraspeó.

—En segundo lugar, quiero pedirle un favor. Es a una amiga. Quiero que preste sus servicios para buscar a una persona. Dave la miró, pensativo.

—¿De quién se trata? Danny lo miró a los ojos.

—Es un familiar de la señora Catherine Sullivan.

Dave quedó pensativo de nuevo. ¿Por qué ese nombre le era familiar? Frunció el ceño aún más. Al final, sacudió la cabeza y preguntó a Danny:

—¿Por qué yo?

—Porque le dije que era el mejor.

Él se sorprendió por la respuesta y se sintió complacido a la vez.

—Bien, que esa señora venga a verme para darme todos los detalles y en cuanto pueda empezaré mi búsqueda.

Dave se dio la vuelta para entrar, pero ella lo detuvo.

—Verá, no es tan fácil. Ella ha estado más de diez años buscándole por todo el país, pero no sabe nada de él. Es posible que tenga que viajar mucho para hacer el trabajo.

Dave se acercó a ella.

—El trabajo es el trabajo, si tengo que hacerlo, lo haré. Creo que su padre se llevará una desilusión porque tenga que abandonar el rancho, pero sabrá comprenderlo. Sabía que no estaría aquí para siempre.

Estaba diciéndoselo más por ella que por el padre. Danny se mordió el labio inferior mirándolo fijamente. Se acercó a él también.

—Mi padre le echará mucho de menos, señor Holt. Y el día que regrese, será bienvenido aquí.

—Gracias, señorita Langton, lo tendré en cuenta —respondió él y se dirigió hacia el establo para seguir con su tarea.

Danny se quedó mirando la puerta por donde él había desaparecido y luego entró en la casa. No sabía por qué, pero sentía tristeza dentro de su pecho al pensar en que él se iría. Temía no volver a verlo nunca. ¡Maldición!

Al cabo de dos días, Richard y Amanda partían hacia Nueva York. Habían recibido una carta sobre unos asuntos en la oficina de él que tenía que resolver de inmediato. Como aún quedaban unas pocas semanas para que acabara el verano, Danielle y Diana se quedarían allí y viajarían con Robert.

Al parecer el señor Whitman tenía problemas con algunos clientes que amenazaban con denunciarlo y eso era algo que solo el señor Langton podía resolver.

Danny estaba triste por la ida de sus padres, nunca se habían ido antes de acabar el verano. Robert, en cambio, estaba encantado, ahora era el señor de la casa. Diana, bueno, ella estaba feliz de estar al lado de su prometido. Pasaban juntos todo el tiempo, Danny prefería quedarse en casa para no ser un estorbo.

Aunque necesitaban carabina, ella no estaba dispuesta a serlo y ellos, tan contentos. Envidiaba la relación de su hermano con Diana. Se les veían tan bien juntos, tan felices. Tenía que ser maravilloso estar con alguien a quien quieres. Alguien con quien reír, pasear, o simplemente estar sin hacer nada y divertirse igual. Sonrió mientras los veía en el patio montando a caballo. Saldrían a pasear a última hora de la tarde, cuando el calor ya había disminuido.

Salieron a todo galope y Danny los perdió en el horizonte de la llanura. Sonrió una vez más y bajó la mirada, triste. Volvió a levantar la vista y se encontró con la mirada plateada de Dave a la entrada de las caballerizas. Estaba apoyado sobre el marco de la puerta con los brazos y piernas cruzadas.

La miraba con una sonrisa en la cara. ¿Qué estaba esperando? ¿Quería que fuera a él? ¿Estaba provocándola para que lo hiciera? Ella sabía que la atracción era muy fuerte, pero más fuerte era su conciencia y su sentido común. Aunque no había escuchado a la primera y no había tenido lo segundo, ahora sí. No se dejaría caer otra vez en la tentación. Nunca más.

Entró en la casa para poder separarse de esa mirada y concentrarse en otra cosa, por ejemplo, en el libro de Allan Poe.

Robert insistía en ello una y otra vez. Diana no decía nada y Danny estaba cada vez más furiosa.

—¡He dicho que no! —decía ella.

—Vamos, Danny, tienes que intentarlo al menos.

—Ya lo he hecho y no me gusta.

—Pero acompañada, quiero que lo hagas sola.

Danny perforó a su hermano con la mirada. ¿Pretendía que montara a caballo? ¿Ella sola?

—¡Ni hablar! Robert, por favor, no me obligues. Sabes perfectamente lo que siento por estos animales. Además, no sé montar.

—Pero no hace falta que cabalgues, simplemente quiero que montes en él tú sola. No te moverás del sitio.

—¿Qué parte no entiendes de que no quiero montar?

Robert se pasó una mano por el pelo, exasperado.

—Por favor, Danny, hazlo por mí —dijo él en tono de súplica.

Danny miró a Diana, que observaba a su prometido con admiración. Luego miró a Robert y vio el ruego en sus ojos. ¡Maldición!

—Está bien, me montaré, pero prométeme que no soltarás al caballo. Me subiré y me bajaré de inmediato, ¿de acuerdo?

—Te lo prometo —contestó Robert y ayudó a su hermana a montar.

—Coge las riendas y no te sueltes.

Danny obedeció y cuando tuvo las riendas en su mano, cerró los ojos. Sentía que se mareaba desde esa altura. El caballo bufaba y parecía que la miraba con recelo. ¿Sentiría ese animal que ella lo odiaba? Se quedó quieta, agarrándose fuerte a las bridas y los ojos muy apretados. De repente, comenzó a moverse. No se atrevía a mirar aún.

—Tranquila, Danny, solo daremos un paseo a paso lento.

Abrió los ojos y vio a su hermano abajo, en el suelo, sujetando al caballo mientras lo hacía andar despacio.

—¿Estoy moviéndome? ¿O estoy mareada?

—Estás montando un caballo, hermanita.

—¡Te odio!

Robert y Diana rieron mientras Danny volvía a cerrar los ojos. Robert la conducía en círculos, despacio, para que ella no se asustara tanto. El caballo resoplaba, pero estaba tranquilo. Danny seguía con los ojos cerrados.

—Puedes abrir los ojos, Danny, no pasa nada, yo sujeto el caballo —dijo Robert.

—No pienso ver cómo haces burla de mí, Rob, esto es horrible.

—Robert rio y soltó las bridas para que el caballo siguiera solo su camino, suavemente. Danny seguía sin ver nada, así que no se dio cuenta de que estaba cabalgando ella sola. Solo cuando sintió la voz de su hermano a lo lejos diciendo que lo estaba haciendo bien, abrió los ojos. Miró en derredor y vio a Robert y a Diana mirando hacia ella. Se había alejado del establo lo suficiente para no saber volver. Estaba cerca de la esquina del a casa, pero lejos de ellos.

—¡Robert! Ven a buscarme ahora mismo. Haz que este animal se pare— gritó ella, pero su hermano se reía. Sabía que estaba fuera de peligro. La yegua que montaba Danny era inofensiva pero iría a buscarla de todas maneras, no quería que luego tomara represalias en su contra.

Cuando se dirigía hacia ella, vio que la yegua se ponía nerviosa y alzaba las patas delanteras. Danny gritaba y se cogía más fuerte de las riendas. Estaba asustada. No sabía qué hacer en esa situación. Maldijo a su hermano por soltarla. Tampoco entendía por qué la yegua se había asustado. Seguramente había algo en el suelo, pero no conseguía verlo bien. De repente, antes de que Robert llegara a alcanzarla, la yegua salió a todo galope.

Robert no daba crédito a lo que veía y dio media vuelta para ir a buscar su propio caballo. Antes de montar vio que Dave salía tras su hermana montado a caballo y más veloz que el viento. Robert montó en el suyo y lo siguió.

Dave, que había visto toda la escena desde la puerta del establo, cabalgaba detrás de Danny como alma que se la llevaba el diablo. Esa mujer no tenía ni idea de montar y estaba seguro de que se caería en cualquier momento. Lo extraño era que aún estaba a lomos del animal. El miedo no dejaba que se soltase por nada del mundo. Daba saltos sobre la silla y a veces se tambaleaba hacia los lados, pero no se dejó caer.

Danny y corcel galoparon colina arriba para luego bajar. Ese animal condenado no se paraba,. Dave casi la había alcanzado, pero vio antes que ella el barranco que había delante de ellos y azuzó aún más a su montura. Cuando estaban acercándose, la yegua de Danny paró en seco haciendo que Danny volara por los aires y se perdiera precipicio abajo.

Dave paró en seco al borde del barranco y desmontó. Se asomó y vio a Danny a la mitad, tirada y creía que inconsciente. Bajó como pudo y llegó hasta ella. Le dio suaves golpecitos en la cara hasta que abrió los ojos. Luego inspeccionó su cuerpo en busca de algo roto o posibles heridas graves. Solo vio rasguños superficiales en los brazos, uno en el cuello y otro en el pómulo. La miró a los ojos con total preocupación.

—¿Te encuentras bien? ¿Qué te duele aparte de los rasguños? —preguntó él—. Danny tosió y lo miró a su vez.

—Me duele mucho el tobillo —contestó ella.

—Dave se acercó a su tobillo y lo tocó. Lo movió de un lado a otro y lo palpó. No estaba roto, pero era una torcedura considerable. Ella se quejaba con cada movimiento.

—Intentaré llevarte hasta tu casa, no podrás andar. Te has torcido un tobillo. Danny gimió, no por el dolor, sino por las palabras de Dave.

—¡Danny! — gritó Robert desde lo alto.

—Está bien, la llevaré a casa ahora mismo —contestó Dave y luego miró a Danny—. Te cogeré en brazos así que sujétate bien, ¿me entendiste?

Ella asintió y se agarró a su cuello. Se miraron a los ojos antes de que Dave ascendiera, con dificultad, por la colina. Cuando llegaron arriba, Robert la cogió en brazos mientras Dave montaba en su caballo.

—Perdóname, Danny, por favor, perdóname —dijo Robert—. Nunca pensé que podía hacerte daño un paseo a caballo.

—No te preocupes, ha sido un accidente. Algo asustó al caballo. Tú no tienes la culpa —miró a su hermano a los ojos—. Aunque no vuelvas a insistir en que monte en uno de esos horribles animales.

Robert Sonrió y asintió. Luego Dave cogió a Danny para llevarla con él en su regazo. Ella se sentó atravesada delante de él y volvió a cogerse de su cuello. Apoyó su cabeza en su hombro y así fueron todo el camino. Robert se había adelantado para ir a buscar al médico al pueblo.

—¿Cuántas veces tendré que agradecerte que me salves la vida, Dave Holt? —preguntó Danny mirándolo.

Él bajó la mirada y Sonrió.

—Siempre estás en el momento oportuno cuando algo me pasa —prosiguió ella.

—Quizá sea tu ángel de la guarda —contestó él.

—¿Y dónde has estado durante todos estos años para cuidarme? Él no supo contestar a eso y ella no dijo nada más.

Llegaron al rancho y Diana ayudó a Danny a acostarse en la cama. Le quitó el vestido y ordenó un baño. Tendría que ser bañada por ella, ya que Danny no podía casi moverse, tan dolorida estaba. Cuando acabó, Diana le puso un camisón y la metió en la cama.

Llegó el doctor y examinó a solas a Danny. Le palpó el tobillo y lo movió en todas direcciones.

—No es muy grave, pero no podrá moverse de la cama durante una semana —dijo el médico.

Danny puso cara de disgusto. El doctor sonrió.

—Tampoco es para tanto. Puede salir de la cama, pero tendrán que llevarla de un lado a otro. Recuerde que el pie siempre tiene que estar en alto y tenga cuidado de no apoyarlo.

—Haré lo que me pide. No tengo más remedio —suspiró Danny. El médico le puso un emplasto en el tobillo para inmovilizarlo.

—Pues ya está. Tome un poco de láudano si le duele. En una semana vendré para retirarle las vendas y ver cómo ha evolucionado —dijo él.

—Gracias— musitó ella y vio cómo el doctor salía de su cuarto. Enseguida entró Diana y se sentó junto a ella mientras Robert acompañaba al médico a la puerta.

—¡Qué miedo hemos pasado, Danny! Cuando vimos al caballo salir a todo galope pensamos en lo peor.

—No te preocupes, todo ha salido bien.

—Ese señor Holt siempre aparece cuando uno más lo necesita, ¿verdad? —preguntó Diana.

Danny asintió y bajó la mirada. Ella había pensado lo mismo.

Al día siguiente recibió la visita de Dave. Lo habían dejado entrar sin ningún problema. La primera vez y la última que había estado él en ese cuarto se había producido una escena desagradable. Esperaba que esta vez, fuese diferente. Entró y se acercó a la cama. Danny estaba despierta y miraba por la ventana el cielo azul. Luego miró a Dave y esbozó una sonrisa. Se incorporó y se sentó. Él la miraba desde arriba.

—¿Qué tal estás? —Ya no hacía faltan formalismos entre ellos.

—Bien, me duele un poco el tobillo, pero sobreviviré. — Gracias a ti de nuevo.

Dave tenía el sombrero entre sus manos y le daba vueltas. Estaba nervioso.

—No hace falta que me agradezcas nada. Ya dije que cualquier empleado

—Sí, sí, cualquier empleado leal hubiera hecho lo mismo por su señora. Pero, ¿sabes qué? Yo no te creo. No todo el mucho hace lo que tú hiciste… tantas veces. Siempre estás cuando necesito tu ayuda. Se te contrató para salvarme de un secuestro, no de todos los peligros que me rodean. ¿Por qué? ¿Por qué lo haces?

Dave la miró fijamente, eso mismo se preguntaba él. ¿Por qué tenía la sensación de tener que protegerla todo el tiempo? Ella no significaba nada para él. No era otra persona más a quien salvaba la vida, pero ella tenía razón. ¿Por qué seguía haciéndolo cuando no era su obligación?

—Ya te lo dije. Si quieres o no creerme no es mi problema —respondió él, molesto.

—Tranquilo, no quiero discutir. Simplemente tenía curiosidad —hizo una pausa—. Puedes sentarte.

Dave miró la silla que había junto a la cama y se sentó.

—¿Estás bien? —preguntó ella. Vio que él tenía la cabeza baja y casi no la miraba—.

—¿Nervioso? Él alzó la vista rápidamente.

—No estoy acostumbrado a estar en el cuarto de una dama.

—Pero no es la primera vez que estás aquí.

—La otra vez estaba furioso y no lo pensé… y verte ahí, en la cama

—Dave… —musitó ella con los ojos abiertos.

—Bueno, no puedo evitarlo —carraspeó y bajó la mirada de nuevo—. Lo siento.

Dave se levantó y empezó a acercarse a la ventana. Danny Sonrió.

—¿Por qué se asustó la yegua? —preguntó de repente él, sin mirarla.

—No lo sé, no alcancé a verlo bien, pero antes de que el caballo echara a andar, me pareció ver un lagarto o una serpiente.

Él se dio la vuelta.

—¿Un lagarto? —preguntó, asombrado.

—Sí, pero no se movía. Parecía muerto. Dave quedó en silencio unos momentos.

¿Es posible que la yegua se asustara por un animal muerto? —preguntó ella.

—No tiene sentido —dijo él.

Danny lo vio moverse por el cuarto, pensativo.

—Quizá no lo vi bien. Ya te dije que fue un segundo antes de que el caballo anduviera.

—Bueno, no te preocupes. Si estaba muerto, seguro que estará en el mismo lugar. Iré a mirar.

—¿Ahora? —preguntó ella incorporándose más cuando vio que él se dirigía hacia la puerta.

Él se detuvo.

—Sí, ahora. Es mejor cerciorarse.

—Danny se mordió el labio. Quería pedirle que se quedara, pero no se atrevió. Lo miró durante un rato y él vio el anhelo en sus ojos. Sonrió interiormente. Danny podía mentir sobre muchas cosas respecto a lo que sentía hacia él, pero su mirada nunca le engañaba. Ella lo deseaba y él se mantendría firme en sus palabras de no acercarse a ella hasta que Danny fuera a él y lo haría, su mirada acababa de decírselo.

20

La semana pasó rápido. Robert y Diana cuidaban a Danielle durante todo el día. La trasladaban de un lado a otro y luego la subían al cuarto. El doctor había ido y le había dicho que ya podía apoyar el pie, pero con cuidado de no torcérselo de nuevo. Caminó por la casa para acostumbrar de nuevo al pie y cuando vio que estaba bien, bajó las escaleras para reunirse con su hermano y amiga para cenar.

Dave no la visitó más y eso la tenía en un estado de intriga y tristeza. Intriga por saber si había averiguado algo sobre lo que pasó con la yegua y tristeza porque esperaba verlo otra vez en su cuarto. ¡Maldición! ¿Desde cuándo? ¿Desde cuándo quería verlo a todas horas, hablar con él, tenerlo cerca? Había hecho la promesa de no ir a él y no lo haría. No se rebajaría tanto por él. ¿Para qué? ¿Para un par de horas de pasión y luego nada? ¡No! No haría tal cosa, aunque se estuviera muriendo por él.

Se sentó a la mesa, pero no dijo nada. Estaba furiosa. Estaba furiosa con ella misma y no quería estropear nada. Robert y Diana hablaron de la boda. Les quedaba poco para casarse y cuando volvieran a Nueva York tendrían un mes escaso para prepararlo todo. Vestido, invitaciones, iglesia… todo lo necesario para que saliera perfecto.

—¿No tienes hambre? —preguntó Robert a su hermana. Danny lo miró.

—No mucha.

—Tienes que comer, esta semana apenas has probado bocado —dijo Robert.

Danny se llevó un bocado a la boca, pero sin ganas.

—Ha escrito papá —dijo Robert de repente.

—¿Y qué dice?

—Que han llegado bien. El viaje sin complicaciones. Está arreglando unos asuntos y que no cree que pueda volver antes de que acabe el verano. Así que los veremos cuando volvamos a Nueva York. ¿Qué fecha os parece mejor?

Danny miró a su hermano y luego a Diana.

—¿Os queréis ir ya? —preguntó.

—Esto es agradable, Danny, y me gusta. Si tú quieres, nos quedaremos. Aunque cuando volvamos tendremos que preparar la boda muy aprisa.

—¿Era una indirecta de que querían irse? No podía permitirlo. Ella no quería irse. De ningún modo. Tenía que averiguar más sobre el asunto de su atentado. Tenía que ayudar a la señora Sullivan a buscar a su sobrino y tenía… bueno, tenía que hacer muchas cosas.

—Si queréis iros, podéis ir sin problemas. Yo aún tengo que hacer un par de cosas aquí —contestó Danny.

—De ninguna manera, no permitiré que te quedes aquí sola. A nosotros nos gusta esto también. Además, aquí podemos gozar de un poco más de intimidad que la que nos permitirían en la ciudad —Robert hizo una pausa y frunció el ceño—. ¿Y qué clase de asuntos tienes que hacer aquí?

—La señora Sullivan está buscando a su sobrino desde hace años y yo le dije que la ayudaría en ello. Además, le he recomendado al señor Holt. Él es un buen rastreador.

—¿Ah sí? —dijo Rob—. Dime una cosa, Danny, ¿qué te traes con ese hombre? ¿Te gusta?

—¡Robert! —exclamó Diana.

—¿Qué?

—Es una pregunta como otra cualquiera —se defendió Robert de su prometida—. Contéstame.

—¿Qué te hace pensar que me gusta? ¿No te he contado que detesto a ese hombre después de cómo me trató en el viaje de regreso al rancho? Ha pasado tiempo desde aquello y él y tú habéis tenido muchas conversaciones.

—Discusiones— corrigió Danny.

—Lo que sea. No soy tonto, Danny, y veo cómo ese hombre te mira. Yo conozco esa mirada porque es la misma que tiene todos los hombres cuando ven a la mujer que desean.

Danny enrojeció al momento.

—No sé de qué hablas.

—Lo sabes muy bien, Danny. ¿Ha pasado algo ente vosotros? Sé que ha pasado algo.

Danny miró a Diana y ésta negó con la cabeza. Ella no había dicho nada a su hermano. Luego miró a Robert.

—¿Qué pasaría si hubiera pasado algo? —preguntó Danny levantando una ceja. Robert abrió los ojos como platos.

—¡Es inadmisible!— gritó él—. ¿Estás diciendo que él… y tú…?

—Estás sacando tus propias conclusiones. Apenas nos hemos besado. ¿Te asustas? Estás hablando con tu hermana, Rob. No es la primera vez que beso a alguien. Todos mis pretendientes en Nueva York siempre me robaban algún beso.

—¡Pero este no es uno de tus pretendientes! ¡Es un empleado! ¿En qué estabas pensando? ¿Te has vuelto loca?

—Si vas a ponerte grosero, Rob, me veré obligada a salir del comedor.

—¿Grosero? ¡Él es el grosero! Se ha permitido el lujo de tocarte. Me dijo que te mantendría lo más alejado de él como le fuera posible. Ahora veo que le fue totalmente imposible.

Danny se puso de pie.

—¿Qué has dicho?

Robert se sonrojó de inmediato.

Hace un tiempo hablé con él y le dije de mis sospechas. Le advertí que no se acercara a ti, porque yo quería casarte con Andrew, antes de saber que tenía prometida. Me juró que se mantendría alejado de ti.

—¡Maldición! —exclamó Danny más para sí misma. Robert también se puso de pie.

—Danny, yo…—comenzó diciendo Robert.

—Mejor no te disculpes— lo acortó Danny—. Y la próxima vez, asegúrate de que sea verdad cuando decidas hablar de mi vida con un desconocido.

Danny salió del comedor y subió a su cuarto. Entonces por eso tantas preguntas sobre Andrew aquella noche. Su hermano le había dicho que se casaría con él. ¡Robert le había dicho a Dave que ella se casaría con Andrew! Por eso discutieron y por esa discusión, acabaron haciendo el amor.

—¿Por qué no me dijiste que mi hermano habló contigo sobre Andrew? —preguntó Danny a Dave cuando ésta entró en el establo.

Dave estaba curando a uno de los caballos cuando la pregunta le cayó como cubo de agua fría.

—No entiendo —dijo él mirándola.

—Entiendes perfectamente. Robert vino y te dijo que te alejaras de mí porque me iba a casar con Andrew. ¿No es cierto? Es cierto.

—¿Y qué hiciste tú? Le dijiste que me mantendrías alejada de ti todo lo que fuera posible. ¿Lo has cumplido?

—Lo he cumplido.

—¡Mentiroso!

—¿Qué?

Danny entrecerró los ojos y lo apuntó con un dedo.

—Hiciste que me enfadara contigo para llevarme a la cama, ¿lo niegas?

—¡Claro que lo niego! Para llevarte a la cama no hace falta que te enfade, solo hace falta que te bese para que accedas.

—¡Maldito! —gritó ella y lo atacó con los puños cerrados. Él la paró y cruzó sus brazos a su espalda.

—Danny, no sé qué es lo que te molesta tanto, pero no hice más que lo que le dije a tu hermano. Me mantuve alejado de ti hasta que ya no me fue posible, porque se me hizo imposible estar cerca de ti y no poder tocarte.

Esas palabras habían tenido un efecto sorprendente sobre Danny. ¿No podía estar cerca sin tocarla? Quería reír. Esa noticia la hacía feliz, no sabía por qué, pero la hacía inmensamente feliz.

—Aun así, has faltado a la palabra que le diste a mi hermano. Es inconcebible— Danny se soltó y lo miró desde una distancia prudente.

—Era inevitable, Danny. Iba a pasar un día u otro. Lo sabes tan bien como yo.

—No tenía que haber pasado.

—¿Te arrepientes? —preguntó él cogiéndola por los brazos, obligándola a mirarlo. Danny tardó en responder.

—No. Tengo la costumbre de no arrepentirme de nada de lo que hago. Dave la soltó.

—¿Quieres repetir? —preguntó él sonriendo.

Danny ahogó una exclamación. Ese hombre era imposible. Después de la discusión que habían tenido, ahora tenía ganas de bromear.

—Cuidado, vaquero. Puede que te diga que sí y luego te acostumbres demasiado a mí.

—¿Qué le dirías a mi hermano en ese caso?

Dave la miró, perplejo. No sabía qué decir. ¿Estaba bromeando? ¿Danielle Langton estaba bromeando con él? Eso sí que era una noticia de portada.

Danny lo miró seria y sacudió la cabeza. Era mejor cambiar de tema.

—¿Qué has averiguado sobre lo que pasó con el caballo? ¿Era un animal? Se me había olvidado comentártelo —dijo él.

—Sí, era un lagarto. Pero no uno cualquiera.

—¿Qué quieres decir? Era un lagarto con una cuerda atada a su cola.

—Danny abrió los ojos de sorpresa y confusión.

—Verás— prosiguió Dave—. Cuando regresé al lugar donde supuestamente estaba el lagarto, no lo vi. Inicié un recorrido alrededor de la casa y lo encontré detrás de ésta en medio de un arbusto.

—No entiendo lo de la cuerda en la cola —dijo Danny con el ceño fruncido.

—Yo tampoco lo entendía, pero después de pensar las posibles razones, encontré una más o menos convincente.

—¿Cuál? —apuró ella.

—Alguien colocó ese animal en el camino y luego lo retiró para no dejar huella. Pero no fue tan listo al tirarlo tan cerca de la casa, ¿no crees?

—Un momento, ¿estás diciendo que pusieron ese reptil para que asustara a la yegua y yo cayera?

—Bueno, los animales muertos no andan solos.

—¿No puede ser que un niño lo dejara allí después de jugar con él? Los niños juegan con cualquier cosa.

—Danny, ¿hay niños en la zona? —preguntó él con sarcasmo. Ella se enfadó.

—Está bien, solo estaba proponiendo otra salida. No me gusta que me digan que quisieron matarme de nuevo y, esta vez, con un lagarto muerto.

—Pero lo que no entiendo es cómo sabía que tú ibas a montar a caballo ese día.

Sabiendo que yo no monto a caballo.

—Exacto— concluyó él—. Pero no te preocupes, no ha demostrado ser muy inteligente, creo que caerá él solito. Lo encontraremos.

Dave Sonrió para tranquilizarla y ella se la devolvió.

—Danny se dio media vuelta y paseó por el establo mientras él seguía con lo suyo. Miró de nuevo la montura de Dave y se fijó en la placa que tenía en ella. Y en las letras allí inscritas: DS. Se dio la vuelta para enfrentarlo.

—¿Puedo hacerte una pregunta? —dijo ella. Él asintió y giró hacia ella.

—¿Qué significan estas letras? —preguntó señalando la inscripción. Él se acercó y miró la placa.

—Son mis iniciales.

Danny quedó pensativa.

—¿Y qué quiere decir la S?

Dave pasó una mano por la letra, dibujándola.

—No lo sé— hizo una pausa y miró a Danny—. Cuando tenía unos cinco años, mi padre murió y mi madre se trasladó conmigo a Nueva York. Fuimos a vivir con una tía mía, hermana de mi madre —soltó una risita amarga—. Mientras tú crecías en la mejor zona de Nueva York, yo me crie en los barrios bajos cuidando de que no pasara ningún día en que no comiera. Era imposible, lo poco que conseguía pidiendo o robando, lo ahorraba. Quería tener algo cuando creciera. Mi madre y mi tía salían todos los días a trabajar y traían comida a casa siempre que podían.

—¿Para qué ahorrabas?

—Para poder salir de aquel infierno. Aquella zona era lo peor de la ciudad. Podías ver a personas muriéndose de hambre en la calle. Infectados por alguna enfermedad. Podías ver a padres maltratando a sus hijos y obligándolos a trabajar cuando apenas eran unos bebés. Podías ver a prostitutas en medio de la calle sin ninguna ropa encima. Aquellas calles olían a putrefacción y coger una enfermedad era lo más común.

—¡Dios mío! —exclamó Danny en voz baja.

—Cuando tenía dieciséis años, mi madre contrajo unas fiebres y murió. Así que decidí irme de allí. Mi tía no quiso acompañarme. Antes de morir, mi madre me dijo que buscara a otra tía mía. Una hermana de mi padre. Ella podía ayudarme a salir adelante —hizo una pausa y se apoyó en la valla que había allí para poner las monturas—. Saqué todo lo que tenía ahorrado durante nueve años y viajé hasta aquí. Contraté a un investigador y desde hace ocho años trabaja conmigo, pero sin éxito. Aún no la he encontrado.

Danny no había podido impedir que las lágrimas resbalasen por sus mejillas. Ese hombre había sufrido tanto.

—¿Y de dónde viene tu apellido?

—¿Holt? —preguntó él—. Es el apellido de mi madre.

Dave miró a Danny y vio que estaba llorando. Se acercó a ella y pasó un dedo por su mejilla.

—No hagas eso. Esos días ya han pasado y yo estoy viviendo mejor —dijo él.

—Pero nadie merece eso, nadie— sollozó ella. Dave la abrazó y le besó la cabeza.

No me gusta que la gente sienta lástima por mí ni por mi pasado.

Danny se secó las lágrimas y lo miró a los ojos.

—Yo te ayudaré a buscar a tu tía. Puede que te devuelva todas las veces que me salvaste la vida.

—Ya he dejado de buscar. Quizá se haya enterado que ando buscándola y esté huyendo de mí. Cuando aparezco en el lugar que mi investigador dice que está, ya se ha ido.

—Por eso has ido a Los Ángeles hace poco, ¿verdad?

—Sí. Dave suspiró y la abrazó un poco más fuerte. Era agradable la sensación de tenerla en sus brazos.

—Danny se apoyó en él. Ese hombre había sufrido, pero había salido adelante sin ayuda de nadie. Todo lo que le quedaba, no aparecía.

—¿Y tú otra tía? ¿Has pensado en sacarla de allí?

—Cuando fui a buscarla para que se viniera aquí conmigo, me enteré de que se había ido con la familia para la que trabajaba a Inglaterra. Allí estará bien.

Danny asintió y se soltó del abrazo de Dave.

—Haré lo que pueda para ayudarte…si me lo permites. Y te apoyaré en todo lo que necesites —dijo ella y se fue.

Dave la vio marchar. Ahora sentía frío allí donde Danny había estado entre sus brazos. Esa mujer era increíble y más sensible de lo que creía. Había llorado por su sufrimiento. Sacudió la cabeza y siguió con lo que estaba haciendo.

Danny se paró a medio camino de casa. Su cabeza daba vueltas y vueltas a una cosa. Tenía muchas imágenes y frases mezcladas. Nada coherente. Algo estaba cogiendo forma dentro de ella, pero no conseguía verlo.

—Buenos días, señorita —dijo alguien a su lado.

Ella lo oyó apenas, pero se dio la vuelta y vio un hombre alto, fuerte, con cabellos rubios y ojos verdes claros. Era apuesto, muy apuesto, se dijo. Rondaría los treinta años.

—¿Se encuentra bien? —preguntó el desconocido. Ella reaccionó.

—Sí, estoy bien —dijo ella y Sonrió—. Perdone, ¿quién es usted? Él se quitó el sombrero y Sonrió también. Hizo una pequeña reverencia.

—Me llamo Frank Tisdale —dijo el hombre—. ¿Y cuál es el nombre de la mujer más hermosa que he visto en mi vida? Danny se sonrojó.

—Danielle Langton.

—La hija de Richard. Bonito nombre —dijo Frank y volvió a ponerse el sombrero.

—Gracias, señor Tisdale. ¿Qué le trae por aquí?

—He venido de Dallas para vender una pequeña hacienda que tengo cerca de aquí. Me preguntaba si su padre estaba interesado o alguien que él conozca.

—Mi padre no está. Se ha ido a Nueva York a atender unos asuntos de trabajo. Aunque no creo que le interese la hacienda, con la que tenemos es más que suficiente.

—Es una pena, pero de todos modos estaré aquí unos días.

Frank Sonrió a aquella belleza que tenía delante. Sin duda era una mujer encantadora.

—¿Quiere pasar para tomar algo, señor Tisdale? Mi hermano y su prometida están dentro. Se los presentaré.

—Eso me encantaría —contestó él.

Entraron a la casa. Robert y Diana estaban en el salón, jugando al ajedrez. Quedaron fascinados por Frank. Era un hombre con sentido del humor y muy agradable. Diana le hacía señas a Danny para decirle que era un hombre extraordinario y muy apuesto. Danny hacía caso omiso de esas miradas. Podía ver cómo era Frank, pero no le conocía de nada. No podía confiar en él aún.

—¿Por qué quiere vender su hacienda? —preguntó Robert.

—Bueno, cuando mi padre falleció, mi hermano y yo nos quedamos con el rancho. Ninguno de los dos volvimos y mi madre tampoco quiere venir, así que me ha tocado ser yo el que se encargue de venderla.

—Es una haciendo bastante grande y productiva —dijo Robert—. Recuerdo que mi padre siempre decía eso.

—La hacienda ha dado mucho durante muchos años, pero mis padres decidieron mudarse a Dallas donde la vida era mucho mejor que aquí. Mi hermano se casó y ahora soy yo el que se queda con el rancho, y la verdad, yo no sé nada de administrar un terreno tan grande.

—Bueno, sinceramente, yo tampoco sé mucho sobre estas cosas. Mi hermana, Danielle, sabe más. Aunque no le guste los caballos— rio Robert.

Frank miró a Danny sonrojada.

—No es malo que no le guste los caballos. A mí me costó mucho subirme a uno. Si pudiera evitarlos, lo haría con gusto —dijo Frank para tranquilizar a Danny, que sonrió agradecida.

—Hace poco tuve un pequeño accidente. Me caí de uno gracias a la insistencia de mi hermano en que montara —dijo Danny mirando a Robert con una sonrisa cínica.

Frank entendió perfectamente las palabras de Danny y rio.

—Espero que no haya sido nada grave —dijo Tisdale.

—Por supuesto que no. Solo me he torcido el pie. No ha sido nada.

—Me alegro por ello.

Danny asintió con la cabeza sonriendo. Ese hombre era verdaderamente encantador.

—¿Cuánto tiempo piensa quedarse? —preguntó Robert.

Pues una semana más o menos. Haré correr la noticia y luego dejaré mi dirección en la oficina de correos para que se comuniquen conmigo. Tengo asuntos importantes en Dallas.

—Esperamos disfrutar de su compañía durante su estancia.

Frank Sonrió y asintió. Miró a Danny y ésta se sonrojó. A nadie se le escapó ese gesto por parte de los dos.

21

Danny estaba en su cuarto con Diana. Hablaban de temas triviales. De Nueva York y de las fiestas que les esperaban. De Lydia y Samantha. De la boda entre Diana y Robert. También de Frank Tisdale.

—Pues yo creo que debes conocer más al señor Tisdale. Es un hombre apuesto y agradable, ¿no te pareció?

—Sí, por supuesto. No soy ciega. Pero no creo que me convenga, Diana. Va a estar solamente una semana. Además, es de Dallas. No estoy dispuesta a mudarme de Nueva York.

—¿Piensas conocer a tu futuro marido en la ciudad?

—Claro.

—No pienso irme de allí.

—Pues a mí me gusta la vida aquí. Es tan tranquilo.

—Demasiado. Prefiero el ajetreo de la ciudad. Esto es demasiado aburrido.

—Pues Robert y yo estamos pensando en venir a vivir aquí. Quizá compremos la hacienda del señor Tisdale.

—Danny abrió mucho los ojos.

—¿Hablas en serio?

—Sí. La verdad que me da igual dónde vivir, si vivo con tu hermano —dijo Diana, sonriente.

Danny hizo una pausa.

—¿Y ya no nos veremos todos los días? ¿Qué voy hacer?

Diana se sentó a su lado y pasó un brazo por sus hombros.

—Puedes venir aquí con nosotros, si quieres. O puede que encuentres a alguien en Nueva York. Además, están tus padres. No estás sola, Danny.

Danny asintió. Diana cambió de tema para que no estuviese triste.

—Dime, ¿cómo va tu búsqueda del sobrino de la señora Sullivan? ¿El señor Holt ya ha empezado?

—¡Oh, Dios! Con todo esto del accidente no he tenido tiempo de visitar a la señora Sullivan. Se preguntará qué me ha pasado. Además, no he mandado a Dave a su casa. Tendré que ir de inmediato.

Danny se levantó y se puso a vestirse lo más rápido que pudo. Se puso una falda verde oscuro y la chaqueta a juego. La camisa era blanca. El pelo se lo recogió con horquillas verdes y encima, el sombrero a juego. Mientras se vestía, Diana comentó:

—¿Es verdad que el señor Holt está buscando a su tía?

—Sí, hace años que está tras su pista, pero dice que ya está cansado. Yo lo ayudaré aunque él no quiera.

—Danny, ¿crees que es buena idea?

—Por supuesto. Él ha hecho por mí mucho más de lo que yo pudiera pagarle jamás.

—¿Desde cuándo has cambiado tanto de opinión? —preguntó Diana enarcando una ceja.

—Las personas cambian, Diana. Además, ya es hora de que haga algo bueno por alguien. Eso me distrae y me distancia de hacer alguna travesura, ¿no crees? Danny se levantó del tocador y se atusó la falda. Cogió su bolso y su sombrilla y se dirigió hacia la puerta.

—Danny —dijo Diana—. ¿No te parece mucha casualidad que la señora Sullivan esté buscando a su sobrino y que el señor Holt esté buscando a su tía? Danny paró en seco. ¡Ahí estaban! Todas esas ideas que se entremezclaban en su mente, ahora tenían forma. El sobrino de Catherine se había ido con su madre a los cinco años. Dave se había ido de allí con su madre a la misma edad. El sobrino de Catherine se llamaba David Sullivan y las iniciales de Dave son DS. Él no sabía su apellido de su padre. El mismo hombre que podría ser el hermano de la señora Sullivan. ¿Sería mucha casualidad? Miró a Diana fijamente.

—¿De qué es diminutivo Dave? —preguntó, extrañando a su amiga.

—De David.

—¡Exacto! —exclamó Danny y salió corriendo de su cuarto.

Si sus sospechas eran ciertas, estaba a punto de reencontrar a tía y sobrino después de tantos años buscándose. Llegó abajo y corrió hacia el establo. Encontró a Dave desmontando un caballo.

—Necesito que me lleves a la casa de la señora Sullivan, de inmediato— ordenó ella.

—¿Pasa algo malo? Espero que no.

—Te espero fuera.

Él asintió y la vio salir. ¡Qué extraño! Se encogió de hombros y salió con la calesa después de cinco minutos. Viajaron uno al lado de otro, casi sin hablarse. Danny estaba demasiado emocionada para ello. Si estaba en lo cierto, haría feliz a dos personas que se lo merecían después de tanto tiempo.

—Llegaron y ella bajó del carro ayudada por él.

—Espérame aquí. Quizá sea necesario que luego te haga pasar a la casa —dijo ella.

—¿Por qué? ¿Qué pasa? —preguntó él cogiéndola por el brazo para detenerla.

—Ahora no puedo explicártelo, pero pronto lo sabrás.

Danny se soltó y caminó hacia la casa. Peter le abrió la puerta y la hizo pasar al salón, donde Catherine estaba tomando el té.

—¡Qué sorpresa! Hacía mucho que no sabía nada de ti, Danielle. ¿Estás bien?

—Sí, sí. He tenido un pequeño accidente con un caballo y me he torcido el pie. He estado en cama una semana, por eso no pude venir.

—Vaya, espero que estés mejor, querida.

Danny asintió.

—Siéntate. ¿Quieres tomar algo? —ofreció Catherine.

Danny se quitó el sombrero y lo sujetaba en la mano, nerviosa.

—Señora Sullivan, necesito hacerle unas preguntas. Catherine dejó la taza en la mesa y miró a Danny, ceñuda.

—¿De qué se trata?

—Danny dio un paso y carraspeó.

—¿Qué aspecto podría tener su sobrino? Color de pelo, de ojos…

—Bueno, si se parece a mi hermano tendría el pelo negro y los ojos grises oscuros… o claros, no lo recuerdo bien.

Danny tragó saliva.

—¿A dónde se llevó la madre a su sobrino? Creo que se lo llevó a Nueva York, pero nunca pude demostrarlo. No sé en qué parte de la ciudad estaba.

Danny se mordió el labio inferior. Estaba cada vez más cerca. Solo le quedaba por formular una pregunta para saberlo con certeza.

—¿Cuál era el apellido de su cuñada? Catherine quedó pensativa durante un largo rato. Frunció el ceño mirando a Danny. Luego arqueó las cejas, como si se acabara de acordar, y dijo:

—Holt. Se llamaba Margaret Holt.

Danny suspiró y notó que las lágrimas ya inundaban sus ojos.

—¿Por qué me haces todas estas preguntas? — quiso saber Catherine. Danny volvió a tragar saliva.

—Señora Sullivan, creo que he encontrado a su sobrino.

Catherine abrió mucho los ojos. Estaba sorprendida. No podía ser, se decía. Más de diez años buscando y contratando a investigadores para que unan niñita lo encontrara en cuestión de días. Increíble.

Catherine se levantó y fue hacia Danny.

—¿Es cierto? ¿Has encontrado a David? —se agarró a Danny. Las lágrimas resbalaban por sus mejillas.

—Creo que sí. El rastreador del que le hable está buscando a su tía y su historia coincide con la suya. Se llama Dave

Holt. Y tiene unas iniciales en una placa que tiene en la silla de montar que trae DS. Él sabe que la S es su apellido, pero no sabe cuál es.

—¿Una placa? Recuerdo que mi hermano le regaló una a David junto con su montura cuando tenía cuatro años.

Catherine se acercó al sillón, pero no se sentó.

—¿Y su aspecto? ¿Es como te dije antes? —preguntó Catherine.

—Sí, coincide su descripción.

—¿Dónde está? —preguntó la señora dándose la vuelta.

—Está fuera. Lo traje para que lo viera. Él no sabe nada. Hazlo pasar por favor.

—Por supuesto —contestó Danny y salió de la casa. Encontró a Dave apoyado en la calesa. Cuando la vio, se dispuso a ayudarla a subir, pero ella no subió.

—Dave, tienes que acompañarme adentro.

—¿Pasó algo?

—No sé cómo decirte esto, pero tienes que ver a esa señora.

—¿Es por lo de su sobrino? ¿Aún quiere que me encargue de ello? Danny bajó la mirada, escondiendo las lágrimas.

—No, creo que ya lo ha encontrado.

—¿De verdad? Dave arqueó las cejas. Danny suspiró.

—Dave, tengo que decirte algo —dijo ella con todo el valor que le fue posible—. Creo que tú eres el sobrino de la señora Sullivan.

Dave no habló. Se quedó mirando a Danny durante unos minutos. Luego miró a la casa que tenía delante. Volvió a mirar a Danny.

—¿Estás loca? ¿Qué pruebas tienes?

—Vuestras historias coinciden y muchas otras cosas más que he ido descubriendo. Dave por favor, entra y deja que te mire.

—¿Qué? Si eso fuera verdad, ¿crees que me reconocería después de tantos años?

—Ella dijo que sí. Solo entra y ya está. Si no eres, no pasa nada, nos vamos y en paz. Pero si eres…

—Si soy, ¿qué?

—Habrás recuperado lo que tanto has anhelado, Dave.

Dave se dio la vuelta. No quería mirarla ni mirar la casa. No podía ser posible que su tía estuviera allí, tan cerca de él. Era imposible. Hacía poco que la habían visto en Los Ángeles. ¿Cómo era posible?

—Dave...— rogó Danny y las lágrimas resbalaron por sus mejillas.

—¡No! —exclamó él. Tenía miedo, miedo de que Danny estuviera equivocada y él se llevara otra decepción. Y no sabía por qué, pero tenía miedo también de que esa señora fuera en verdad su pariente.

—¿David? ¿Eres tú? —dijo una voz a su espalda. Se dio la vuelta y se encontró cara a cara con su tía. ¿La había reconocido? Sí, después de tantos años, Dave sabía que esa mujer era la misma que había estado buscando.

Catherine miraba a Dave con admiración. Sí, era él. Era su querido sobrino. Por fin lo había encontrado, por fin estaban juntos. Ese pelo negro, los ojos grises, las facciones duras y el cuerpo atlético. Era la viva imagen de su hermano. No tenía dudas. Dave la miraba con la misma intensidad. La recordaba. Recordaba cuando jugaba con él de pequeño. Recordaba cuando lo acostaba algunas veces. Y recordaba la casa. Cuando había acompañado a Danny otras veces, la casa le era familiar, pero nunca le había traído recuerdos a su mente. Ahora todas las imágenes de su infancia volvían nítidas.

Los ojos de Catherine eran iguales que los suyos y que los de su padre.

—Te pareces tanto a Edward —dijo Catherine.

—¿Edward? ¿Así se llamaba mi padre? Ella asintió. Tenía los ojos llenos de lágrimas. Esta vez, lágrimas de alegría.

—Aún no puedo creer que estés aquí, conmigo. Ahora ya nadie te separará de mí. Se abrazaron durante unos minutos.

Danny, emocionada, veía la escena desde la puerta del salón. Sonrió y caminó hacia la puerta. Les dejaría esa intimidad que necesitaban. Llamó a uno de los lacayos de la señora Sullivan para que la acompañara hasta casa y se fue.

—¿Qué es lo que ha pasado para que mi madre se fuera de aquí? ¿No te llevabas bien con ella? —preguntó Dave a su tía.

—Margaret se fue dejando a mi hermano aquí, solo.

—¿Qué? ¿No murió antes de que abandonara el lugar? Catherine enarcó las cejas.

—No, querido, tu padre se fue detrás de ti y de tu madre, pero nunca más aparecieron. Decidió ir a Inglaterra, pues le habían dicho que habíais partido allí, pero una tormenta se cruzó en su camino y nunca más volví a verle.

Catherine lloraba mientras lo contaba.

—¿Por qué? ¿Por qué mi madre dejó a mi padre? ¿Por qué me mintió sobre ello?

—Maggie estaba harta de este lugar. No le gustaba el campo. Quería ir a la ciudad y ser alguien allí. Eddie no la pudo complacer porque no tenía suficiente dinero para ello, pero eso le dio igual a ella. Un día se dijo que hasta aquí aguantaba y te cogió con ella y se fueron para siempre. Yo aún viajé a Nueva York muchas veces para ver si podía encontraros, pero fue inútil. Aquella ciudad crecía a pasos agigantados y eran muchos los lugares donde podíais estar.

Dave bajó la mirada.

—Hemos vivido en los barrios bajos de Nueva York. Pero esa historia no la quieras saber. Es demasiado triste.

Catherine asintió.

—¿Es verdad que me andabas buscando? Cuando mi madre murió, decidí ir en tu busca, pues eras la única persona que me quedaba. Ella me dijo de tu existencia y que fuera a ti en cuando pudiera.

—¿Y cómo es que nunca nos encontramos? Ambos contratamos investigadores buenos.

—El mío siempre te encontraba, pero cuando yo llegaba, tú ya no estabas. Y ahora, encontrarte aquí… es algo que no puedo entender. Estabas tan cerca…

—Y tú también, cariño, tú también… —dijo ella rozando su mejilla con la mano. Dave Sonrió. Sus ojos habían estado empapados todo el tiempo.

—Te prometo que nunca, nunca nos separaremos. Recuperaremos el tiempo perdido —dijo él y la abrazó.

Dave estaba en el establo haciendo su equipaje. Antes de irse pasaría por la casa para hablar con Danny. ¡Pensar que había sido ella la que lo reencontró con su tía! Había prometido ayudarle y lo hizo, con un poco de suerte, pero lo hizo. Iría a vivir con su tía. Sus días como criador de caballos se habían acabado. Echaría de menos esa hacienda. ¡Qué demonios! Echaría de menos a Danny.

—¿Te vas? —preguntó Danny a su espalda.

Dave se sobresaltó. ¿La había llamado con sus pensamientos?

—Sí, me voy a vivir con mi tía. Pero vendré todos los días para hacer mi trabajo.

—¡No! Ya no hace falta que trabajes más aquí. Tu tía es rica, demasiado como para que trabajes.

—Pero quiero seguir haciéndolo.

—No te lo voy a permitir. Es más, te despido. Dave Sonrió.

—Tú no puedes hacer eso. Ahora que tu padre no está, es tu hermano quién toma la decisión.

Pues haré que te echen. Un día lo juré así que lo voy a cumplir. Ambos rieron.

—¿Qué tal te fue con tu tía? Muy bien. Tenía pensado ir a buscarte para darte las gracias. Es lo más grande que nadie había hecho por mí.

Danny se sonrojó.

—No es nada. Simplemente até cabos y… Pero si tú no los hubieras atado, nunca nos hubiéramos encontrado. Eso era verdad. Danny sonrió.

—Creo que he saldado mis cuentas contigo. Por todas las veces que me has salvado la vida.

Dave rio.

—Creo que te estás acostumbrando a darme las gracias muy a menudo. El que tiene que estar eternamente agradecido soy yo, Danny. Me has devuelto lo que más quería conseguir en este mundo.

Danny asintió.

—Creo que es la primera vez que hago algo bien por alguien sin meterlo en líos y sin que me incluya a mí —dijo Danny, sonriendo.

—Sí, tu obstinación ha hecho que nos metas a los dos en líos, ¿no te parece?

— ¿Obstinación?

—¿Vamos a discutir? —preguntó él con el ceño fruncido.

—No. No quiero despedirme de ti así.

—Dave dio un paso hacia ella, acortando la distancia.

—¿Y cómo quieres despedirte? —preguntó él.

—Se miraron fijamente a los ojos. No había alegría ni tristeza en sus ojos. Como si una corriente fuerte de aire los empujara, se acercaron y se besaron. Danny se agarró del cuello de él y Dave la cogió por la cintura. Cayeron de rodillas sin soltarse, sin despegar sus labios ni un instante. Otra vez ese remolino que empezaba en su vientre, pero esta vez venía acompañado por un sentimiento nuevo, que ninguno de los dos supo descifrar. ¿Sería porque podía ser el último beso entre ellos? No, los dos sabían que no.

La boca de Dave saboreaba la de Danny con ahínco. Quería que su sabor quedara fijo en sus propios labios. Sus lenguas comenzaron una lucha hasta que Dave atrapó la de ella entre sus labios y succionó. Eso arrancó un gemido por parte de Danny y lo abrazó más.

—Esto no está bien— susurró él contra los labios de Danny.

—¿Por qué?— la respiración de ella era entrecortada. Dave no contestó. La soltó y la ayudó a levantarse.

—Porque entonces no podría detenerme. Es una buena forma de despedirse, sí, pero me tengo que ir ya —dijo él y cogió su maleta.

—Espero que todo te vaya bien a partir de ahora —dijo ella y en su tono había un poco de tristeza—. Escribiré a mi padre informándole de lo sucedido.

Él asintió.

—Prométeme que te cuidarás, Danny. Por ninguna razón salgas sola de casa. Aún no se ha resuelto lo del atentado. Yo te ayudaré, no te preocupes.

—Sé que lo harás.

Le dio un abrazo rápido y montó en su caballo. Danny lo vio partir y suspiró mientras se alejaba en el horizonte.

¿Qué había pasado con ellos? Danny siempre utilizaba las discusiones para negar que se sentía atraída por ese hombre, pero ahora no podía simplemente discutir con él. Desde que habían hecho el amor, el carácter de ella había cambiado totalmente. Lo único que deseaba era estar con él, deseaba que le hiciera el amor de nuevo. Quería sentir todas esas emociones de nuevo dentro de ella. Y eso solo lo podía hacer Dave, de eso estaba segura. Solo él. Solo Dave Sullivan.

En ese instante se dio cuenta. Era un Sullivan. Era una persona que había subido de escalón y estaba a la altura de ella. ¿Eso cambiaba las cosas? ¡Sí, las cambiaba por completo! Ahora Dave estaba a su alcance. Era precisamente eso lo que la mantenía lejos de él. Pensar que nunca podían llegar a nada serio era un alivio para ella. Ahora, sin embargo, se dio cuenta de que su corazón corría peligro.

22

—¿Estás bien? —preguntó Diana.

Danny estaba en el estudio de su padre, escribiéndole la carta donde le contaba todo lo relacionado sobre Dave. No oyó entrar a Diana y su pregunta la sobresaltó.

—Sí, ¿por qué debería estar mal?

—Pensé que al irse el señor Holt… Sullivan, pues estarías un poco triste.

—No veo razón para que esté así. Hice lo que debía y ahora él hizo lo mismo. Debe estar con su tía y recuperar el tiempo perdido.

Diana se sentó frente a ella.

—Tienes razón. Aún no puedo creer que sea el sobrino de la señora Sullivan. Su vida ha dado un giro enorme.

Danny dejó de escribir.

—Sí, eso es verdad. Ahora vivirá mejor que nunca. Tendrá todo aquello que quiera.

—Sí, cierto— Diana colocó uno de sus rizos de la frente—. ¿Le echarás de menos? Danny miró a su amiga fijamente.

—¿A dónde quieres llegar?

—Dime que no te gusta, aunque sea un poco, Danny. Niégame que no sientes algo por él.

Danny se encogió de hombros y siguió escribiendo.

—No, no me gusta. Puede que me sienta atraída, pero no me gusta.

—¿Por eso te acostaste con él?

—Diana…— Danny la miró con los ojos agrandados.

—Oh, vamos, te conozco bien, Danny. Te has sentido atraída por otros hombres y nunca te has acostado con ellos. ¿Por qué con este sí?

—Ya te dije que no puedo explicarlo.

—Pues yo sí. Estás enamorándote de ese hombre.

—¡Mentira! —exclamó Danny levantándose de la silla—. No estoy enamorada de nadie, Diana —hizo una pausa—. Está bien, sí me gusta Dave, pero no va más allá.

—Cuídate de lo que sientes, puedes acabar muy mal. Aunque ahora él esté a tu alcance, puede que no sienta lo mismo. No quiero que sufras.

—Aunque esté a mi altura, como dices, nunca pensaría en Dave para casarme. No es el hombre que me conviene. Mi corazón está a salvo. Danny mentía y lo sabía.

—Además —continuó Danny—. No me interesa lo que él sienta por mí. Sabemos perfectamente que hay atracción y nada más. No habrá más que eso entre nosotros.

—Solo quiero lo mejor para ti —dijo Diana.

Danny se volvió a sentar y siguió con lo que estaba cuando su amiga salió del despacho. ¿Por qué su cabeza y su corazón se contradecían? Hacía cuatro días que Dave se había ido y ella añoraba que estuviera allí. Al levantarse, lo primero que hacía era asomarse a la ventaba y verlo. Echaba de menos sus riñas. Sus tontas excusas para ir al establo y hablar con él. Suspiró y acabó la carta.

—Señorita, tiene una visita —dijo el mayordomo a Danny.

Se puso nerviosa. Pensaba que Dave le haría una visita y por fin había llegado el día.

—Hágala pasar—respondió.

Se puso de pie, se alisó el vestido y se arregló el pelo. Preparó su mejor sonrisa y miró hacia la puerta.

—Buenos días, señorita Langton —dijo Frank Tisdale cuando entró en el cuarto. A Danny se le borró la sonrisa de inmediato.

Catherine y su sobrino estaban en el salón hablando sobre el pasado. Estaban poniéndose al día de sus vidas. Qué habían hecho. Dónde habían estado. Cómo habían hecho sus búsquedas. Los años empleados en vano. Habían estado hablando durante días enteros. Dave se había acomodado en la mansión, pero estaba extraño. Nunca había dormido tan bien. Aunque se despertaba muy temprano como era habitual en él, no importaba. Siempre tenía que hacer algo. Salía al invernadero y cuidaba las flores. Iba al establo y ayudaba a sus empleados. Ahora tenía a sus propios empleados. Rio por eso. Si Danny lo viera dando órdenes en vez de recibirlas, también se reiría. Danny… por extraño que le pareciera, echaba de menos verla todos los días.

—Estoy pensando en dar una pequeña fiesta —dijo Catherine sacando a Dave de sus pensamientos.

—¿Una fiesta?

—Una reunión para celebrar nuestro encuentro. Un baile. Invitaré a todos los terratenientes de los alrededores y también a los habitantes del pueblo. ¿Qué te parece? Dave meditó durante unos minutos. No estaba muy convencido. No le gustaba mucho las fiestas, pero su tía estaba muy ilusionada.

—Está bien. Si a ti te parece buena idea, a mí también.

Catherine rio y abrazó a su sobrino. Lo miró de arriba abajo. Estaba guapísimo. Vestía un traje negro con camisa blanca desabrochada a la altura de pecho. No le gustaba mucho vestir así, pero ahora tenía que hacerlo. No podía llevar ropas de vaquero, no era lo propio en su nueva posición social. Catherine tuvo que enseñarle algunos modales, pero estaba encantada con él. Aunque pareciera mentira, Dave sabía comportarse como todo un caballero.

—Disculpe, señora, tiene una visita —dijo Peter en el vano de la puerta.

—¿Quién es?

—Dice que se llama Frank Tisdale.

—Catherine quedó pensando en el nombre, pero no sabía quién era.

—Hazlo pasar, Peter.

—Sí, señora.

Frank Tisdale entró en la estancia e hizo una breve reverencia para saludar.

—Buenas tardes, señora Sullivan— miró a Dave—. Buenas tardes, señor…

—Sullivan. Es mi sobrino.

—Oh… discúlpeme, señor Sullivan. No tenía conocimiento.

—No se preocupe, hasta hace poco yo tampoco lo tenía —dijo Dave y guiñó un ojo a su tía.

Frank no comprendió, pero tampoco preguntó.

—Disculpe, señor Tisdale, pero no tengo el gusto de conocerlo.

Mi padre tenía una hacienda a siete millas de aquí hacia el este. Ahora vivimos en Dallas.

Catherine hizo una seña a Frank para que tomara asiento, este se sentó frente a ellos.

—Sí, creo recordar a sus padres. ¿Usted tiene un hermano?

—Sí, señora.

—Ahora ya me acuerdo —sonrió la señora—. ¿Quiere té?
Frank asintió.

—Este es mi sobrino David. Aunque él prefiere que lo llame Dave.

—Encantado —dijo Frank sonriendo a Dave.

—Igualmente, señor Tisdale— lo miró frunciendo el ceño—. Usted me resulta familiar. ¿No nos hemos visto en alguna parte? Frank tosió.

—Me temo que no. He estado en Dallas desde hace más de diez años. No he vuelto por aquí desde entonces.

Catherine le sirvió una taza de té.

—¿Y qué le trae por aquí ahora? —preguntó ella.

—He venido para vender el rancho. Mi padre murió hace poco y mi madre no piensa volver más. Mi hermano no quiere saber nada y yo… pues yo tampoco. Es mejor venderla.

—¿Ha encontrado un posible comprador? —preguntó Dave. Frank lo miró.

—No, aún no, pero me tengo que ir en unos días. Pensaba irme mañana, pero mi diligencia se estropeó y hasta dentro de casi una semana no tengo otra. Así que tendré que esperar un poco más.

—¿Es una buena hacienda?

—Es muy grande. Ahora está un poco descuidada, pero con unos pequeños arreglos y mano de obra para volver a cosechar, es una de las mejores que hay en la región. La casa principal tiene tres pisos. Las habitaciones son muy amplias y cómodas. Tiene un establo espacioso donde poder criar caballos y son muchas hectáreas de terreno.

—Interesante… —dijo Dave.

Frank dio un sorbo al té y sonrió.

—En verdad, he recibido una oferta bastante atrayente. El señor Robert Langton está interesado en ella.

—¿Robert? —preguntó Dave, levantando una ceja.

—Sí, ¿lo conoce?

—Por supuesto. ¿Para qué quiere él una hacienda aquí? La de su padre quedará en sus manos cuando este muera.

—Al parecer se casará en breve y quiere vivir aquí con su esposa, por cierto, una beldad de mujer. Así que, en vez de quedarse en casa de su padre, quiere la suya propia.

Dave no dijo nada más.

—¿Ha visto a la prometida de Robert? —preguntó Catherine.

—Sí, he estado en el racho Langton. Es muy productivo y le va muy bien a Richard. Tiene mucha suerte.

—Richard es un hombre de grandes recursos. Es inteligente. Sabe cómo hacer dinero. Frank Sonrió.

—Me ha sorprendido mucho ver a su hija. Es muy hermosa —dijo Frank.

Dave lo miró con los ojos entrecerrados. Este era el hombre que vio aquel día en el rancho. Había acompañado a Danny al interior de la casa después de intercambiar unas palabras con ella.

—Danielle es una mujer única —dijo Catherine—. Además de hermosa, es inteligente y muy vivaz.

—Eso me ha parecido. Es muy interesante —Frank chasqueó la lengua—. Lástima que tenga que irme y no pueda conocerla más.

—Bueno, tiene la opción de quedarse con el rancho, venir a vivir aquí y conocerla más —dijo Catherine.

—Tengo entendido que ella vive en Nueva York. Aquí viene a pasar el verano nada más.

Si logra llamar su interés, quizá pueda quedarse. Frank Sonrió aún más y quedó pensativo. Señor Tisdale, quisiera hablar con usted un momento.

—¿Me acompaña al estudio? —dijo de repente Dave.

Frank asintió y después de dejar la taza en la mesa, siguió a Dave.

Llegó el día de la fiesta. Danny había sido invitada por la señora Sullivan a un pequeño evento en el que se celebraba la aparición de su sobrino y ella, era la invitada de honor. Estaba nerviosa. Volvería a ver a Dave después de días sin verse. Tenía que ponerse el mejor vestido.

Se puso uno color melocotón que hacía contraste con sus ojos color ámbar y su pelo castaño. El corte era bajo, pero no enseñaba mucho. Diana la ayudó a peinarse, aunque sabía que no le iban a durar mucho las horquillas en su pelo. Ayudó a Diana a vestirse y peinarse también. Diana iba con un vestido color violeta azulado. Su pelo negro destacaba con la tela y sus ojos parecían más azules que nunca.

Bajaron al vestíbulo donde Robert vestido de traje negro y camisa blanca, las esperaba.

—Esta noche soy el hombre más afortunado del mundo —dijo y las tomó por el brazo. Las ayudó a subir al carruaje y pusieron rumbo a la mansión Sullivan.

Cuando llegaron todo estaba preparado con esmero. El salón de baile deslumbraba gracias a las lámparas de cristal. Había mesas con comida para servirse uno mismo. A la derecha, el salón estaba la orquesta. En medio estaba la gente hablando y otros bailando.

Catherine Sullivan fue la primera en acercarse a ellos. Llevaba una falda color verde jade y una chaqueta del mismo color. Estaba hermosa a pesar de los años. Sonrió al verlos.

—Me alegro de que hayáis venido —dijo y saludó uno por uno a sus invitados—. Sois bienvenidos y divertíos.

Danny miraba por encima de las cabezas para ver una morena, pero no conseguía verlo. Miró a Catherine.

—Gracias, señora. Este baile es una estupenda idea. Así todos podrán conocer a su sobrino y se ahorrará mil explicaciones.

Catherine Sonrió.

—Danielle, acompáñame, tengo a alguien quien quiere verte —dijo ella y, disculpando a Robert y a Diana, cogió del brazo a Danny y la llevó hacia la otra punta de la sala.

Danny miró hacia atrás y vio que su hermano y su amiga estaban bailando. Cuando llegaron al lugar, Danny se preparó para ver a Dave, pero se llevó el fiasco de nuevo. Frank Tisdale sonreía frente a ella. Danny se obligó a hacer lo mismo.

—Buenas noches, señorita Langton. Debo decir que está usted hermosa esta noche —dijo él y le besó la mano.

—Gracias, señor Tisdale, es agradable verle aquí.

—Bien, os dejaré aquí. Tengo que atender a mis otros invitados.

Catherine se fue sin dar tiempo a Danny a protestar. Aunque no era muy adecuado que lo hiciera delante de Frank. Se embarcó en una conversación totalmente aburrida, porque ella no escuchaba apenas nada de lo que decía. Se sorprendía muchas veces al verse buscando a Dave por todas partes. Sacudía la cabeza y prestaba atención a Frank. A los cinco minutos, otra vez buscaba Dave entre la multitud.

—¿Quieres bailar? —pregunto Frank.

—Ella asintió y se dejó llevar por él hacia la pista. Bailaron dos piezas seguidas. Eso en Nueva York ya sería el cotilleo de toda una semana. Un hombre bailara dos veces seguidas con una mujer, y la sociedad veía boda a la vista.

—¿Me trae un refresco? —preguntó Danny a Frank cuando habían acabado de bailar y vio que Diana se acercaba a ellos. Necesitaba unos momentos para respirar.

—¿Qué tal te lo estás pasando? —preguntó Diana con sorna.

—Pobre señor Tisdale. No le presto mucha atención, pero no tiene una conversación muy amena.

—¿Es eso? ¿O es que estás buscando al señor Sullivan?

—Por supuesto que no. Aunque el muy maleducado no se ha presentado para saludar.

—Está bailando con otras mujeres. Lo he visto.

—¿Has hablado con él? —preguntó Danny, anhelante.

—No, pero Robert lo está haciendo ahora mismo.

Danny iba camino de su hermano cuando Frank apareció a su lado y le dio la bebida.

—Buenas noches, señorita Hobbs, está usted hermosa esta noche —dijo Frank y sonrió.

—Gracias, señor Tisdale, es muy amable de su parte— miró a Danny—. Bueno, creo que iré a buscar a mi prometido. Nos vemos luego.

Danny quiso detenerla, pero se le escapó demasiado rápido. Cuando iba a dar un sorbo a su bebida, vio a Dave bailando con una mujer bastante bonita. Reía con él.

—¿Desde cuándo era Dave tan gracioso? Se apretaba contra su cuerpo. Maldita desgraciada. Danny entrecerró los ojos mirándolos.

—Bailemos —dijo a Frank y lo cogió de la mano.

Frank se asustó por ese repentino cambio de planes y se vio arrastrado hacia la pista de baile. Danny no quitaba ojo a Dave y a su pareja y a él ni siquiera lo miraba. Estaba tan guapo vestido de etiqueta. ¿Por qué tenía que gustarle un hombre al que odiaba? Y más odiaba a esa estúpida que bailaba con él.

La conocía. Era la hija de los Fosters, los dueños de una de las haciendas. No se había dado cuenta de cómo había crecido esa niña. Aun así, era una niña, era demasiado pequeña para él. Solo era dos años menor que Danny, pero seguía siendo menor.

Frank miraba con el ceño fruncido a Danny. No prestaba atención a nada de lo que decía. Dirigió su mirada en la misma dirección que Danny y halló su respuesta.

—¿Le molesta que el señor Sullivan baile con otras señoritas? —preguntó Frank.

Danny lo miró con los ojos agrandados, sonrojada porque había sido descubierta.

—No, por supuesto que no. ¿Por qué lo dice?

—Parece que quisiera matarle a él y a su pareja de baile.

—Simplemente estoy molesta porque no se ha acercado a saludar, eso es todo —dijo ella con el propósito de que Frank no preguntara más. Danny se sentía como aquel día en el baile de lady Lampwick en que el Martin no la había sacado a bailar.

—Hoy es el centro de atención, aún no ha tenido tiempo de saludar a todos los invitados. Seguramente se acercará a usted en cualquier momento —dijo Frank.

La pieza acabó y Danny bailó con otros hombres durante la velada. Cada vez estaba más enfadada. ¿Por qué no se acercaba a ella? Lo había visto tomando algo al lado de una mesa, sin hacer nada, observándola mientras bailaba. Estaba jugando con ella y eso no le gustaba nada.

Cuando Danny por fin estaba descansando sentada en uno de los sofás, la cogieron por el brazo y la arrastraron fuera del salón. ¿Y ahora qué? Llegó a una galería llena de cuadros familiares. Los ventanales estaban abiertos para que entrara el aire fresco de la noche. Estaba desierto en esa parte de la casa. La oscuridad se cernía sobre ella y su secuestrador, pero la luna le permitió ver que no era otro que Dave Sullivan. La empujó contra la pared y allí, la encerró apoyando sus brazos uno a cada lado de ella.

—¿Qué es lo que quieres? —preguntó ella, demasiado enfada ya con él.

—Nada, solo quiero saber cómo lo estás pasando —respondió Dave con media sonrisa.

—¿Te crees alguien importante ahora que ya has dejado de criar caballos? En el fondo siempre serás eso.

Dave se apoyó solo en una mano.

—¿Qué? ¿Criador de caballos o rico?

—Lo de rico es discutible ya que tú nunca has sabido lo que es eso hasta ahora. Danny sonrió. Digamos que eres un nuevo rico que, estoy segura de ello, derrochará toda su fortuna en dos días.

—Eres un inexperto en este mundo y nunca te darán la bienvenida en él. Por lo menos en el Este.

¿Qué le pasaba a esa mujer? ¿Por qué ahora arremetía contra él?

—Pero estamos en el Oeste.

—Cierto, y no por eso te van a aceptar. No dejas de ser un plebeyo que en su tiempo libre juega a ser dueño y señor de todo cuanto ve.

Dave se cernió sobre ella con aire amenazante.

—No olvides que yo te salvé la vida.

—¡Ah, sí! Se me olvidaba que también juegas a ser rastreador y pistolero.

—¿Esa es tu forma de estar agradecida?

—Te estaré eternamente agradecida por ello, igual que mi familia. Pero eso no tiene nada que ver. La cuestión es que rico o no, sigues siendo el mismo impertinente de siempre.

Dave Sonrió, relajándose. Ya había entendido que esa mujer era de carácter voluble.

¿Acaso no se acordaba de cómo se habían despedido?

—Dime una cosa, ¿qué es lo que más te molesta? ¡Haberte sentido atraída hacia un criador de caballos con el que no tenías ningún futuro o seguir sintiéndote atraía hacia un rico hacendado con el que tienes todas las posibilidades? —se acercó más a ella—. ¿Te fastidia que ahora que esté a tu nivel? O mejor aún, ¿que esté por encima de tu nivel y sentirte como cuando era criador de caballos y sin ninguna posibilidad? Eso era verdad, él ahora estaba por encima de ella, ya que era más rico que su padre.

—No seas engreído, no me siento atraída por ti.

—Los dos sabemos que eso no es verdad. ¿O tengo que recordarte cómo te enardecías cuando te abrazaba y besaba? —se acercó más a ella—. Incluso simplemente cuando estaba cerca de ti… como ahora —acercó su boca al oído de Danny y bajó la voz a un susurro—. Siento tus estremecimientos cuando te acaricio así —sus dedos rozaron su cuello—. Cuando sientes mis labios en tus ojos, tu nariz, tu mejilla, tu boca…—mientras decía eso, Dave hacía el recorrido por su rostro y quedó suspendido a milímetros de la boca de Danny—. Siento cómo tiemblas cuando pego mi cuerpo al tuyo. Se amoldan tan bien ¡verdad? —se acercó a ella. Danny tenía los ojos cerrados y la boca entreabierta. Esperando el beso, anhelando sentirlo otra vez. pero no llegó. Abrió los ojos, consternada y ruborizada.

—No pienses que… que haciéndome esas cosas voy a caer rendida a tus pies. Ya no me atraes lo más mínimo.

—Mientes —dijo Dave, de pie frente a ella con los brazos cruzados y una sonrisa en el rostro.

—¿Yo miento?

—Pues voy a serle sincera, su alteza. Dentro de poco espero ser una mujer prometida. El señor Tisdale se me declarará y me pedirá la mano en matrimonio. Por supuesto mi hermano aceptará y mi padre también.

La sonrisa de Dave se ensanchó.

—¿De verdad quieres pasarte la vida con un hombre que, voy a ser sincero, no creo que tenga muy clara su sexualidad? ¡¡Qué!? ¿Estás insinuando qué…? Sí. Exactamente eso. Solo hay que verlo. No se ha casado con nadie hasta ahora. Nunca se le ha visto con mujer alguna. Por lo menos es lo que he oído hablar de él y de fuentes bastantes fiables. Tu hermano y tu padre lo aceptarían porque es rico y apuesto y piensan que puede ser el hombre de tu vida. Pero, voy a ser sincero de nuevo, si ese hombre estuviera interesando en ti, ya hubiera hecho algo para acercarse, ¿no crees? Danny levantó el mentón.

—Es un caballero. Simplemente me respeta.

—Sí, te respeta demasiado. Y el motivo es…

—¡Cállate! No quiero oír más. Tú no tienes razón— lo miró triunfante—. Me reiré de esto cuando esté felizmente casada con él.

Dave rio por el comentario y volvió a apoyar las manos en la pared, acorralándola.

—¿Quieres apostar? Puede que sí le gusten las mujeres, pero no creo que se sienta atraído hacia ti, pues ya habría hecho algo para tenerte.

—Como ya te he dicho, me respeta. No como otros —dijo eso mirándolo de arriba abajo.

—Sí, pero cualquier hombre habría hecho ya su propuesta si le gustaras, ¿no crees? Además, él se irá dentro de poco, más razón para que espabile.

Danny estaba ya harta de ese asunto y de Dave.

—Dime una cosa, ¿qué es lo que más te molesta? ¿Que ahora que estás a mi alcance no sienta ningún interés por ti o que contemple la posibilidad de casarme con otro hombre? Danny Sonrió y pasó por debajo de uno de los brazos de Dave para salir de allí y volvió al salón en busca de su hermano. Estaba cansada de estar allí.

Dave la vio salir, triunfante, con la cabeza alta, orgullosa de haberle asestado ese golpe tan bajo. Maldijo a la mujer y estrelló su puño contra la pared.

23

Dave se levantó al día siguiente y se encontró con su tía en el comedor. Estaba esperándolo para desayunar. No quería hablar con nadie, estaba furioso. Inmediatamente después de que Danny se fuera, él pidió disculpas y se retiró también. No estaba de humor para soportar a tanta gente. Esa mujer lo había exasperado a tal punto que no podía ser razonable con ninguna persona. Solo pensaba en lo que le había dicho. ¿Qué no tenía el mínimo interés por él? ¡Ja! Eso no se lo creía ni ella. Él había notado cómo se estremecía cuando se le había acercado. Eso no era fingido, de eso estaba seguro. ¿Por qué estaba tan enfadada con él? ¿Por qué ese cambio de humor? Su despedida fue de las mejores, no tenía motivo para que se portara así con él. Definitivamente ella tenía la culpa de haber escandalizado a su tía por su actuación de la noche anterior.

El ceño fruncido de su tía en ese instante le decía que debía de explicar su huida de anoche. Se acercó a la mesa y se sentó a un lado de Catherine. Ella lo miraba fijamente, esperando. Dave se sintió cohibido por primera vez y ya no pudo aguantar más.

—Siento lo de anoche, tía, pero tuve que hacerlo —dijo antes de servirse una taza de café.

—¿Tuviste que hacerlo? —preguntó ella—. Dime, ¿por qué tuviste que hacerlo?

Dave hizo una pausa y bebió un sorbo del café.

—Asuntos personales —respondió con un tono que no permitía seguir preguntando. Pero se olvidó que estaba hablando con Catherine Sullivan.

—Asuntos personales— repitió ella y quedó pensativa—. ¿Tiene que ver Danielle Langton en esos asuntos personales?

Dave casi se atraganta con el café cuando oyó la pregunta. ¿Qué sabía su tía sobre eso?

—¿Cómo dices? No te hagas el tonto. Te vi arrastrarla hasta la galería. Tardaron mucho en aparecer y ella estaba bastante furiosa cuando se fue. ¡Y qué casualidad! Tú también.

Dave se tomó su tiempo antes de responder.

—Discutimos. Catherine asintió.

—Discutisteis. ¿Por qué no estaba enterada de que conocías tan bien a Danielle?

—Define bien.

—Te tomas las libertades de llevarla fuera de una sala llena de testigos que podrían haberos visto y armarse un escándalo. Antes eras su empleado. ¿Esa joven tiene la costumbre de intimar tanto con sus sirvientes?

—Espero que no— musitó Dave.

—¿Qué?

—Nada —respondió él—. Te olvidas que yo era un empleado especial. Yo salvé la vida de esa muchacha. Nos hemos conocido bastante bien.

—Define bien —dijo Catherine empleando sus mismas palabras.

Dave levantó una ceja cuando la miró. Posó la taza en la mesa y suspiró.

—Pues lo bien que puede llegar a conocerse un empleado y su señora.

—Pero tú dijiste que eras un empleado especial.

—Solo por su padre. Ella me trató igual que trata a los demás sirvientes suyos.

—¿Y cómo trata Danielle a sus empleados? —preguntó exasperada ya Catherine.

—Hace diferencias con ellos. Siempre les recuerda que ella es la señora. Que están muy por debajo de ella.

Catherine abrió mucho los ojos.

—Pero lo hace mucha gente. Aunque no está bien hacer eso, lo reconozco.

—Claro que no. Una persona con cabeza no hace esas cosas. Pero esa mujer… Catherine lo miró extrañada.

—¿Qué te ha pasado con ella? ¿Por qué hablas así de ella? Dave no se atrevía a mirar a su tía a los ojos. Esos ojos iguales que los suyos. ¿Cómo explicarle lo sucedido con Danny?

—Hemos tenido nuestras diferencias. Nuestros caracteres no son compatibles y por eso discutíamos.

La señora Sullivan entrecerró los ojos.

—¿Es eso? ¿No os lleváis bien? Tendría que ser muy fastidioso ver a una persona que te cae mal todos los días, ¿verdad? Dave la miró con suspicacia.

—No fue tan malo. Hicimos una tregua, pero no sé por qué, ayer se rompió. Su tía arqueó una ceja.

—¿Y no sabes por qué? ¿Has hecho algo que mereciera ese cambio de parecer?

—¡Por supuesto que no! Esa mujer exaspera a un santo, tía. No sabes cómo es.

—No, pero tú la conoces bien, ¿no? Catherine recibió una mirada de reprimenda.

—¿Qué? ¿Me vas a negar que no te gusta esa joven? Dave abrió mucho los ojos.

—¿Cómo puedes decir eso? —luego añadió en tono infantil—: Atraído, sí, pero no me gusta.

—¿Así que te sientes atraído hacia Danielle Langton?

—¡Quién no! Es una mujer muy hermosa. Aunque tenga una lengua viperina. Catherine reprimió una sonrisa.

—Dime una cosa —dijo ella tomando un sorbo de su café—. ¿Esa mujer te pagó con insultos todo este tiempo el que tú la hayas rescatado?

—Está eternamente agradecida, pero ya te dije que nuestros temperamentos chocaron desde el primer día.

—Ya veo —dijo Catherine—. Pues cuando me habló de ti para contratarte no me dijo nada malo tuyo.

—No le serviría. Si te hubiese dicho todo lo malo que soy, tú nunca me hubieras contratado, ¿entiendes? Estaba vendiéndome.

—Yo no lo vi así. Esa mujer admira tu trabajo —observó atentamente a Dave—. Te admira. Dave quedó pensativo unos instantes. Esas palabras habían movido algo en su interior. Negó con la cabeza.

—No puede ser que haya dicho eso de mí. Esa mujer me detesta.

—Creo que te estás equivocando, Dave.

Catherine salió del comedor y se fue dejando a Dave con sus pensamientos.

Claro que estaba equivocado. Sobre todo, en pensar que puede atraerle y no gustarle. Su sobrino quizá aún no lo sabía, pero ella había vivido lo suficiente para saber que Dave Sullivan se había enamorado de Danielle Langton.

Frank Tisdale estaba esperando en el salón del rancho Langton sentado en uno de sus cómodos sillones. Le habían ofrecido té, pero se rehusó, ya había desayunado en su propia casa. Estaba contento consigo mismo y por ver que su viaje a Arizona había sido productivo. Había vendido la casa junto con sus terrenos y ese dinero le serviría de mucho. Tenía negocios pendientes en Dallas y por fin invertiría en ellos. Tenía que sacar a su familia adelante, últimamente había pasado por una pequeña crisis financiera, pero con la pequeña fortuna que había obtenido por su rancho, era más que de sobra para sus planes. Su madre y su hermano estarían orgullosos de él.

Danny entró en el salón. Aún le duraba el enfado de la noche anterior, pero se obligó a estar bien para presentarse ante el señor Tisdale. La discusión que había mantenido con Dave no la había dejado dormir mucho y no quiso dar explicaciones a Diana ni a su hermano cuando se marcharon precipitadamente. Ese hombre podía exasperarla en un segundo y aún, no sabía el motivo de su enfado con él. No se habían visto desde que él se hubiera ido de su casa y su despedida fue buena. Pero verlo allí, tan altanero, tan orgulloso de ser un Sullivan, tan en el centro de atención… y esas mujeres que lo acosaban sin parar. Y él, que no desaprovechaba ninguna oportunidad de bailar con ellas y, de ese modo, de ignorarla. Era inaceptable.

—Buenos días, señor Tisdale —dijo ella cuando se acercó a él. Frank se levantó y le besó la mano, sonriendo.

—Muy buenos días —contestó él.

Danny se sirvió una taza de té para calmarse un poco. No quería que su mal humor recayera en Frank.

—Ayer no me dio tiempo de despedirme de usted. Salió precipitadamente de la fiesta —dijo él.

Danny dejó la taza en la mesa y rehusó de mirarlo.

—Me aburría un poco y estaba ya cansada de estar allí —dijo ella. Frank la miró con suspicacia. Sabía que mentía.

—Bueno, la verdad es que la fiesta estaba bastante bien, pero no tan bien como en Nueva York, ¿verdad? Danny lo miró.

—Creo que las fiestas de la ciudad no se pueden comparar con las de aquí. En verdad en esta zona de país no se suele hacer esto. Pero la señora Sullivan, habiendo vivido en el Este, es normal que lo haga.

—Sí, es una buena manera de dar a conocer a su sobrino— hizo una pausa—. Aunque todo el mundo aquí conoce al señor Sullivan. Bueno, antes conocido como el señor Holt.

Danny tomó la taza y dio otro sorbo.

—Sí, es una suerte que lo haya encontrado después de tantos años —dijo ella como quien no quiere la cosa.

Frank la miró de nuevo entrecerrando los ojos.

—Tengo entendido que ese hombre trabajó para usted y que fue él quien la rescató de un secuestro.

Danny tragó con dificultad.

—Sí, mi padre lo contrató para agradecerle todo lo que hizo por mí.

—Y también que usted fue quien descubrio que su tía era la señora Sullivan. Danny asintió.

—Así es.

Frank hizo una pausa.

—La verdad que tuvo mucha suerte ese joven al pasar de ser un simple ranchero a ser su propio dueño. Su tía es bastante rica y eso le beneficia.

—Sí, el señor Sullivan es un hombre muy afortunado.

—Ahora solo necesita una mujer a su lado. Quizá encuentre a una entre las muchas que anoche bailaron con él.

Ahí estaba. La reacción que Frank esperaba de Danny al hablarle de Dave y la posibilidad de que él se casara con otra mujer. Estaba claro que a Danny le interesaba ese hombre y por lo que pudo ver la noche anterior, a él también le interesaba Danielle. Sonrió para sí mismo. Danny se había ruborizado y su expresión cambió por completo. Ahora estaba furiosa. Celosa sería la palabra más exacta. Lástima. Esa mujer sería perfecta para él mismo. Le gustaba Danny, pero estaba claro que su corazón ya estaba ocupado. A él no le gustaba meterse en medio de las relaciones y, como tampoco estaba enamorado de ella, decidió dejarla en paz.

—En verdad, no he venido para hablarle del señor Sullivan. Me voy.

—¿Se va?

—Sí, mis asuntos aquí ya han concluido. Me regreso a Dallas. En una hora sale mi diligencia. Quería pasar a despedirme de usted. Agradecerle todo lo que hizo cuando llegué y también por brindarme su compañía anoche.

Danny se ruborizó de nuevo.

—Es una pena que no hayamos podido conocernos más —dijo ella—. Si alguna vez va a Nueva York, prométame visitarme.

—Lo haré, no se preocupe. Danny acabó su té.

—¿Y quién ha comprado su rancho? Mi hermano me dijo que él estaba interesado, pero que usted le dijo que ya tenía comprador.

La oferta de su hermano era muy tentadora, pero me ofrecieron otra mejor —se encogió de hombros—. Sobre la identidad de mi comprador, no se la puedo decir. Hasta que no esté instalado no quiere que nadie sepa nada. Hay gente que tiene sus manías.

Danny asintió. Frank se puso de pie y ella también.

—Bueno, me tengo que ir. El cochero me espera —dijo e hizo una pequeña reverencia y le besó la mano de nuevo—. Espero que todo le vaya bien, señorita Langton.

Lo mismo le digo —dijo ella, sonriendo esta vez.

Frank se fue del rancho haciendo una promesa a sí mismo de que algún día volvería para ver si esos dos obstinados se habían decidido.

Esa misma tarde, Danny decidió ir al pueblo a hacer unas compras. John la acompañaría. Robert y Diana prefirieron quedarse para dar un paseo a caballo. Ella también quería distraerse, pero ese estúpido miedo a los caballos no se lo permitía. Así que decidió matar el tiempo yendo a comprar a Tucson. Además, le apetecía una taza de té de la señora Rutledge. Iría a comprar algún pastel a la tienda del señor Phil. Se le antojaba algo dulce. Decían que lo dulce era bueno para la depresión. Y ella se sentía un poco así. No sabía por qué, pero sentía su corazón triste. No tenía ganas de nada. Solo quería que se acabara el verano y volver a Nueva York. No quería permanecer más tiempo en aquel lugar. Quería alejarse más y más del viejo y salvaje Oeste… para siempre. Pero parecía que su hermano y Diana disfrutaban de aquel paraje. Tenían todo el tiempo del mundo para estar juntos. Sabían que en la ciudad tendrían más restricciones. Aunque el padre de Diana ya había escrito para decirle que tenían que volver en breve para hacerlo todo oficial y empezar con los preparativos de la boda.

Danny se dirigió hacia la tienda de la señora Rutledge y nada más entrar, ya tenía una taza de té puesta en las manos.

—Buenas tardes, señorita Langton. ¿Cómo está? —preguntó la anciana, amablemente.

—Muy bien, señora, gracias. Como siempre, su té es el mejor que he probado nunca. Cada día se supera más.

La señora Rutledge Sonrió aún más.

—¿Viene a por el broche que vio la otra vez? —preguntó la señora.

Danny sonrió a medias y se acordó de ese día. Dave no la había dejado comprar el broche diciéndole toda clase de estúpidas excusas.

—No, la verdad que ya he encontrado el mío, pero gracias— mintió Danny. Conocía a esa señora desde que era niña, no quería decepcionarla. ¡Y todo por culpa de Dave!

—Bueno, eso es bueno. Una reliquia así no se debe perder nunca —dijo la anciana. Danny Sonrió y siguió tomando el té mientras la señora Rutledge le mostraba unas pulseras nuevas que habían llegado. No eran muy caras, aunque para un trabajador de allí sí. Sus sueldos no eran muy altos, pero vivían bastante bien. Por lo menos ninguno de sus empleados se quejó nunca.

—Mire este brazalete —interrumpió la señora Rutledge los pensamientos de Danny—. Ha llegado de Europa. Dicen que perteneció a la época de los egipcios. ¿Se imagina? ¿Una pieza tan valiosa en Tucson? ¿En mi tienda?

Danny Sonrió junto con la risa de la señora. La verdad era algo insólito que un brazalete de Egipto haya viajado tanto y fuera a parar a ese pueblo precisamente.

—¿Cómo lo ha conseguido?

—Bueno, el otro día vino un hombre a preguntarme dónde podría comprar herramientas. Al parecer no tenía mucho dinero, así que me empeñó esto.

Danny frunció el entrecejo.

—Sí, sí, a mí también me pareció algo raro —prosiguió la señora Rutledge—. Pero no era de por aquí. Se veía que venía del este. Su acento y sus ropas finas lo decían. En fin, no entiendo por qué un hombre como ese necesitaría herramientas.

—¡Tendrá pensado mudarse aquí y piensa construirse una casa o reparar alguna? He oído que el rancho Tisdale ha sido vendido. Igual es el comprador que quiere hacer algún cambio —dijo Danny y posó su taza en el mostrador, vacía.

—Sí, puede que tenga razón, pero, ¿no cree que me lo hubiera dicho cuando se lo pregunté? Danny miró fijamente a la señora que tenía delante.

—¿Le ha preguntado si era el nuevo dueño del rancho Tisdale?

—No, le he preguntado por qué una persona como él quería esas herramientas.

—Lo suyo es la discreción, señora Rutledge —dijo Danny ruborizada. La anciana le quitó importancia al asunto.

—El caso es que me contestó que quería una cuerda para cazar a lazo, cosa que me hizo gracia, el hombre no tenía aspecto de vaquero— rio ella—. Y una sierra para arreglar su carro.

—¿Cómo? Sí, me dijo que tenía que cambiar la rueda y que la vieja la haría astillas para calentarse en invierno.

Danny no comprendía mucho aquello. No le sonaba nada a real. Un hombre del este que llega por primera vez a Tucson, compra una cuerda para cazar, algo insólito y nada creíble y ¿una sierra para hacer su rueda astillas? Eso era imposible. ¿Un hombre que había comprado un rancho? Tendría que tener mucho dinero. Además de personal para trabajar allí. Alguien podía cambiarle la rueda. ¡Alguien podía haber ido al pueblo a comprar la cuerda y la sierra! Eso no le olía bien.

—¿Cómo era ese hombre? —preguntó Danny.

La señora Rutledge frunció el ceño, haciendo memoria.

—Veamos, era de mediana estatura, pelo negro y ojos azules intensos. No era viejo, pero tampoco un muchacho.

Danny se quedó pensado y no conocía nadie con esa descripción. Se encogió de hombros, quitándole importancia.

—Bien, ¿puedo coger el brazalete? —preguntó Danielle.

—Claro, señorita Langton, tome —dijo la señora entregándole la joya.

—Danny tomó en sus manos la pulsera más hermosa que había visto en su vida. Hecha de oro macizo. Tenía incrustaciones de esmeraldas y rubíes. Sospechaba que fueran verdaderos, pero se negó a creerlos. Sería demasiado para una persona como la señora Rutledge. Ella no sabía la fortuna que tenía con ella. Pero si fuera verdadera, ¿por qué ese hombre la había empeñado? ¿Por cuánto? ¿Se habría conformado con cualquier cosa? Seguramente con algo que le permitiría comprar la cuerda y la sierra. Aquello no tenía sentido.

—Es una joya espléndida —dijo Danny devolviendo el brazalete a su sitio. Mientras miraba la pulsera, su taza estaba nuevamente llena de té. Sonrió y la tomó en la mano—.

—¿Ha vuelto a ver a ese hombre? La señora Rutledge dejó la tetera encima de una mesa y miró a Danny.

—No, no lo he vuelto a ver. Pero la próxima vez, me encargaré de averiguar más sobre él.

Danny Sonrió. Por el momento dejaría el tema. Si averiguaba más sobre esa persona, se enteraría. Se dirigió hacia la ventana y vio su calesa frente a la herrería y a John hablando con el herrero. Luego vio al cantinero sacar a un hombre de su bar a empujones. Los tenderos cerraban ya sus negocios. Ni se dio cuenta de que era última hora de la tarde. Ya no le daría tiempo a ir a la pastelería del señor Phil.

Decidió irse a casa. Posó la taza en el mostrador, se despidió de la señora Rutledge y se fue a buscar a John. Cruzó toda la calle hacia la calesa y se paró junto a ella. John, al verla, se despidió de su amigo y la ayudó a montar. Después, él se puso en el pescante y puso rumbo hacia casa.

Llevaban medio camino recorrido cuando John notó que algo no iba bien. La calesa se tambaleaba un poco hacia la derecha y, aunque el camino era algo irregular, nunca le había pasado eso. Siguió un poco más por si era que había tropezado con algún hoyo. Miró a Danny, que iba disfrutando del paisaje y del sol que le daba en la cara. No se daba cuenta de nada. Siguió nos metros más y el carro se tambaleó tan fuerte que John se cayó del pescante y fue directamente al suelo.

Danny lo vio y se levantó para asegurarse de que los caballos no pasaran por encima de él. En ese mismo momento, el carro perdió una rueda y quedó clavado en la tierra por el lado derecho. Danny salió despedida de la calesa y fue a parar al suelo también.

John fue corriendo a ver cómo estaba Danny. La ayudó a levantarse y vio que tenía unos rasguños en las manos y el vestido manchado de polvo. Luego fue a calmar a los caballos y a mirar lo que había pasado. Encontró la rueda a unos pocos metros de distancia de la calesa y la cogió para examinarla. Vio que los radios estaban rotos y por eso no aguantó el camino.

—¿Qué ha pasado? —preguntó Danny acercándose al cochero. John siguió con la mirada fija en la rueda.

—Se ha roto. No podremos seguir. Tendré que ir al pueblo para comprar otra, señorita. Danny abrió mucho los ojos.

—¿Pero me dejará aquí sola? No, la llevaré conmigo. No puedo dejarla aquí con los peligros que hay.

John se levantó y desató los caballos. Iría uno en cada uno, aunque Danny no estuviera muy conforme. Él cogería las riendas de ambos corceles para que ella no tuviera tanto miedo.

—John, no estoy segura de montar a caballo —dijo ella dando un paso atrás.

—Si lo prefiere, puede ir montada conmigo.

—Prefiero no montar de ninguna manera. John resopló.

—Señorita, debemos ir al pueblo a comprar otra rueda o no podremos llegar a casa.

—Puede que pase alguien y nos ayude.

—¿En este camino tan solitario? —John arqueó una ceja con incredulidad.

En ese momento, un jinete se acercaba a ellos a todo galope y John alzó su mirada al cielo al ver la sonrisa de Danny. Esa mujer tenía mucha suerte.

24

Danny borró su sonrisa cuando vio que era Dave Sullivan quien aparecía por el camino. ¡Maldita sea su suerte! ¿Cómo era posible que, habiendo tantas personas en el mundo, tuviera que ser él el que la ayudara? Llegó hasta ellos y desmontó.

—¿Qué ha pasado? —preguntó directamente a John.

—Se ha roto una rueda y tuvimos un pequeño accidente —contestó Danny. Dave no la miró. Se dirigió a la rueda y la examinó.

—Fue todo muy raro, señor, cuando salimos del rancho todo estaba perfectamente. Siempre lo miro antes de salir —dijo John al lado de Dave.

—Dave miró detenidamente la rueda por todos los lados. Tocó los radios rotos y frunció el ceño.

—Esta rueda fue manipulada —dijo Dave de repente. Danny arqueó las cejas y se acercó a ellos.

—¿Cómo dice? —preguntó ella.

—Los radios están cortados con una especie de sierra o algo así. Se ven los cortes irregulares, pero iguales— Dave los señaló para que lo vieran.

—Entonces, ¿está diciendo que alguien ha manipulado la rueda para que tuviéramos un accidente? —preguntó Danny, asustada.

Dave se levantó y miró a John.

—Coja un caballo y vaya al pueblo a por una rueda enseguida. Yo me llevaré a la señorita Langton a mi casa. Allí podrá recogerla cuando todo esté listo. Yo vendré a ayudarlo.

John asintió y montó uno de los caballos y salió hacia el pueblo.

Danny aún estaba sorprendida por lo ocurrido. No se podía creer que aún quisieran matarla. Miró a Dave y, este por primera vez en ese día, la miró.

—No te preocupes, atraparemos a ese miserable que intenta hacerte daño —le dijo y la cogió de la mano.

La llevó hasta su caballo y montó. Luego la cogió por la cintura y la sentó delante de él.

—¿Por qué te empeñas en que monte en uno de estos bichos? Acabo de negarme a subir en uno con John.

—Porque yo no pregunto, de esa manera te negarías siempre. Danny no dijo nada más y salieron hacia la casa de Dave.

—Hay algo que tengo que decirte —dijo Danny.

—Luego habrá tiempo de hablar. Te dejaré con mi tía y luego regresaré con John para ayudarlo.

Danny asintió y no dijo nada más. Llegaron y Catherine estaba en el comedor dando instrucciones para la cena. Dejó lo que estaba haciendo cuando vio a su sobrino entrar con Danny.

—Quédate con ella hasta que vuelva, por favor —dijo Dave.

—¿Qué ha pasado? —preguntó Catherine con cara de preocupación cogiendo a Danny por la mano.

—Que te lo explique ella, debo de marcharme. Vendrá su cochero para buscarla— se dirigió a Danny—. Luego hablaremos.

Miró a su tía y se fue. Catherine condujo a Danny hacia el salón. Ordenó una tila, pues su cara reflejaba que necesitaba una. La sentó frente a ella.

—¿Me lo explicarás, Danielle?

—Danny la miró y suspiró. Estaba claro que tenía el consentimiento de Dave, así que no tuvo más remedio.

—He tenido un pequeño accidente con mi calesa. Una rueda se rompió y me caí junto con mi coche.

—¿Te has hecho mucho daño?

—No, solo unos rasguños sin importancia. Catherine hizo una pausa.

Mi sobrino me dijo que también tuviste un accidente a caballo hace poco. Tengo entendido que no te gustan esos animales.

—Mi hermano se empeñó en que debía de aprender a montar, así que me subí a uno. Algo asustó al caballo y salió a todo galope. Cuando llegábamos a un pequeño barranco, el animal frenó y yo salí disparada. Fue cuando me torcí el tobillo y no pude venir a visitarla.

Catherine asintió dando a entender que se acordaba de aquel incidente.

—Danielle, creo que estás en problemas, ¿verdad? Danny levantó la vista y miró directamente a los ojos a la señora que tenía delante.

—Veo que su sobrino le ha informado de todo.

—Ha pedido mi ayuda. Lo que quiere, lo único que quiere es protegerte. Danny negó con la cabeza.

—No, lo que creo es que él piensa que aún debe cuidarme y rescatarme de todo lo malo que me rodea. Ya no es mi empleado y mucho menos está contratado ya por mi padre para salvarme.

—Está en su naturaleza. Tiene que ayudar a todo el mundo para sentirse mejor. Es lo que ha hecho toda su vida. Catherine se interrumpió porque en ese momento Peter entraba con la tila para Danny. Cuando se fue, retomó la conversación.

—¿Por qué no dijiste nada a tus padres?

—Me negaba a creer que hubiera alguien que quisiera hacerme daño. Ya había pasado todo lo del secuestro. No entendía nada de lo que estaba pasando. Tenía miedo.

Catherine la miró con ternura.

—Dave se ocupará de todo —dijo sonriendo. Danny se tomó la tila y se sintió mejor.

—Creo que es mejor que te quedes con nosotros unos días, mientras todo esto se calma —sugirió la tía de Dave.

—Danny se sobresaltó.

—No creo que sea buena idea. En mi casa están mi hermano y Diana, pero ellos no saben nada.

—¿Cómo piensan protegerte? Le mandaremos una nota tu hermano diciendo que estás invitada por mí a pasar unos días en mi casa. ¿Crees que habrá algún problema? Danny meditó unos momentos.

—Creo que estará encantado de tener más intimidad con Diana —negó con la cabeza—. Pero le sigo diciendo que no es buena idea… ¿Es por Dave?

—Danny se mordió el labio inferior.

—No sé si lo sabe, pero no nos llevamos muy bien y estar bajo el mismo techo…

—¿Será que no podáis reprimir lo que sentís el uno por el otro?

—¿Cómo dice? ¿Me vas a negar que te gusta mi sobrino? Puedes decírmelo, Danielle, prometo que no se lo contaré.

—Con todo el respeto, señora, su sobrino no me gusta. Quizá me haya sentido atraída, pero no me gusta. No.

Catherine sonrió y asintió. ¿Ella también lo negaba? ¿Es que tenía que tomar cartas en el asunto y hacer que esos dos obstinados se dijeran cuánto se amaban? Sería muy divertido tener a Danielle Langton y a Dave Sullivan viviendo juntos. Será todo un espectáculo ver cómo se comportan.

—Está bien —dijo Catherine, dejándola en paz—. Mandaré esa nota a tu hermano.

Catherine salió del salón y dejó sola a Danny con su taza de tila, más alterada que nunca y no por el accidente, precisamente.

Dave ayudó a John a poner la rueda y luego le dijo que lo acompañara al pueblo para hacer algunas averiguaciones. Estaba orgulloso de que Danny tuviera un empleado tan fiel. Se podía confiar en él al cien por cien. Llegaron a Tucson. John dejó la calesa frente a la cantina y Dave ató su caballo también allí. Entraron y pidieron un trago cada uno.

—Hola Dave, ¿cómo estás? —Dick se acercó a ellos—. He oído que tu vida ha cambiado. Así que resultaste ser el sobrino de la ricachona.

Dave Sonrió a medias.

—Sí, la verdad que es una suerte que después de tantos años, nos hayamos encontrado. Aunque él sabía que todo se lo debía Danny.

—Bueno, ahora ya eres un Sullivan, que no es poco —lo miró con detenimiento—. Veo que tu nueva posición no ha dejado que cambiaras. Pensé que ahora ya no nos visitarías y que vestirías más elegantemente.

Dave rio en esta ocasión.

—Soy un vaquero, Dick. Eso nunca cambiará.

—Te felicito, amigo, de verdad que te felicito —dijo Dick.

Dave le pidió otro whisky para él y otro para John.

—Dime Dick, ¿has visto algo raro últimamente? El cantinero se mesó el mentón con gesto pensativo.

—La verdad que no he visto nada fuera de lo normal—hizo una pausa—. Excepto a un hombre que no es de aquí. Un forastero. Lo he visto entrar en la tienda de la señora Rutledge y luego en la de Higgins, de provisiones. Y, bueno, el otro día cuando dispararon contra la señorita Langton, pero ese día estuviste tú.

—Dave frunció el entrecejo.

—¿Qué sabes sobre eso? ¿Cómo sabes que esa bala iba dirigida hacia la señorita Langton? —

—Bueno, la gente habla. Yo no lo vi disparar, pero sí lo oí y cuando salí él ya salía a todo galope fuera del pueblo. Miré hacia donde todos observaban y te vi ayudar a la señorita a levantarse del suelo. Supuse que era para ella o para ti.

Dick miró a John de soslayo.

—¿Su señora está bien? Creo que debe cuidarse bien para que no le pase nada grave. La verdad que no sé quién podría hacer daño a una mujer como ella. Nunca ha hecho nada malo a nadie como para querer matarla. O por lo menos eso he oído. La gente de aquí dice que desde niña le gustaba hacer travesuras, pero nunca con maldad.

—Mi señora es una buena persona, sea quien sea ese tipo, debe estar equivocándola con otra persona.

Dave sopesó esa cuestión. ¿Y si todos estos atentados estaban destinados para otra persona? Era algo que tenía que averiguar. Pero tampoco podía correr riesgos. Protegería a Danny como fuese.

—Eso es lo que hay que investigar —dijo Dave y luego miró a Dick—. ¿No sabes si se aloja por aquí cerca? No creo que sea tan estúpido de alojarse en nuestro hotel. Seguramente estará en otro pueblo —dijo Dick—. O estará en la llanura. Aunque no creo que una persona como esa se dé bien en el desierto. Estaba claro que era del este.

Dave quedó pensativo. Un hombre del este. Interesante. Entonces eso descartaba a alguien de Tucson o alrededores. Alguien de la ciudad quería hacer daño a Danny. ¿Una de esas mujeres a las que Danny humilló en la fiesta de lady Lampwick? No, esas jóvenes no serían tan malvadas como para querer ver muerta a Danielle. ¿Un pretendiente rechazado? Eso era más complicado de lo que parecía. Eran muchas preguntas sin respuestas. Muchas conjeturas sin salida.

—Creo que debes ir a hablar con la señora Rutledge o con el señor Higgins. Quizá ellos puedan decirte más que yo— sugirió Dick.

—Gracias, lo haremos —dijo Dave. Acabó su bebida y pagó—. Por favor Dick, me gustaría que esto no lo supiera nadie. Necesito máxima discreción hasta que esto acabe.

—Por supuesto, amigo, de mi boca no saldrá nada —respondió el camarero.

Dave asintió. Sabía que podía confiar en él. Le hizo una seña a John y salieron juntos de la cantina.

—Mañana por la mañana vendré a hablar con las dos personas que tuvieron contacto con ese hombre. Ahora están las tiendas cerradas. Iremos a casa.

—¿Quiere que venga con usted? Me gustaría ayudar en todo lo que haga falta —se ofreció John.

—Está bien. Quedaremos aquí sobre las nueve de la mañana. Necesito resolver esto cuanto antes.

—De acuerdo.

Partieron hacia la casa de Dave. Cuando llegaron, Danny y Catherine estaban en el comedor a punto de cenar. Dave miró a Danny con el entrecejo fruncido, estaba preocupado.

—¿Cómo os ha ido? —preguntó Catherine—. ¿El carro se ha arreglado?

—Sí, está todo en orden —contestó Dave—. John, puede quedarse a cenar con nosotros antes de partir.

—¡No! —dijo Danny levantándose—. Nos iremos ahora mismo, no quiero causar más problemas.

—De eso nada, ya dije que te quedarás con nosotros —dijo Catherine. Dave miró a su tía esperando explicaciones a lo que acababa de oír.

—He invitado a Danielle a pasar unos días con nosotros hasta que todo este asunto se aclare. Su hermano ya ha sido avisado y seguramente habrá hecho la maleta de ella. John la puede traer mañana por la mañana, si no le importa.

—Por supuesto que no, señora —dijo John.

Dave miraba a su tía y a Danny alternativamente. ¿Tener a Danny bajo su mismo techo? Eso era más de lo que podía soportar. ¿Es que su tía no sabía dónde metía a la pobre joven? Dave estaba seguro de que tendría que recurrir a toda su fuerza de voluntad para no poner una mano encima a Danny o sucumbir una vez más al deseo que seguía sintiendo por ella. Aquello era demasiado.

—Ya le dije que no era necesario. Con solo no salir de casa es suficiente —dijo Danny al ver que Dave no decía nada. Estaba claro que él no la quería allí.

—No lo pienso permitir —dijo Catherine levantándose—. Aquí estarás más segura que en tu casa.

Danny miró a Dave esperando, sin saber qué.

—De ninguna manera, me iré. John, vamos.

Dave le cortó el paso impidiendo que saliera del comedor. Ella se paró en seco y se atrevió a mirarlo a los ojos. Él la miraba fijamente a su vez.

—Te quedarás —dijo él.

Danny sintió que las rodillas le fallaban. Tenía que aferrarse a algo, pero él era lo más cerca que tenía. Se dio la vuelta y se volvió a sentar. Esos ojos le habían dicho claramente que querían que se quedara allí, en su misma casa, viéndose todos los días.

—Bien, ahora ya podemos cenar —dijo Catherine con una sonrisa—. Peter, pon otro plato más para el señor John. Se quedará a cenar.

—Sí, señora.

—No es necesario. Es mejor que yo regrese y explique lo que ha pasado al señor Langton, lo del accidente del carro. No se preocupe, señorita, todo saldrá bien.

Danny consiguió esbozar una media sonrisa de agradecimiento y vio partir a su cochero. Por raro que pareciera, se sentía más sola que nunca.

La cena había estado deliciosa, pero bastante incómoda. Hablaron de temas triviales. Danny lo único que quería era hablar con Dave y luego irse corriendo a dormir. Cuando acabaron, Catherine pidió disculpas y los dejó solos en el comedor. Hubo un momento de tensión; Danny sentía la mirada de Dave sobre ella fijamente. Ya no sabía qué hacer. No quería mirarlo, sabía que se perdería en esa mirada. No podía levantarse e irse, tenía que hablar con él. ¿Cómo comenzar aquella conversación?

¿Estaría él aún enfadado por lo ocurrido en el baile?

—¿Quieres pasar el salón a tomar una copa de jerez conmigo? —dijo Dave de repente. Danny asintió y se levantó. Pasó delante de él y entró en el salón con absoluto silencio. Se sentó en uno de los sofás y él le sirvió la copa.

—Dime, ¿querías hablar conmigo? Danny bebió la copa de un trago. Algo que desconcertó a Dave, que la volvió a llenar.

—Gracias —hizo una pausa y tragó saliva—. He estado esta tarde en el pueblo y he averiguado algo que creo que es de relevancia.

—Dave se sentó frente a ella, dispuesto a escuchar. No sabía por qué, pero estaba nerviosa. Quizá fuera por el accidente del día o por estar a solas con él.

—He visitado la tienda de la señora Rutledge y me dijo que un hombre de fuera ha ido para empeñarle un brazalete para poder comprar provisiones. Dice ella que es egipcio —dio un pequeño trago a su jerez—. Me dijo que había averiguado que era para comprar cuerda y una sierra. En ese momento no me di cuenta de nada. Incluso pensé que era el hombre que había comprado el rancho Tisdale que quería reparar algo de la casa.

Dave asintió y ella prosiguió.

—Después me di cuenta de que ese hombre tiene que ser rico para comprar tales terrenos y que no empeñaría una joya tan cara para comprar esas herramientas.

—¿Adónde quieres llegar? —la apuró él. Danny volvió a tragar saliva.

—Cuando dijiste que la rueda de mi calesa había sido serrada, pensé en lo que me había dicho la señora Rutledge. Ese hombre compró una sierra. ¿No te parece mucha coincidencia? Dave apoyó su dedo índice en el mentón, pensativo.

—La verdad que sí. Si fuera el dueño del rancho Tisdale, no tenía sentido que hiciese eso. Sinceramente creo que tu suposición es más acertada. Sería mucha coincidencia que un hombre que no es de aquí compre semejante útil y que tu rueda aparezca con las marcas de una sierra.

—Ese hombre se ha dejado ver por el pueblo. Según la señora Rutledge es de mediana estatura, pelo negro y ojos azules. No conozco a nadie con esa descripción, pero por lo menos ya sabemos algo más sobre él, ¿no crees? Dave bebió su copa y se levantó para rellenarla.

—Es mucho más de lo que sabemos. Nos servirá si vemos a alguien de esa descripción por ahí. ¿Has averiguado algo más? Danny dejó la copa encima de la mesa. Se sentía un poco mareada.

—No, pero aún me pregunto para qué quería la cuerda —dijo ella. Dave se volvió a sentar.

—No lo sé, quizá esté urdiendo algo más y necesite la cuerda. No sabemos nada de él. Ni dónde se aloja ni a qué se dedica. Solo sabemos que es del este y que está aquí para intentar hacerte daño.

—Corrijo, intentar matarme —dijo Danny. Dave la miró durante un rato.

—He ido al pueblo también esta tarde y estuve hablando con Dick, el de la taberna. Me ha dicho poco más de lo que tú averiguaste. Dijo que lo vio entrar en la tienda de la señora Rutledge y del señor Higgins y que lo vio el día que disparó contra ti.

—¡Oh, Dios! —exclamó ella abriendo mucho los ojos.

—No te preocupes, Dick es de confianza. Mañana por la mañana iremos John y yo al pueblo a hablar con estas dos personas y ver si podemos averiguar algo más.

Danny abrió la boca.

—¡No! —la cortó él, adivinando sus intenciones—. Tú te quedarás aquí, con mi tía. Si estás aquí es para protegerte. No pienso exhibirte por ahí y hacerle el trabajo más fácil a ese desgraciado.

Danny volvió a cerrar la boca.

—Está bien, me quedaré, pero porque tu tía seguramente no me dejará ir, no porque me lo digas tú.

—Sé que no te gusta recibir órdenes, señorita Independencia —dijo él con sarcasmo.

—Exactamente, señor Obediencia. No lo olvide.

Se miraron durante unos segundos hasta que Danny se levantó.

—Ya está todo hablado, por lo menos por mi parte. Me retiro a dormir, ha sido un día largo —dijo ella.

Dave se levantó y se acercó a ella, muy cerca.

—Danny, quiero que sepas que nada malo te sucederá mientras esté contigo. Lo sabes, ¿verdad? —susurró él mientras le acariciaba una mejilla con el dorso de la mano. Danny tenía los ojos cerrados.

—Sí, lo sé —contestó ella inclinó la cabeza hacia la mano de él—. Ya empiezo a estar cansada de todo esto. Quiero que todo termine cuanto antes.

—Haré que todo termine cuanto antes —prometió él y apartó su mano. Ella abrió los ojos y lo miró fija, intensa y ardorosamente.

—Buenas noches, señor Sullivan.

—Buenas noches, señorita Langton —dijo él y le besó la mejilla antes de dejarla retirarse. Danny entró en su cuarto con la mejilla aun ardiendo y sabiendo que pasaría en vela toda la noche. Dave quedó en el salón acabando su botella de brandy con la mano quemándole por estar tan cerca de la perdición y arrepintiéndose de no haber caído en ella.

25

Al día siguiente Dave y John partieron rumbo a Tucson. El cochero había llevado un pequeño equipaje para Danny hecho por Diana. Le habían hecho miles de preguntas, pero él solo se había limitado a contestar lo que podía. Prometieron hacerle una visita a Danny lo más pronto posible y esto ponía nerviosa a Danielle; temía decirles la verdad de lo sucedido y no quería involucrar ni preocupar a nadie más.

Dave y su acompañante llegaron al pueblo y entraron en la tienda de la señora Rutledge. Nada más entrar, ya les había servido una taza de té, que John agradeció amablemente. Casi no había desayunado, pues tenía prisa por averiguar más sobre el tema de su señora.

La señora Rutledge no les aportó mucho más de lo que le había dicho a Danny. Les explicó todo lo que sabía sobre ese forastero. Que había ido allí para empeñar una pieza antigua, egipcia, y después preguntó por la tienda de provisiones. Le dijo su descripción física y poco más. Cuando acabaron, se dirigieron a la tienda del señor Higgins. Este, que había ayudado a Dave a atrapar a los ayudantes de Jake, estuvo encantado de ayudarlo de nuevo a decir todo lo que sabía sobre ese hombre. Pero no pudo hacer mucho más que la señora Rutledge.

De repente, Dave encontró algo en su bolsillo derecho. Lo sacó y vio que era un trozo de la cuerda que tenía atado al lagarto muerto cuando asustó al caballo en el que iba montada Danny. Higgins lo miró y abrió mucho los ojos.

—¿Qué haces con esa cuerda? Tú nunca las compras de ese tamaño —dijo el tendero.

—Dave miró la cuerda y luego a su amigo.

—¿A quién vendiste esta cuerda? —preguntó Dave.

—Vendí una igual al forastero por el que estáis preguntando. Aunque era más larga— Higgins frunció el cejo—. ¿Dónde la encontraste?

—La encontré en el rancho Langton —respondió Dave.

—¿Es la cuerda que estaba…? Dave lo acalló y lo miró muy serio. Asintió.

—Gracias, Higgins, es una información bastante útil.

Aunque Dave sabía que eso era mentira, quería que el hombre se sintiera servicial una vez más.

Exasperado consigo mismo, salió de la tienda y se quedó mirando lo que tenía enfrente. Todo el pueblo de Tucson se situaba a su vista. No vio nada extraño. Nada fuera de lo común. Las tiendas, abriendo. La taberna, limpiándose. Los habitantes del pueblo, despertándose para ir a trabajar. Las mujeres se dirigían hacia el río para lavar la ropa. Otro día más en el lejano oeste. Otro día más de calor insoportable.

Dave y John decidieron dar una vuelta por los alrededores del terreno. Quizá el hombre se escondía en la inmensa llanura de Arizona. Recorrieron todos los rincones del desierto, pero no hallaron nada que pudiera ser útil. ¿Qué clase de hombre era para saber esconderse tan bien allí? Sabiendo que era del Este, no era posible que supiera tanto de aquella zona y menos con Dave pisándole los talones. Él conocía muy bien esas tierras. Se sentía frustrado al ver que no podía hallar al desconocido.

Estuvieron todo el día vagando por los alrededores. Se cansaron ellos, los caballos y la gente, con tantas preguntas. Al final decidieron irse a casa y esperar a que actuara para pillarlo. Cuando llegaron a casa de Dave, ya había anochecido. John se fue directamente al rancho Langton. Dave se fue a la cocina. Comió algo bajo la atenta mirada de la cocinera y luego pidió que le llevaran agua caliente a su cuarto. Nunca pedía nada parecido; él mismo llevaba los cubos a su dormitorio y se llenaba la bañera, pero ese día estaba demasiado cansado para hacerlo.

Subió al piso de arriba y en menos de quince minutos, ya estaba metido en la tina disfrutando de su baño. Apoyó los brazos a ambos lados de la bañera de madera y reposó su cabeza en la parte de atrás. Cerró los ojos y pensó en todo lo sucedido en el día. Estaba harto de estar detrás de una persona tan escurridiza. ¿Por qué tenía que ayudar él a Danielle cuando bien podía ella contratar a alguien para que lo hiciera? ¿Por qué sentía ese estúpido impulso de protegerla? Le parecía increíble que una personita como ella tuviera tanto poder sobre él. Eso no era bueno. Ahora que estaba viviendo en su propia casa, no sabía si podría resistirse a acercarse a ella. Desde que habían hecho el amor, no había podido quitarse de la cabeza el momento en que eso se repitiera. La deseaba por encima de todo y sabía que ella lo deseaba a él.

Pero no iría a buscarla. Se dijo que tenía que cumplir su palabra, que no sucumbiría a sus encantos, a menos que ella fuera a él por propia voluntad. Ella tenía que ir a él. Aunque un poco de ayuda no le vendrían mal.

Después del baño, bajó a cenar, pero se encontró solo. Peter le dijo que la señora Sullivan se había retirado pronto diciendo que tenía dolor de cabeza.

—¿Y la señorita Langton?

—Creo que está en el invernadero. No quiso cenar tampoco.

Dave asintió. Apartó la cena y salió al invernadero. Encontró a Danny sentada en el banco. Allí, rodeada de rosas y lirios, se veía la mujer más hermosa que Dave nunca había visto. Vestida con una falda color melocotón y una blusa blanca, estaba excepcionalmente deseable.

Entró en el recinto y sintió la mirada de Danny sobre él. Ésta se levantó de un salto.

—¿Qué has averiguado? —preguntó ella, ansiosa. Dave le señaló el banco y ambos se sentaron.

—No mucho más. La señora Rutledge dijo exactamente lo mismo que tú y el señor Higgins aportó algo más a la investigación. Al parecer la cuerda en la que estaba atado el lagarto que asustó a tu caballo, era de la tienda de él. Ese hombre la compró unos días antes.

Danny se llevó una mano a la boca, sorprendida.

—¿Cómo sabía ese hombre que yo iba a montar a caballo ese día? Es alguien que no conoce tu miedo a los caballos.

—Es alguien que no me conoce en absoluto —dijo ella, enfadada.

Dave se recostó en el respaldo del banco y aspiró el perfume de las flores.

—¿Qué vamos hacer ahora? —preguntó Danny, mirándolo.

—Esperar.

—¿Esperar? Lo único que podemos hacer es esperar a que actúe otra vez. Al estar tú aquí, es más complicado. Tenemos que ponerle una trampa.

Danny frunció el entrecejo.

—No lo entiendo.

Dave se incorporó y la miró fijamente a los ojos.

—Tenemos que hacer que él se confíe. Tiene que verte por el pueblo. Que piense que estás sola, para que esté más seguro de que puede atacarte sin problema.

—¿Y si me ataca de verdad? —preguntó ella, más asustada que nunca.

—Eso no pasará. El señor Higgins puede ayudarnos. No te preocupes, estaremos vigilando cada esquina y rincón del pueblo por si aparece.

Danny rumió la información. Quizá no fuera tan mala idea. Tenían que atraparlo como fuera, pero, ¿arriesgar su propia vida?

—No estoy muy segura de hacer esto —dijo ella, desconfiada.

—Danny, es lo único que podemos hacer para atrapar a ese desgraciado— la cogió por los hombros—. Tiene que verte para poder actuar. Si te quedas aquí, él no podrá hacer nada y nosotros tampoco.

Danny hizo una pausa y asintió, resignada. Era mejor pensar en otra cosa y se acordó de algo que tenía que preguntarle a Dave.

—¿Por qué mataste a Jake Lambert?

Dave la miró extrañado. ¿Por qué recordaba a ese hombre ahora?

—Sé que tenías una razón importante para hacerlo —prosiguió ella—. ¿Qué es lo que te ha hecho? Dave frunció el ceño, como recordando.

—No es lo que me ha hecho a mí, sino lo que hizo a alguien —dijo él, con la voz ronca—. Hace años encontré a Jake intentando abusar de una mujer, era casi una niña. Como ella no se dejaba, él la golpeaba para aplacarla. Saqué mi pistola y apunté a Jake amenazándole. No me hizo caso y empujó a la niña lejos de él. Se golpeó la cabeza contra una piedra. —Danny aguantó la respiración y dejó que él acabase—. Jake me disparó sin que pudiera reaccionar y caí inconsciente —Dave tragó saliva—. Cuando desperté, estaba en la casa del médico, curándome. Tardé más de dos meses en recuperarme del todo.

—¿Y la niña? —preguntó Danny, temerosa.

—Murió —dijo Dave con el ceño aún más fruncido—. No la pude salvar.

—Tú no tienes la culpa, ese hombre la mató —dijo Danny y se acercó a él.

Dave no dijo nada. Tardó demasiado tiempo en exculparse, y ahora Jake ya no haría daño a más gente.

Danny se miró en esos ojos grises, llenos de preocupación y esperanza. Sintió sus manos en sus hombros, traspasando su calor en la fina blusa. Puso una mano en el pecho de él, sin querer y miró sus labios. Quería abrazarle para darle seguridad. Quería besarle para reconfortarle. Quería… ¿Qué quería exactamente? No pudo responderse, Dave se acercó y la estaba besando.

Después de tanto tiempo, ya casi no se acordaba cómo era besar a Dave. Sentir sus labios contra los suyos. Sentir su lengua invadiendo su boca y jugando con la suya propia. El deseo afloró de inmediato entre los dos. Dave convirtió su beso en algo más apasionado, más urgente, más intenso. Danny sintió sus labios arder. Las manos de Dave bajaron por su espalda y la acercó aún más a él. Era increíble lo que ese hombre hacía con ella.

Dave no podía parar aquella locura. Cuando sintió la mano de ella en su pecho, en un acto totalmente de invitación, no pudo contenerse. Hacía demasiado tiempo desde que habían compartido algo tan íntimo y después del día tan duro que había tenido, la ternura de los labios de Danny, era un bálsamo para su cuerpo.

Dave se separó como si algo lo hubiera abrasado. Su respiración era entrecortada. Miraba a Danny con una pasión desbordada. Estaba claro que la habría poseído en aquel lugar. No podía permitirlo. Y ella, mirándolo con esa ansiedad y desconcierto, hacía más difícil su separación.

—¿Qué pasa? —preguntó ella.

Dave la tenía cogida por los hombros, poniendo distancia entre ambos.

—Lo siento Danny, pero no puedo.

—¿Qué?

—Te prometí que no me iba a acercar a ti, a menos que tú quisieras. Aquella noche en tu cuarto, me dijiste que lo mejor era que todo se acabara entre los dos.

Danny no daba crédito a lo que oía. Ese hombre estaba cumpliendo lo que le había dicho ella. Lo vio alejarse. Recordó que él le había dicho que no haría nada hasta que ella fuera a él. ¿Cómo era posible que prendiera un fuego en su interior y luego la dejara allí, sin hacer nada para apaciguarlo? Ahora lo entendía todo. La había dejado ansiosa para que fuera detrás de él y así, él no faltaba a su promesa. Danny se levantó de un salto. Por esta vez, él ganaba.

Dave estaba desabrochándose la camisa cuando la puerta de su cuarto se abrió. Sonrió interiormente al ver a Danny bajo el marco de la puerta, furiosa. Había conseguido lo que quería. Si deseaba acostarse con ella una vez más, tenía que hacer que ella lo deseara tanto que olvidara sus estúpidas palabras.

—¿Qué haces aquí? —preguntó él, serio.

—Estoy aquí. He venido a ti —dijo ella, con la respiración entrecortada.

Dave la miró por unos segundos, sonriendo abiertamente. Se acercó a ella, cerró la puerta y echó la llave. Luego, se puso detrás de Danny y, apartando su pelo, depositó un beso en su nuca haciendo que ella se estremeciera.

Comenzó a desabrochar su blusa a su espalda. Se la quitó y siguió con la falda. Danny se quedó en ropa interior. La piel la tenía erizada a causa de los besos que Dave le daba mientras la desnudaba. Sus manos quemaban su piel a medida que la rozaba cuando le quitaba la ropa.

Dave la besó en la boca con pasión. Reclamando su lengua. Mordisqueó su labio inferior antes de succionarlo entre los suyos. Las manos de Dave recorrían la espalda de Danny con suavidad. Acarició sus brazos, su cintura y llegó a sus pechos. Los amasó y pellizco, arrebatándole un gemido. No dejó de besarla en ningún momento. Las manos de Danny no podían estar quietas tampoco. Le desordenó el pelo, le agarró de los hombros, lo acercó más a ella.

Dave bajó por su cuello depositando leves besos húmedos, seductores. Le quitó la camisola y su pecho quedó al descubierto. Lamió, besó y mordió esos montículos cremosos que se alzaban hacia él como si tuvieran vida propia. Danny se arqueó hacia la boca de él y jadeó de placer. Él volvió a su boca y la miró a los ojos fijamente. Danny le quitó la camisa y lo acarició todo cuanto quiso. Su piel morena, sus músculos fuertes hacía que ella se deleitara con mirarlo. Pasó sus manos por su pecho, ancho, por su espalda y llegó a su cintura, estrecha. Con pudor, desabotonó lo pantalones y los deslizó por sus piernas bien torneadas y musculosas. Danny se echó hacia atrás y lo admiró de arriba abajo.

Dave sentía su mirada en el cuerpo y eso lo hizo respirar dificultosamente. No dejó que lo mirara más que dos o tres minutos; la acercó a él, besándola con salvajismo. La mirada de ella sobre su cuerpo lo había excitado demasiado. Le quitó las enaguas y ella quedó completamente desnuda frente a él. La alzó en brazos y la llevó en vilo hasta la cama. La depositó en el centro y se tumbó junto a ella. Su mano trazó un camino desde su ceja pasando por la mejilla, la barbilla, la curva de su cuello, su pecho, su vientre plano, su muslo, su tobillo y volvió a subir por su cuerpo haciendo el mismo recorrido por su parte izquierda.

Danny tenía los ojos cerrados. Estaba disfrutando de las caricias de Dave. Sentía la mano de él sobre su boca; su repaso por sus labios con la punta del dedo, para luego cubrirlos con los suyos propios. Mientras la besaba, la mano de Dave bajaba de nuevo por su cuerpo y se detenía en el centro de este donde sus dedos la llevaron al más exquisito placer. Abrió los ojos y vio los de Dave fijos en los de ella. Se perdieron en sus miradas por unos instantes, mientras la mano de Dave no paraba quieta. Danny gemía y se arqueaba.

Cuando vio que ya no podía más, Dave la cubrió con su cuerpo y la penetró de una sola embestida. Danny enlazó sus piernas alrededor de la cintura de él y lo abrazó por el cuello. Estaba demasiado excitada y quería que Dave la liberara de aquella tortura que él mismo había empezado, pero Dave no se movió. Abrió los ojos y vio que él estaba mirándola, sonriendo.

—¿Qué… qué pasa? —preguntó ella.

—No puedes imaginar lo hermosa que estás cuando te excitas —dijo él y sonrió aún más. Danny se ruborizó.

—Eso no se dice a una dama, no es educado.

—Quizá para los matrimonios de Nueva York, pero para los amantes de Arizona, es de lo más normal.

Danny sonrió. Lo abrazó aún más y se atrevió a besarlo. Dave le correspondió y empezó a moverse dentro de ella.

Llegaron juntos al clímax y ambos pensaron que nunca podrían sentir algo tan maravilloso con nadie más.

Dave se apartó de ella y la colocó a su lado, abrazándola. Estaba tan a gusto. Esa mujer podía ponerle los nervios de punta con solo una palabra, pero también podía ponerlo de rodillas y suplicar su amor con solo una mirada. ¿Amor? ¿Había pensado en amor? Era absurdo. Una cosa era desear a Danielle Langton y otra cosa era enamorarse de ella. Él no era tan estúpido para hacer una cosa semejante. Rio por sus propias conjeturas.

Pensó en cómo sería amar a una mujer como Danny. Su vida nunca más sería aburrida, de eso estaba seguro. Además, ahora ya no había ninguna barrera para que ellos no pudieran estar juntos. Bueno, quedaba saber si ella lo quería a él y si estaba dispuesta a dejar todo atrás para empezar una vida en Arizona. Él no estaba dispuesto a dejar aquello… y ella tampoco dejaría su vida. Le gustaba demasiado Nueva York como para abandonarlo por él. Estaba claro que ninguno de los dos iba a ceder.

¿De verdad sentían algo más que pasión y deseo el uno por el otro? Él ya estaba empezando a dudarlo. Miró a la mujer que tenía al lado, durmiendo, y deseó que las cosas fueran de otra manera. Deseó que no acabara el verano y que ella no se tuviera que ir. Deseó que ese asunto del atentado se acabara de una vez para que ella viviera en paz. Deseó que ella lo amara tanto que estuviera dispuesta a renunciar a su vida social y a su pasado para estar con él para siempre. ¿Qué le pasaba? Sacudió la cabeza, intentando sacar esos pensamientos de su cabeza sin ningún éxito.

Se dio cuenta de que había sucedido algo que había estado evitando desde que vio a Danny por primera vez en el baile de la lady L. Desde que bailó con ella en el jardín haciéndose pasar por Martin Lampwick. Se había permitido enamorarse de Danielle Langton.

Danny se despertó al alba algo desorientada. No estaba en su cuarto, no estaba en el cuarto que le habían asignado en casa de Catherine Sullivan. Miró a su lado y vio a Dave durmiendo. Estaba acurrucado junto a ella con la mano izquierda en su cadera y su brazo derecho hacía de almohada a ella. Intentó moverse para ponerse de frente y mirarlo detenidamente. Tenía los ojos cerrados y sus pestañas hacían sombra en sus pómulos. Su nariz era recta y sus labios, ¡qué decir de sus labios! Eran asombrosamente suaves y cálidos. Hacían que ella perdiera la cabeza y acabara a merced del hombre.

Cuánto habían cambiado las cosas entre ellos. Al principio, no podían ni verse, todo el día discutiendo. Después, cuando Danny probó esos labios unas cuantas veces más, comprendió que, ese hombre que le había salvado la vida y ahora la ayudaba a atrapar al hombre que intentaba matarla, no podía ser tan malo. Dave Sullivan era el hombre más bondadoso y honrado que había conocido. Aunque lo había visto luchando e incluso matando a un hombre, no era un asesino. Ese hombre se lo merecía y si él no le hubiese disparado, Dave habría muerto. Todo lo que había hecho en el camino de regreso a casa, después de su secuestro, era por su bien. Solo quería protegerla. Cuando la llevó a ver la taberna para que aprendiera que allí no podía ir, también era para salvaguardarla y cuando le prohibió ir con él al pueblo y después la escondió en la tienda del señor Higgins el día que atraparon a los ayudantes de Jake Lambert, también era para que no le pasara nada malo. ¿Qué le estaba pasando? Ahora defendía a ese hombre que tanto despreciaba.

¿Sería que no lo despreciaba tanto como ella pensaba? sus sentimientos hacia él habían cambiado por completo. ¿Realmente entregaba su cuerpo sin estar segura de que había algo más profundo dentro de su corazón? La asustaba a tal punto de que no era capaz de admitir que se había enamorado del hombre que le había enseñado que ella no era más que nadie.

26

Danny había recibido la visita de su hermano y Diana el día anterior. Solo querían saber cómo estaba y por qué había decidido quedarse allí de una forma tan repentina. Ella les dijo que la señora Sullivan había sido de lo más amable al invitarla para hacerle un poco de compañía. La pareja quedó satisfecha y cuando vieron que todo estaba perfecto, se fueron prometiendo otra visita.

Para Danny el día anterior había sido de lo más extraño, contrario a este, que se estaba haciendo de lo más aburrido. Había pasado todo el día sola con la señora Sullivan, hasta que se retiró a dormir, aludiendo un dolor de cabeza. Tampoco estuvo en el desayuno ni almuerzo. No vio a Dave por ningún sitio. Esa mañana, cuando despertó, él ya no estaba en la cama. Danny se retiró antes de que alguna criada fuera a hacer la cama y la encontrara allí. Sería de lo más vergonzoso para ella.

Estuvo todo el día vagando por la casa, haciendo una visita a Catherine, que seguía durmiendo gracias al láudano. Guió sus pies a los grandes pasillos y miró los cuadros, retratos y candelabros antiguos. Vio pinturas de los antepasados de Dave, o al menos eso pensaba ya que en una de ellas había un hombre igual a Dave con un niño que era su réplica. Dedujo que el hombre era Edward Sullivan y el pequeño era Dave. Sonrió al ver al niño, que miraba a su padre con orgullo. Debió de ser un fuerte golpe para él perderlo a tan temprana edad, engañado por su madre. ¡Oh, Dios! Otro sentimiento más hacia Dave para añadir a su lista: compasión.

Siguió por el pasillo y reconoció la puerta del cuarto de Dave. Llamó y nadie le contestó. Cogió el pomo y reteniendo la respiración, abrió la puerta. El dormitorio estaba vacío. Entró y cerró la puerta detrás de ella. Miró a su alrededor y aspiró el perfume que había en el habitáculo. Olía a él. Miró la cama y cerró los ojos, recordando lo sucedido la noche anterior. Sonrió y abrió los ojos. Avanzó y comenzó su exploración en el cuarto. Se miró en el espejo que había dentro del armario. Tocó sus ropas y las olió. Luego se acercó a un baúl que estaba a los pies de la cama. Lo abrió y vio camisas, chalecos, pantalones vaqueros y cinturones. Era la ropa que usaba cuando trabajaba en su rancho.

Luego se dirigió hacia los cajones que había en las mesitas a cada lado de la cama. Vio que había pañuelos, corbatas y enseres personales. Abrió el cajón de abajo y vio un pañuelo envolviendo algo. Solo había eso en el cajón. Lo sacó y lo desenvolvió. Danny abrió mucho los ojos y ahogó un grito. No podía creer que estuviera viendo el broche que ella había dejado en la cabaña cuando la habían secuestrado. Un montón de ideas y recuerdos volvieron a su cabeza. Él había encontrado ese broche cuando había ido a buscarla. Él lo mantuvo bajo su protección desde entonces. Él le había dicho que no comprara otro en la tienda de la señora Rutledge. ¡Oh, Dios! Le dijo que no comprara ninguno porque él tenía el de ella. ¿Eso significaba que se lo iba a devolver? Pero, ¿cuándo? ¿Y por qué lo tuvo durante todo ese tiempo sin dárselo a ella, sabiendo que ella quería tenerlo? ¿Qué ganaba con eso? No entendía nada. Tenía que enfrentarse a él lo más pronto posible. Como no sabía dónde estaba, decidió esperarlo en el estudio hasta que volviera.

Dave volvió a casa cuando ya estaba anocheciendo. El tiempo amenazaba tormenta. Aunque no eran recurrentes las lluvias allí, las tormentas de verano a finales de agosto, lo eran. El clima no había enfriado lo más mínimo. Entró en la casa y Peter le recogió el sombrero. Le informó que su tía estaba en cama aún y que la señorita Langton estaba esperándolo en el estudio. Eso lo hizo sonreír. Ver a Danny después de la noche que habían compartido y del día tan horrible que había tenido era un regalo.

Entró al estudio y vio a Danny sentada detrás del escritorio mirando por la ventana, de espaldas a él. Dave cerró la puerta y se acercó a la mesa. Ella se dio la vuelta y con la mirada que le echó a él, supo que había problemas.

—¿Qué pasa?— suspiró él.

Danny se levantó y abrió la mano enseñando el broche en medio de su palma. Dave quedó mirando la joya durante unos instantes, pensando en lo que debía responder.

—¿Lo conoces? —preguntó ella, en cambio.

Dave miró a Danny. ¿Cómo habían pasado de amarse tanto a discutir de nuevo?

—¿Has espiado en mi cuarto? ¿No te fías de mí?

Danny sofocó un grito y cerró la mano.

—¿Cómo te atreves a acusarme de haber entrado en tu cuarto cuando tú tienes algo que me pertenece? ¿Qué tienes que decir frente a eso?

Dave se encogió de hombros.

—Poco, la verdad. Quizá hice mal en quedarme el broche en vez de devolvértelo cuando te encontré. Sinceramente, me olvidé de él.

Estaba mintiendo, de eso estaba segura. Pero, ¿qué le había movido para quedarse con algo que ella consideraba valioso?

—¿Querías venderlo para obtener más beneficios? ¿Qué? —preguntó él, sorprendido.

—No me lo devolviste porque querías venderlo algún día si te hacía falta, ¿verdad? Pero nunca te hizo falta dinero desde que me rescataste. Y ahora que eres rico, menos aún. Entonces, ¿por qué lo conservas? Dave miró con suspicacia a la joven que tenía delante.

—¿Eres capaz de pensar que te lo robé para poder sacar algo de dinero?

Danny asintió.

—Entonces, ¿por qué hice que tu padre me ofreciera trabajo cuando podía haber vendido el broche y vivir bien durante un largo tiempo? —continuó él—. Lo conservé con la estúpida idea de dártelo algún día, pero no encontré el momento adecuado.

Eso hizo que Dave se sonrojara levemente. Danny abrió la boca, estupefacta. No podía creer que él pensara una cosa así. ¿Debía creerlo? Sí, quería creerlo.

—¿Por qué he de creerte?

Dave resopló.

—Haz lo que quieras. Te he contado la verdad, si piensas que te estoy mintiendo, es tu problema.

—Danny hervía de ira. Ese hombre se estaba comportando de nuevo como un insolente.

—Dame una razón para que pueda creerte.

—La razón —dijo él, levantado la voz, cansado ya de esa mujer—, es evidente. ¡Aún lo tengo! ¡Esa es la razón por la que no estoy mintiéndote!

Danny estaba ya harta de ese hombre y sus gritos.

—¡No te olvides que no tienes ningún derecho a tratarme así! La joya que encontré en tu cuarto es mía y eso me da derecho a preguntar lo que quiera y a creerte o no.

—¿Ah sí? ¿Y qué pasa si yo digo que también tengo todo el derecho a preguntar todo lo que quiera y a creerte o no cuando has dejado claro que has entrado en mi cuarto sin mi permiso?

Danny lo miró con furia.

—¡Eso no tiene nada que ver! Que yo haya encontrado el broche en tu dormitorio es más grave que el hecho de que yo haya entrado en él.

—¡Pues a mí no me lo parece! Entras en lugares ajenos en una casa que no es tuya y curioseas todo cuando quieres. ¿Y ahora me recriminas haber encontrado algo tuyo en ella? Puede que yo haya hecho mal en guardarla, pero eso no te daba derecho a irrumpir en mi dormitorio, señorita.

Danny estaba más roja que nunca. Él tenía razón. El hecho de que él tuviera su joya no hacía más grave que el hecho de que ella hubiera entrado en su cuarto sin permiso.

—¡Pero si yo no hubiera entrado, no habría descubierto que no había perdido mi broche! ¡Lo hubieras tenido de todas formas!

—Yo te lo habría entregado.

Dave comprendió que había cometido un error muy grande al no darle el broche en cuanto la rescató, pero no se arrepentía de nada. Antes no sabía la razón por la cual había guardado la joya, pero ahora sí. Quería tener algo de la mujer que le había robado el corazón, pero no lo iba a admitir delante de ella.

—¡Es usted un impertinente, señor Sullivan! —espetó ella, hiriéndolo en lo más profundo de su ser.

Dave hizo una reverencia exagerada y le contestó:

—Acaba de encontrar la horma de su zapato, señorita Langton.

Imágenes y frases sueltas se mezclaban en la cabeza de Danny. Esa frase, ese gesto y esa voz. La fiesta de lady L., el jardín en la penumbra, el banco donde se sentó, el hombre que la invitó a bailar allí mismo. El hombre misterioso con el que se dio el permiso de fantasear más de una vez.

Miró a Dave y rodeó el escritorio quedando frente a él. Lo miró con asombro y ahogó un grito. Esos ojos que nuca había podido olvidar y que en Dave le resultaban tan familiares. Era él. El hombre que había bailado con ella en el jardín haciéndose pasar por Martin Lampwick no era otro que David Sullivan.

Danny no supo qué decir y se alejó de él. Echó a correr hacia la puerta y salió del estudio. Corrió hacia la puerta principal y salió a la intemperie, donde la tormenta ya estaba casi encima de su cabeza. Dave corrió y la alcanzó cuando estaba llegando al establo. Cuando la cogió por los brazos para darle la vuelta, forcejearon. La apresó por las muñecas.

—¿Por qué estás tan enfadada? —preguntó él.

—¡Porque me mentiste! Eres el hombre que se hizo pasar por Martin Lampwick en el baile de Lady L ¿Por qué no me lo dijiste?

—Pero yo no soy ese hombre, Danny. Ahora me conoces y yo no te mentido.

Danny intentó soltarse, pero no pudo.

—Pero todo este tiempo sabías quién era yo. Me permití el lujo de sentirme atraída por alguien que había bailado conmigo una sola vez. ¡No sabes cuántas veces he pensado en ti esperando volver a Nueva York y encontrarme contigo…y resulta que estabas aquí!

Dave se sentía abatido. Ella se había sentido atraída hacia él al mismo tiempo que él.

—Pensé que no era importante— explicó él—. Fui a ese baile porque me habían dicho que mi tía asistiría. Con ayuda de mi investigador, conseguí que uno de los músicos, amigo suyo, me dejara colarme. Se supone que pasaría desapercibido, pero no pude quedarme con los brazos cruzados. Escuché cuando arremetiste contra esas dos jóvenes, humillándolas delante de todos.

—No sé qué pensaste de mí aquella noche.

—Lo único que vi fue una mujer caprichosa que se reía de la gente sin importarle nada más—la sujetó más fuertemente—. Ahora me doy cuenta de que no eres esa persona. —Danny se quedó quieta—.

—No sabías lo que había pasado— le reprochó.

—Lo supe después, cuando tu amiga me lo contó. Luego tú me lo confirmaste con la noticia del periódico. ¿Qué querías que pensara? No te conocía.

—¡Y te propusiste humillarme a mí?

—No me gustan las injusticias y pensé que lo que estabas haciendo era injusto.

Danny emitió un pequeño grito de frustración.

—¿Es que tienes que ayudar a todo el mundo?

Dave Sonrió.

—Es mi defecto. Contigo no me ha salido tan mal, hasta recompensa he recibido.

Danny comprendió de inmediato sus palabras. La recompensa era ella misma.

—¡Maldito seas! ¡Te odio! —le dijo y forcejeó con él otra vez, pero sin éxito de nuevo.

—Eso es mentira. En este instante que piensas que me odias, me deseas.

—¡Mentira! —gritó ella mientras escapaba de Dave.

—¿Con que quieres una demostración?

—¡No! —gritó ella de nuevo. Las lágrimas resbalaban por sus mejillas—. Por favor, Dave, así no.

Dave se paró en seco y vio que estaba llorando. Esa mujer lo volvía loco. No podía tomarla así. Estaba asustada, tenía mucho en qué pensar. Suspiró y apoyó su frente en la de ella. Luego levantó la vista para mirarla. Ella había dejado de llorar, pero en su mirada aún estaba el temor y la sorpresa de todo aquello.

Entonces se dio cuenta de que estaban en medio del patio de su casa, expuestos a todos los ojos de los criados. Se apartó de Danny y se alejó de ella lo más que pudo.

—Quiero irme a mi casa —dijo ella.

—Ahora no puede ser —dijo él, mirando al cielo—. No puedes salir de esta casa hasta que no haya terminado tu asunto. Órdenes de mi tía. Además, ahora está enferma, no puedes dejarla sola.

Danny asintió y se fue casi corriendo hacia el interior de la casa. Cuando Dave cerraba la puerta principal, un trueno sonó y la tormenta se desató.

27

Robert miró el correo esa mañana en el estudio de su padre. Diana aún dormía y él no quería despertarla. Dormían en cuartos separados. A él le hubiese gustado hacer otra cosa, pero, como caballero que era, no haría tal deshonor a su preciosa prometida. Lo que no se perdonaba era los besos que compartían. Diana parecía encantada con ellos y él estaba más que encantado. Podía decir sin miedo que estaba cada día más enamorado de Diana Hobbs.

Se sentó detrás el escritorio y miró las cartas. Todas sin importancia, hasta que una captó su atención. Leyó el remitente y era de su padre. Iba dirigida a Danny, pero la abrió de todos modos. Pensó que sería para preguntarles cuándo iban a regresar. Sacó el papel del sobre y empezó a leer. Su expresión cambió por completo. Aquello no era una carta de cortesía, sino algo muy distinto. Tenía que ver a Danny de inmediato. Salió del estudio buscando a John para que le preparase el carruaje. Diana bajaba en ese instante por la escalera y advirtió que Robert estaba inquieto.

—¿Qué pasa? —preguntó ella, llegando a su lado.

—Tengo que ir a buscar a Danny ahora mismo y empacar para irnos a Nueva York de inmediato.

—¿Pasa algo malo? Robert no le contestó y le dio la carta. Diana abrió mucho los ojos, sorprendida y fue en busca de su sombrilla y su bolsito para acompañar a su prometido. En menos de diez minutos, estaban camino de la mansión Sullivan.

Danny se levantó temprano y bajó al comedor, donde se encontró con Catherine totalmente recuperada.

—Buenos días, Danielle, ¿cómo te ha ido estos días en mi ausencia? Debo decir que siento haberte privado de mi compañía, pero mis dolores de cabeza requieren estar en cama hasta que se alivien.

Danny se obligó a sonreír y se sentó junto a ella.

—He estado bien y me alegro de que se haya recuperado.

Catherine la observó detenidamente. Algo había cambiado en la expresión de su invitada. ¿Pasaría algo más en el asunto del atentado? ¿Pasaría algo entre ella y su sobrino? La entrada de Dave al comedor y la expresión de ambos, acompañada de la mirada que se echaron, disiparon todas las dudas de Catherine.

Dave miró a Danny un instante antes de acercarse a su tía y besarla en la mejilla.

—Me alegro de que estés recuperada, tía. Es un placer tenerte de compañía de nuevo —dijo él y miró a Danny otra vez—. Apresúrate, iremos al pueblo hoy mismo.

Eso alteró a Danny que miró a Dave a su vez.

—¿Hoy? Pensé que teníamos que planear algo. Ya está todo planeado— carraspeó—. Y cuanto antes lo hagamos, antes estarás libre. Danielle sabía que él se refería a que podía irse de esa casa cuando quisiera y poder estar lejos de él.

No lo entendía, en vez de estar enfadada, se sentía culpable. Era ella la que había sido engañada durante todo ese tiempo. ¿Por qué parecía él ser la víctima? Sacudió la cabeza, no pensaría más en eso. Ahora lo importante era atrapar al hombre que quería matarla. Eso la puso más nerviosa aún.

Antes de irse, le explicaron todo a Catherine. Les deseó suerte y esperó con impaciencia su regreso.

Solo pudieron ir ellos solos, pues John no había aparecido a la hora indicada. No podían esperar más así que partieron en el coche de Dave los dos solos. Eso incomodó aún más a Danny. Tal vez que la hubiera engañado y no le hubiera dicho que era el señor Lampwick tampoco tenía tanta importancia. Él tenía sus razones para hacer lo que hizo y no la conocía de nada. Se dejó guiar por lo que había oído y por eso actuó así. Si eso se lo hubiera dicho a la Danielle que había llegado de Nueva York hacía un par de meses, habría hecho que lo colgaran, pero la nueva Danielle no era así. Era compresiva y, tomándose su tiempo, podía entender a los demás. Después de una noche en vela pensando en todo lo que Dave le había revelado, había llegado a la conclusión de que ella hubiera hecho lo mismo. Le gustaban las injusticias tan poco como a él. ¿Era posible que ese lugar la hubiera cambiado tanto? Siempre había ido a Arizona y nunca había cambiado su carácter. Sabía que todo era por Dave. Él la había cambiado. Transformó a la niña caprichosa en una mujer adulta y madura. Por primera vez, aprendió a pensar en los demás antes que en ella. ¿Cómo no iba a amarlo? Él la había convertido en una mejor persona.

Llegaron a Tucson sin hablarse en todo el trayecto. Danny estaba ocupada en sus propios sentimientos descubiertos y no se enteró de nada del viaje. Dave la ayudó a bajar del carruaje y la llevó hacia la tienda del señor Higgins. Le contó a su amigo lo que tenía pensado hacer y este se prestó a ayudarles. Después de hablar entre ellos, Dave se dirigió hacia Danny. La llevó aparte y la cogió por los hombros mirándola fijamente.

—Te quedarás aquí hasta que yo haya revisado todos los rincones del pueblo. Cuando vea que todo está bien, vendré y saldrás. Pasearás delante de las tiendas, haciendo que miras todos los escaparates. Higgins y yo estaremos aquí mirando si aparece alguien sospechoso. Dick estará observando desde la taberna esta parte de la calleque nos queda enfrente. ¿Me has entendido?

Danny asintió fuertemente, nerviosa. Dave vio el miedo en sus ojos y, por primera vez, no pudo hacer nada para consolarla. Era normal que tuviera miedo, él mismo lo tenía.

—Bien— continuó Dave—, iré a dar una vuelta. Regresaré enseguida.

Danny lo vio salir de la tienda con las manos entrelazadas a la altura del pecho, como rezando. El señor Higgins intentó tranquilizarla haciéndole conversación, pero ella estaba más pendiente de que volviera Dave.

Dave recorrió todo el pueblo, pero no vio nada. Se paró en la taberna y le explicó el plan nuevamente a Dick. El señor Jones, un vecino de bastante confianza, estaba también apostado donde la tienda de la señora Rutledge. Dick le había dicho a Dave que era bastante buen tirador. Conocía a Danny desde pequeña, así que no tuvo problema en aceptar respaldarla.

Solo faltaba John, que lo había dejado plantado. Quizá el hermano de Danny había necesitado de sus servicios. No podría ser otra cosa, él nunca lo fallaría. Dio una última vuelta por el pueblo y volvió discretamente a la tienda del señor Higgins. Allí, se encontró con Danny, muy asustada. Tenía los ojos abiertos como platos y en sus ojos había temor. Un estremecimiento recorrió el cuerpo de Dave. ¡Tenían que acabar con eso cuanto antes!

El señor Higgins estaba en la parte trasera de la tienda, así que Dave aprovechó para acercarse a Danny más de lo permitido.

—Ha llegado la hora —dijo Dave—. El tipo se esconde en algún lugar, pero cuando te vea a ti, saldrá de su escondite —la cogió por los brazos otra vez—. Recuerda: das una vuelta por los escaparates, te paras a hablar con quién sea. Tienes que estar siempre con gente, para que él no ataque y tengamos tiempo para ubicarlo.

—No te preocupes, haré lo planeado —dijo ella sin mucha convicción. Dave asintió.

—Si todo sale bien, en menos de una hora estaremos en casa y todo habrá acabado —la reconfortó Dave.

Se miraron unos instantes y Dave la abrazó. No soportaba la idea de que le pasara algo malo. Eso tenía que salir bien. Danny también lo abrazó y se aferró a él como si fuera la última vez que lo fuera a ver. Eso temía. Dave la separó y le dio un breve beso en los labios. Luego la empujó levemente hacia la puerta y Danny, mirando al hombre que más quería en ese mundo, salió de la tienda.

Higgins salió de la parte de atrás de la tienda con una gran sonrisa. Dave lo miró y frunció el ceño.

—¿Qué te parece gracioso? —preguntó Dave, tosco.

—No sabía que esa señorita significaba tanto para ti.

—No sé a qué te refieres —Dave estaba molesto.

—Claro que lo sabes, Dave. Esa mujercita te ha robado el corazón, ¿verdad?

Dave fulminó con la mirada Higgins. Que lo haya reconocido ante sí mismo, vale. Pero lo que lo reconozca delante de lo demás, por eso no pasaba.

—Ese no es asunto tuyo. Mejor concentrémonos en atrapar a ese miserable —dijo Dave y zanjó el tema, aunque Higgins aún lucía su gran sonrisa.

Danny caminaba entre la gente y se paraba en cada tienda; se demoraba diez minutos en cada escaparate. Estaba nerviosa y miraba de reojo de vez en cuando. Vio a Dick en la puerta de la taberna. Vio a otro hombre apostado en la tienda de la señora Rutledge. Cuando pasó a su lado, este la saludó levantando levemente el sombrero y le guiñó un ojo.

Siguió con el plan, pero estaba acercándose otra vez a la tienda de Higgins. Si pasaba por allí y volvía a dar otra vuelta, resultaría sospechoso. ¿Qué le pasaba con ese hombre? ¿Es que Dave no lo veía? ¿Estaría dentro de algún lugar en vez de esperar fuera por ella? No podía más con las dudas y cada vez estaba más nerviosa. Supo que le daría un ataque de histeria si ese desgraciado no aparecía.

—Ya está ahí —dijo Dave señalando al hombre que se escondía entre la taberna y una casa.

Estaba de pie, con su montura detrás de él. Seguía a Danny con la mirada. Recorría con ella el pueblo entero.

Dave vio que ella estaba acercándose a la tienda de Higgins y decidió actuar de inmediato. Cogió una pistola y la metió en la pistolera que llevaba en la cintura.

—Saldré y rodearé la taberna hasta colocarme detrás de él y pillarlo por sorpresa. Está tan concentrado en Danny que no se dará cuenta de que estoy saliendo de la tienda.

—De acuerdo —dijo Higgins.

El resto vio salir a Dave y supieron que el tipo se hallaba cerca. Cada uno cogió una pistola, preparados para cualquier incidente. Danny se paró al lado de la taberna. ¡Estaba tan cerca! Dave rodeó un par de casas y consiguió colocarse por detrás del hombre que seguía concentrado en ella. Dave se acercó aún más a él. El tipo no lo oyó y cuando se dio cuenta, tenía a Dave encima, forcejeando para quitarle la pistola.

Logró escapar de las manos de Sullivan cuando le dio un puñetazo en la cara y corrió hacia la calle. Allí, se dio cuenta de que había caído en la trampa y que tres hombres más estaban apuntándolo. Aunque estaba armado, no podía defenderse. Alcanzó a ver a Danny corriendo para meterse dentro de la taberna. La muy zorra lo tenía todo planeado. No se iba a rendir tan fácilmente. Había llegado demasiado lejos como para que ahora todo se le desbaratara. Danielle Langton tenía que morir.

Dave sacudió la cabeza, despejándose del golpe,k y corrió hacia el hombre sin que a este le diera tiempo a reaccionar. Cayeron ambos al suelo; Dave estaba a horcajadas encima de él. Sullivan logró quitarle la pistola de un golpe. Después le pegó en la cara devolviéndole el puñetazo. El hombre estaba en el suelo le asestó un puño en el estómago, que logró que se doblara por la mitad. Intentó incorporarse, pero más corpulento que él y no lo consiguió. Dave, recuperado del golpe recibido, hizo que quedara inconsciente en el suelo con un solo puñetazo.

Fatigado y lastimado, Dave logró quitarle el pañuelo que le cubría la mitad de la cara y el sombrero. Le resultaba conocido aquel hombre. Era moreno, con bigote y bien cuidado. También llevaba gafas. Sabía que no era de por allí, pero quizá lo había visto cuando estuvo en Nueva York.

Danny, que lo vio todo desde dentro de la taberna, estaba mordiéndose las uñas de los nervios. No entendía por qué nadie hacía nada por ayudar a Dave. Hubiera corrido a ayudarlo ella misma si se lo hubieran permitido. Dick estaba en la puerta como si fuera parte de ella y no la dejaba salir. De pronto algo llamó su atención. Vio cómo Dave le quitaba la máscara de la cara y ahogó un grito de sorpresa. ¡No podía ser! ¡Ella conocía a ese hombre! El hombre en cuestión despertó y Dave pudo ver que tenía los ojos azules más intensos que había visto en su vida.

Entonces recordó dónde lo había visto. Estaba en la fiesta de lady L. Lo descubrió cuando se había quitado la máscara para colocarse bien las gafas. Le pareció extraño que estuviera siempre detrás de Danny, siguiéndola. Pensó que sería otro pretendiente suyo, pero estaba equivocado. Ese hombre había viajado hasta ahí para matarla.

—¿Quién eres? —preguntó Dave al hombre que tenía retenido en el suelo. Antes de que pudiera contestar, otra voz respondió por él.

—¡Señor Whitman! —gritó Danny casi al lado de ellos.

Dave levantó la vista y la vio mirando al hombre en el suelo con total desprecio y sorpresa. Ella también lo conocía.

El señor Whitman, el socio de Richard Langton, estaba intentando incorporarse cuando oyó la voz de Danny. La miró con el más profundo odio y sin que nadie se diera cuenta, sacó una pequeña pistola que tenía en el bolsillo de la chaqueta, a la altura del pecho y disparó a Danielle.

Dave reaccionó inmediatamente; sacó su propia pistola y le disparó, sumiéndolo en un sueño eterno. Corrió hacia Danny que estaba en el suelo, medio inconsciente. La revisó por todos lados y por suerte, vio que la bala solo le había rozado la mano. Intentó hablar con ella, pero no le respondía. Se había golpeado la cabeza al caer al suelo. Miró atrás y vio a sus tres ayudantes al lado del cuerpo hablando con el sheriff O'Rourke, alguien lo había llamado. La gente había salido de sus casas para ver con sus propios ojos lo que había pasado.

Dave solo tenía ojos para Danny.

—Siento haber entrado a la taberna, sé que me lo habías prohibido —dijo Danny, con media sonrisa.

Dave sonrió también y se sorprendió al ver rodar una lágrima por su mejilla. En ese momento se dio cuenta de que amaba a ese hombre más de lo que pensaba.

—No te preocupes, ya te castigaré por ello —respondió Dave con un guiño.

Se secó la lágrima con el dorso de la mano, la cogió en vilo y la llevó al carruaje. Después Fue a hablar con el sheriff y este le dijo que él se encargaría de todo.

Cuando volvía al vehículo, vio a John llegar con Robert y Diana. El hermano de Danny fue directamente a Dave y le preguntó dónde estaba Danny. Señaló el carruaje y miró dentro. Danny estaba echada en el asiento, inconsciente.

—Está bien, solo ha sido un rasguño —dijo Dave, tranquilizándolo.

—¿Qué ha pasado? —Robert entró en el vehículo y la examinó. Quería asegurarse de que estaba bien. Vio un pañuelo alrededor de su mano y miró la herida.

—Es una larga historia, cuando estemos en casa se la contaré. Ahora su hermana necesita reposo y que un médico le mire la mano.

—¡Ya sé la historia! —gritó Robert, nervioso, saliendo al encuentro de Dave—. Mi padre ha escrito, contándolo todo. Mi hermana ha recibido una carta de mi padre diciendo que el señor Whitman estaba tratando de matarla —explicó Robert sacando la carta y entregándosela a Dave. La leyó y luego se la dio a O'Rourke.

—Aquí tiene la prueba de que este tipo quería matar a la señorita Langton.

El sheriff asintió y ordenó que recogieran el cuerpo del suelo. Luego se dirigió a la oficina y comenzó con los trámites.

Robert se fijó entonces en el cuerpo inerte que había en el suelo y supo que se trataba del señor Whitman. Miró a Dave y su mirada se lo dijo todo.

—¿Es ése el señor Whitman? —preguntó Robert mirando al cuerpo en el suelo—. No puedo creer que haya salvado la vida a mi hermana una vez más —dijo Robert mirando a Dave.

—Llevaremos a su hermana a mi casa y cuando se recupere puede usted llevársela.

Diana se ofreció a ir con Danny en el coche y todos emprendieron el camino de regreso a la mansión Sullivan. Por fin, todo había acabado.

28

Habían pasado tres días y Danny se sentía totalmente recuperada. Su mano había sido vendada y desinfectada todos los días. Era una herida leve, por suerte. Dave la visitaba a casi todas las horas. Insistía en que se quedara unos días más. Sabía que, si Danny se iba de esa casa, se iría a Nueva York para siempre. Estaba seguro que después de ese verano no estaría dispuesta a volver más allí.

El sheriff O'Rourke devolvió la carta a Danny para que la leyera. En ella su padre explicaba que la carta que le había enviado el señor Whitman para que regresaran a Nueva York para resolver un asunto con un cliente era mentira. Había planeado dejar fuera a los padres de Danny para poder tener un mejor acceso a ella, pero se había equivocado, porque no sabía que Robert se quedaba con ella. También explicaba que el señor Whitman había dejado una carta en su despacho explicando las razones por las que su hija debía morir. Simplemente era para vengarse de Richard.

Aunque el señor Whitman era su socio, decía que Richard llevaba todos los beneficios y que él no cobraba ni dos cuartas partes de lo que él se llevaba. Mientras Richard se permitía el lujo de tener una mansión en Nueva York y una propiedad en Arizona, él tenía que vivir en un apartamento pequeño en el peor barrio de la ciudad. Claro que, si el señor Whitman no hubiese tenido tal predilección por el juego, podría haber vivido en una casa mejor. En un principio pensó en atacar a Richard, pero al ser humillado por Danny cuando lo había dejado plantado en Nueva York decidió cambiar de víctima. Hacer sufrir a Richard por el resto de su vida le daba más satisfacción.

Danny se quedó estupefacta al leer la carta. ¿Cómo era posible que un hombre como el señor Whitman tuviera tales pensamientos? Se había mostrado tan amable cuando la había ido a visitar. No podía creer que los odiara tanto.

También quedó claro que Jake Lambert y sus secuaces la habían secuestrado por casualidad. Solo querían dinero y se habían enterado de que Danny llegaba ese día, porque en el pueblo no se hablaba de otra cosa. Eso no lo leyó en la carta de su padre; el sheriff los había interrogado y ellos n negaron conocer a Whitman. Aunque creerles a esos malhechores era lo menos que se podía hacer, en esos momentos tampoco importaba. Danny estaba sana y salva.

Catherine se enteró de todo cuando llegaron con Danny inconsciente. Su expresión era puro asombro al igual que la de Robert y Diana, que estaban ajenos a todo. El hermano de Danny reprochó a Dave haberle ocultado todo lo sucedido, pero Dave se excusó diciendo que Danny no quería involucrar a nadie más.

Al tercer día, Robert y John, fueron a buscar a Danny a la mansión Sullivan. Estaba lista para irse. Cuando Robert entró, ella estaba esperándolo en el vestíbulo junto a Catherine.

—Muchas gracias por todo, señora Sullivan —dijo Danny abrazando a Catherine—. Me alegro de haberla conocido y espero que vaya pronto y me haga una visita.

—Por supuesto, muchacha. Mi primera visita será para ti —dijo Catherine con lágrimas en los ojos. Le había cogido mucho cariño a Danny.

—Gracias— volvió a decir Danny y volvió a abrazarla. Robert dio un paso.

—Debo agradecerle todo lo que ha hecho por mi hermana, señora.

—Y yo le estaré eternamente agradecida a Danielle por devolverme a mi sobrino. Sin ella, nunca lo hubiera encontrado —dijo Catherine extendiendo la mano para que Robert se la besara.

Al mencionar a Dave, Danny supo que su despedida sería la más difícil de todas. No sabía si podría con la emoción. Pensó que debía de decirle lo que sentía por él, pero no le valdría de nada. No sabía lo que él sentía por ella y no quería arriesgarse. Tampoco podrían vivir juntos porque él no abandonaría Arizona y ni ella Nueva York. No estaban destinados, pero tenía que agradecerle todo lo que había hecho por ella.

—¿Dónde está su sobrino? Tengo que hablar con él —preguntó Danny.

—Creo que está en el invernadero. No sabe que te vas hoy —dijo Catherine.

Danny pidió a su hermano unos minutos y fue en busca de Dave. Lo encontró sentado en el mismo banco donde la había encontrado a ella unos días atrás. Se acercó y él se levantó.

—Me voy— Danny se mordió el labio inferior, reprimiendo las lágrimas.

Dave la miró fijamente. No sabía qué decir. No podía pedirle que se quedara, no tenía ningún derecho.

—¿Qué tal tu mano? —preguntó él.

Danny bajó la mirada. Aquella despedida dolía más de lo que pensaba.

—Bien, está recuperándose. Apenas me duele.

Hubo un silencio.

—¿A qué hora sale tu diligencia? —preguntó Dave, temiendo la respuesta.

—Mañana a primera hora. Por eso vengo a despedirme ahora. Mi hermano espera en el vestíbulo.

Dave asintió.

—Dave, tengo que agradecerte todo lo que hiciste por mí desde que llegué. Me has rescatado del secuestro, me salvaste de caídas, disparos y tantas cosas.

—Has tenido un verano entretenido— observó él, con una sonrisa amarga.

—Sí —contestó ella con otra sonrisa igual de amarga—. También te pido perdón por todo lo que protesté cuando me trajiste de vuelta a casa, por todos los insultos y las humillaciones. Estaba equivocada en todos los sentidos —se le quebró la voz por el nudo que tenía en la garganta—. Eres un buen hombre.

Algo se rompió en el interior de Dave. Que ella pronunciara aquellas palabras era demasiado para él. ¿Cómo podía dejar que se fuera? Ella era todo lo que estaba esperando durante toda su vida. Era la mujer ideal para él. La quería. La amaba. ¿Por qué no podía decírselo? Temía la respuesta.

—No tienes nada que agradecerme y mucho menos pedirme perdón. Ambos cometimos errores y hemos aprendido de ellos. Yo tampoco me quedé atrás cuando de humillarte se trataba. Te mentí al no decirte quién era yo desde un principio y he escondido tu broche.

—Tampoco tiene eso importancia. Lo pasado, pasado está— extendió una mano hacia él—. ¿Amigos?

Dave miró esa mano durante unos minutos. Si se la estrechaba, sellaría su futuro para siempre. Si no, tendría que decirle que la amaba, pedirle que se quedara con él y ella no aceptaría. Su corazón quedaría roto de todas formas. Estrechó su mano, pero no la dejó escapar tan fácilmente. La atrajo hacia sí y la besó. Rodeó su cuerpo con los brazos y la estrechó contra su pecho. La besó con pasión, ardor y tristeza. Sabía que era el último beso que compartirían.

Danny quiso llorar desconsoladamente. No podía hacerle eso. ¿Cómo podía besarla en ese momento? ¿Quería torturarla? ¿Era esa la manera de despedirse? ¿Rompiéndole el corazón y marcándola para siempre? Danny supo que nunca olvidaría a Dave Sullivan.

Se separaron y se fundieron en una mirada intensa. Dave estuvo a punto de ceder, pero se arrepintió. Las lágrimas casi rodaban por sus mejillas. Se alejó de él, poniendo distancia para no sufrir más.

—Que tengas buen viaje —dijo él en un susurro.

Danny lo miró por última vez y se dio la vuelta. Al final, dio rienda suelta a sus emociones y salió de la casa llorando. Dave la dejó ir sabiendo que su felicidad se iba con ella.

Catherine se reunió con su sobrino en el invernadero unos días después de la partida de Danny. Sabía que estaba triste y quería apoyarlo. Aún no entendía cómo había podido dejarla escapar. Estaba segura de que se querían, ¿por qué no decírselo? Se sentó junto a él y le puso una mano sobre la de él.

—¿Estás bien?

Dave miró y Sonrió a su tía.

—Claro, ¿por qué no debería estar bien?

—Durante todos estos días no has probado bocado, no has salido, salvo para dar largos paseos a caballo, no sales de aquí hasta altas horas de la noche y tu humor es pésimo. ¿Eso es estar bien?

—No te preocupes, estoy perfectamente. Dave le dio unas palmaditas en la mano. Catherine entrecerró los ojos, mirándolo con suspicacia.

—David Sullivan, a mí no me engañas. Estas triste porque Danielle se fue, ¿verdad?

— No sé de dónde sacas eso. Ella se ha ido tal y como prometió que lo haría al llegar el final del verano.

Catherine retiró su mano de la de su sobrino y lo obligó a mirarla cogiéndolo por el mentón.

—¿La amas? —le espetó, seria.

¿Qué si la amaba? ¡Claro que sí! La amaba más allá de la locura. Más de lo que un hombre podía amar a una mujer.

—Ese silencio solo me indica que sí —le soltó la barbilla—. Entonces, ¿por qué no se lo dijiste?

—Porque no pertenecemos al mismo mundo. Porque no sé si ella me ama y temo una negativa.

—Eso de que no pertenecéis al mismo mundo es una tontería.

—No me refiero al estatus social, sino que yo pertenezco aquí y ella al este.

—Cuando dos personas se quieren no hay obstáculo que lo haga detenerse.

Dave esbozó una sonrisa triste.

—Yo estaría dispuesto a hace cualquier cosa por ella, pero… —Dave bajó la mirada—. No sé si me ama —continuó él.

Catherine Sonrió.

—La solución es muy fácil. Pregúntaselo.

Dave la miró a los ojos.

—¿Cómo? Ya he perdido la oportunidad. Ella está muy lejos. Catherine ensanchó aún más su sonrisa.

—¿Sabes? He pensado que es hora de renovar mi vestuario y ver qué se va a llevar esta temporada en Nueva York. ¿Me acompañas?

Dave sonrió.

—Puedes ir a su puerta y declararte con un gran ramo de rosas —aconsejó Catherine.

—No, haré algo mejor que eso —contestó Dave sonriendo ampliamente. No sabía cómo le iba a ir, pero Danielle Langton sería suya para siempre.

Danny llegó a Nueva York después de un pesado y triste viaje. Pensó que estar en casa de nuevo la iba a alegrar, pero no podía sacarse de la cabeza a Dave. Le echaba muchísimo de menos. No sabía cómo iba a seguir adelante sin él.

Cuando llegaron, contaron todo lo ocurrido a Richard y a Amanda. Danny dejó que fuera Robert quien lo contara. Ella no quería recordar nada más sobre los acontecimientos de Arizona, solo quería descansar y dormir por horas. Quería olvidarse de todo lo sucedido en Tucson. De todo menos de Dave, aunque quisiera no podría.

Fue directamente a su cuarto después de saludar a sus padres y dejarlos con Robert. Diana la acompañó y la ayudó a desvestirse y meterse en la cama. Cuando estuvo dentro, comenzó a llorar.

—¿Lo echas de menos? —preguntó Diana, sentándose a su lado.

—No sabes cuánto.

Diana abrazó a su amiga. Sospechaba que Danny le gustara Dave, pero nunca imaginó que se enamoraría de él de esa manera.

—Se lo tenías que haber dicho. Estoy segura de que él siente lo mismo —dijo Diana.

—Aunque sintiera lo mismo, no estamos destinados para vivir juntos, Diana. Nuestras costumbres son muy distintas.

—Pero si se aman, eso no tiene importancia.

—Supongo que siempre quedaré con la duda —dijo Danny y se cobijó debajo de las sábanas.

Diana ya no sabía qué decirle. Si pudiera, compartiría su amiga la dicha que sentía al estar con Robert.

—Tenías que haber aprovechado la oportunidad cuando se te presentó. Ahora, ¿cómo vas a vivir con la duda?

Eso mismo se preguntaba Danny. Se quedaría con la duda hasta que se hiciera vieja. Él no iría nunca a Nueva York y ella no tenía pensado volver nunca más a Arizona. Esperaba encontrar un marido esa temporada y olvidarse de Dave para siempre.

29

Pasó un mes desde que Danny llegó a Nueva York. Volvió a salir de casa, volvió a reunirse con Diana en el salón de té y volvió a ver a Samantha y a Lydia. Si antes las atacaba y se reía de ellas, ahora las ignoraba por completo. Tanto como ellas a Danny.

Diana y Robert se habían casado hacía un par de semanas. Había sido una boda maravillosa. Danny no paró de llorar en toda la ceremonia. Se alegraba por su hermano y su mejor amiga, pero no podía olvidar la tristeza que sentía por dentro.

La boda había sido un poco precipitada, desatando rumores por toda la ciudad, pero había salido todo a la perfección. Al final, todos se alegraron por la pareja y les desearon una vida llena de felicidad.

Diana hacía todo lo posible por sacar a Danielle de casa y hacer que se distrajera, pero era tal la tristeza que tenía que hasta sus padres sospecharon. La hicieron que se reuniera con ellos en el despacho de Richard. Danny no tenía ganas de ir, pero tampoco quería recibir una reprimenda. Entró y se sentó delante de ellos.

—Querida, sé que has sufrido mucho, pero tu madre cree que te pasa algo más que no nos has contado.

Danny miró a su madre y a su padre alternativamente.

—Estoy bien, papá, no te preocupes. Aún estoy compungida por todo lo sucedido.

Richard advirtió las ojeras, los ojos rojos de llorar y el aspecto desaliñado y decaído de su hija. Estaba mintiendo y no sabía por qué.

—Solo queremos que estés bien, hija —dijo Amanda—. Si necesitas algo, solo pídelo.

Danny sopesó la oferta, pero lo que ella quería era imposible de pedir, aun así, su padre despertó su curiosidad.

—Haremos cualquier cosa por ti, Danny, incluso dejarte hacer un viaje a Arizona.

Danny sabía lo que eso significaba: Robert había hablado con ellos.

—¿Un viaje a Arizona? Creo que ya he tenido bastante, papá. Gracias.

—¿De verdad? ¿No te ha quedado nada pendiente allí? —Richard arqueó una ceja. Danny miró a su madre, siempre tan callada y sumisa. Tan diferentes ellas dos. Luego dirigió una mirada significativa a su padre. Las lágrimas amenazaban con salir.

—No, papá, no he dejado nada pendiente allí.

Richard sabía que su hija lo había pillado y lo había cortado de la mejor manera. Cambió de tema.

—Hemos recibido una invitación para un baile —dijo él cogiendo el sobre y entregándoselo a Danny—. Al parecer, lady Lampwick abre la temporada este año.

Danny no logró abrir el sobre, abrió mucho los ojos y miró a su padre.

—¿Lady Lampwick?

—Sí, la misma que te invitó antes de irte a Tucson.

Danny palideció y recordó todo lo sucedido aquella noche. La noche en que lo había conocido. No podía quería en él.

—¿Irás? —preguntó Amanda.

Danny levantó la vista y miró a su madre.

—No lo sé. Tendré que pensarlo. Creo que no tengo ánimos para ir a ningún baile.

—Tienes que ir, Danny, te irá bien.

Danny sabía que había llegado la hora salir de casa e intentar divertirse. Si no asistía a los bailes nunca conocería al hombre con el que iba a casarse y no podría olvidarse de Dave para siempre.

Abrió el sobre y vio que el baile era para dentro de tres días.

—Supongo que tendré que encargar un nuevo vestido.

Llegó el día del baile y todo estaba preparado. Danny vestía un último modelo en la ciudad. Un vestido de color dorado con piedras de color ámbar en los bajos adornando las flores bordadas. El escote era pronunciado dejando los hombros al descubierto. Se permitió ir de manga corta, ya que en octubre aún hacía un poco de calor. Llevaba el pelo recogido con horquillas del mismo color que el vestido.

Bajó al vestíbulo cuando estuvo lista, donde sus padres y hermano estaban esperándola.

Estás preciosa, Danny —dijo Robert ofreciéndole un brazo.

Danny se lo agradeció con una sonrisa y se dejó guiar por él hasta el coche. Diana estaba dentro y cómo no, estaba bellísima con su vestido color azul zafiro con perlas en los bordes de las mangas y en los bajos. Su cuello estaba rodeado de un collar de perlas con incrustaciones de zafiros al igual que las horquillas que le sujetaban su melena.

Diana la saludó con una sonrisa radiante y se sentó junto a ella. La cogió de la mano y así fueron hasta la casa de lady L.

Lady Lampwick fue de lo más amable con todos ellos. Se alegró de que esta vez los Langton al completo asistieran a su baile, incluido Robert. Presentó a Martin Lampwick, su hijo, y Danny observó que no tenía nada que ver con el hombre misterioso del jardín. Era apuesto, pero no tan vigoroso como Dave. Se acordó de nuevo de esa noche. Sacudió la cabeza y por primera vez, bailó con Martin. Era un hombre divertido, amable, aunque no escuchaba mucho su conversación. Su mente estaba en Arizona, en Tucson, en la mansión de Catherine Sullivan. Su mente estaba en Dave.

Bailó con unos cuantos caballeros más, pero se aburrió al instante. Lady Lampwick la alcanzó un momento para comentarle que sus comentarios contra las jóvenes que la humillaron en el salón de té, hicieron que esas dos muchachas fueran menos frívolas. Danny no se alegró, le eran totalmente indiferentes.

Richard bailó con Amanda un par de piezas y luego ella se fue a buscar a sus amigas mientras que su él iba a jugar una partida de cartas. Robert y Diana no estaban a la vista, seguramente habían ido a resguardarse de los ojos de la ciudad para tener un poco de intimidad.

Todos acosaban a Danny con preguntas sobre Arizona, sobre su gente, y sobre todo, sobre su secuestro, que había llegado a ser noticia allí. Seguramente el señor Whitman se había encargado de hacerlo público antes de irse al oeste.

La señora Wakefield se acercó a ella y le susurró al oído:

—He oído decir que la señora Catherine Sullivan ha encontrado por fin a su sobrino desaparecido. El encuentro fue en Arizona —se acercó más a ella—. Ese chico ha tenido mucha suerte ya que se ha convertido en un hacendado de la noche a la mañana. Hasta ha comprado un rancho cerca del de su tía.

—¿Un rancho?— Danny frunció el ceño.

—Sí, el vendedor era un tal señor Frank Tisdale, de Dallas.

—Danny quedó estupefacta. Dave era el comprador misterioso de la hacienda de Frank. Increíble. Tan increíble como que un rumor así haya llegado hasta Nueva York.

—Señora Wakefield, ¿cómo se ha enterado de una noticia así?— se atrevió a preguntar Danny.

—El padre de mi nuera ha ido a Arizona por negocios. Ha sido la noticia del año —dijo la señora Wakefield con una risita.

Estaba claro que los cotilleos eran el tema principal en cualquier reunión, más para una persona que hacía tiempo que no visitaba la ciudad. Era lamentable. Estaba segura de que Catherine Sullivan había salido en portada el *New York Post*.

Danny se sintió un poco mareada y decidió ir fuera. No podía aguantar más. Caminó por el jardín, lejos del bullicio y se sentó en un banco. El mismo donde había bailado con Dave aquella maravillosa noche.

Se acordó de lo que le dijo la señora Wakefield. ¿Por qué razón Dave no le había contado que había comprado el rancho de Frank? ¿Por qué Frank no le había contado que era Dave el comprador? ¿Por qué Dave le dijo que no se lo contara a nadie? No entendía nada. Tampoco podía hallar las respuestas, pues Dave estaba lejos de ella. Lejos de ella.

Se puso demasiado triste y reprimió las lágrimas de nuevo. Daría cualquier cosa por ver a Dave una vez más, solo una vez, y decirle lo que sentía. Aunque no fuera correspondida, aunque no se pusieran de acuerdo en dónde vivir. Quería sentir sus besos y caricias una vez más.

Tenía que haber tenido más valor y haberle confesado su amor aquel día en que se despidió de él en el invernadero. Si le dieran una última oportunidad de hablar con él…

—¿Me concede este baile, señorita Langton? —preguntó alguien a su espalda.

Se levantó de inmediato y se volvió para ver al dueño de esa voz. Abrió los ojos, sin creer lo que veían.

—Dave…— musitó ella.

Dave, vestido de etiqueta con traje negro y camisa blanca, era el hombre más apuesto que ella hubiera visto en su vida. Vestido con vaqueros, camisa, chaleco y sombrero, estaba irresistible, pero así, con el pelo peinado hacia atrás y su intensa mirada fija en ella… ella Sonrió y dijo—: Será un honor, señor Sullivan.

Dave se acercó a ella y la cogió entre sus brazos. Puso una mano en su cintura, con la otra estrechó su mano y comenzaron bailar. Sus ojos no se apartaban de los de ella. ¡Dios, cuánto la había echado de menos! Hacía casi una semana que estaba en Nueva York y había estado rondando su casa, pero no se atrevía a llamar. Cuando Catherine recibió la invitación de lady Lampwick, vio su oportunidad.

Estaba hermosa con ese vestido dorado al igual que sus ojos. Su pelo, ahora recogido, brillaba bajo la luna llena. Deseaba pasarle las manos entre su cabellera y quitarle las horquillas. Quería echar su cabeza hacia atrás y besarla ardorosamente. Quería tumbarla sobre la hierba, hacerle el amor y sentirse vivo de nuevo.

—¿Qué haces aquí? —preguntó ella.

Por fin una cosa en la que pensar que lo disipara de los pensamientos que tenía.

—Mi tía ha sido invitada al baile y yo soy su acompañante.

—¿Tu tía está aquí? —Danny enarcó las cejas. Dave la acercó más a él.

—Sí.

Danny se estremeció.

—¿Y qué haces tú en Nueva York? —preguntó Danny frunciendo el ceño, esta vez.

—Mi tía ha venido de compras y yo la acompaño.

Desilusión. Eso mismo había visto Dave en los ojos de Danny.

—¿Qué tal está tu mano? —preguntó él, arrepintiéndose al momento. ¿Cómo empezar? ¿Cómo se declaraba un hombre a una mujer de una forma delicada?

—Ya estoy recuperada —dijo Danny—. He oído que has comprado el rancho Tisdale. ¿Por qué no me lo has dicho antes?

Dave elevó su vista al cielo.

—Pensé que no era importante— aguantó la respiración antes de continuar—. Aunque ahora que lo pienso, creo que sí debí decírtelo. Ya sabes, necesito consejo para reformarla. Quiero que tenga también un toque femenino en los lugares apropiados.

Danny se puso nerviosa.

—Supongo que lo necesitarás cuando… te cases. Tu mujer sabrá hacerlo. Danny quería echarse a llorar solo de pensar en Dave casado con otra mujer.

—Supongo —dijo él—. Pero… ¿qué pasa si quiero que seas tú la que decore mi casa?

—¿Qué? Dejaron de bailar y Dave miró fijamente a los ojos de Danny. Había llegado el momento, al diablo con las consecuencias.

—¿Quieres casarte conmigo? —preguntó él, tragando saliva.

Danny se quedó quieta, atónita. ¿Era un sueño? ¿De verdad Dave Sullivan, el hombre que amaba, estaba pidiéndole matrimonio?

—No sé qué decirte.

¿Qué razón tendría para aceptarte? ¿Estaba jugando con él? ¿Qué razón tendría él para pedirle la mano? Estaba claro que no era un matrimonio de conveniencia.

—La única razón que hizo que viniera a Nueva York.

—No entiendo.

—Te quiero —Danny no dijo nada y él continuó antes de que el valor lo abandonara—. Te amo más que a nada en el mundo y no puedo pensar siquiera en una vida sin ti —estrechó sus manos entre las de él—. Quiero que estemos juntos para siempre —se agachó un poco hasta quedar a la altura de sus ojos para mirarla fijamente—.Danny, el motivo por el que estoy aquí es para averiguar si tú también me amas y si estarías dispuesta a compartir tu vida conmigo. Por favor, dime que sí. Si no me aceptas, no sé si podré soportarlo.

Ella se mordió el labio inferior. Era lo más bonito que le habían dicho. ¿Cómo podía tener tanta suerte? Aún pensaba que todo era un sueño. ¿Cómo podía pensar que ella le diría que no? Había sufrido durante un mes creyendo que nunca más lo vería y ahora, ahora él estaba allí, delante de ella, con la mirada llena de ternura, esperando una respuesta. No lo decepcionaría.

—Te amo, Dave —soltó de repente—. Te he amado desde que te vi aquí hace más de tres meses, cuando no sabía quién eras. He pensado en ti durante todo este tiempo y he soñado con este momento desde siempre. Nunca quise un matrimonio impuesto por mis padres con algún esnob de la ciudad. Mi carácter es demasiado como para estar todo el día en casa bordando cojines —no sabía por qué estaba diciendo todas esas tonterías, pero estaba muy nerviosa—. Sé que contigo mi vida será una aventura —sonrió ampliamente—. Sí, te acepto como marido.

Dave Sonrió aún más y la abrazó, feliz. Juntó sus labios a los de ella y se fundieron en un apasionado beso. Todo el amor que sentían estaba en ese beso y nunca, nunca más se separarían.

Dave le dio un pequeño beso en la nariz y frunció el ceño.

—¿Estarías dispuesta a vivir conmigo en Arizona? —preguntó él.

Danny se quedó pensativa un momento. Le costaba renunciar a Nueva York. Era la ciudad donde había crecido. Allí estaban sus padres, su hermano y Diana y allí se criarían sus sobrinos. Miró a Dave y sonrió rodeándole el cuello con los brazos.

—Estoy dispuesta a vivir donde tú vivas. Me costará distanciarme de todo esto, pero Nueva York siempre me ha traído problemas. Mis travesuras hicieron que la ciudad no me aceptara y se me criticara por todas partes. Quizá ya no le deba nada y mi destino esté en el oeste —se acercó a él para depositar un beso en sus labios—. Mi destino eres tú, David Sullivan.

Dave Sonrió. Lo había llamado por su nombre completo. Sabía que estaba haciendo muchos sacrificios, pero si estaba dispuesta a renunciar a todos sus seres queridos, es que lo amaba demasiado.

—Pero no harás que acampemos en el desierto y que coma liebre, ¿verdad? —bromeó ella.

—No, solamente haré que aprendas a montar a caballo.

Ambos rieron.

—¿Sabes? Creo que nos vendrá bien comprarnos una casa aquí también. Quizá podríamos pasar medio año aquí y medio año en el rancho. ¿Qué te parece? —dijo Dave, seriamente.

—¿Harías eso por mí? Haría cualquier cosa por ti, Danny. No estaría a gusto si soy el causante de separarte de tus padres y hermano. Además, nuestros hijos necesitan de sus abuelos y tíos, ¿no?

—¿Hijos?

Sí, montones de ellos. Quiero llenar nuestra casa de niños y niñas.

—Danny se puso de puntillas para besarlo de nuevo. Esta vez lentamente, agradeciendo todo lo que hacía por ella. Por hacerla tan feliz.

—Te amo —musitó ella contra sus labios.

—¿Por qué no buscamos un lugar para que me demuestres cuánto me amas? —preguntó él con picardía, sonriendo y guiñándole un ojo.

Danny rio. No había cosa que deseara más.

.

Epílogo

Cinco meses después, Danny y Dave estaban sentados en el porche de su casa en Arizona. La primavera había empezado a florecer escasamente en aquel desierto y el calor ya se notaba. Dave tenía un brazo rodeando los hombros de su mujer y con la otra mano acariciaba la diminuta barriga de Danny. Estaba embarazada de cuatro meses, pero apenas se le notaba.

Se habían casado un mes después de la fiesta de lady Lampwick haciendo que toda la ciudad murmurara a causa de los motivos de la boda. Todos sabían que él la había salvado del secuestro. Todo sonó muy romántico. El príncipe azul rescataba a la dama en apuros. Ninguno de ellos contó que el cuento se había complicado mucho más.

Richard y Amanda Langton estaban encantados y sorprendidos por el enlace. Ambos siempre sospecharon que entre los dos había algo más que disputas e insultos y le dieron la bienvenida a la familia a Dave con la condición de que hiciera feliz a su hija. Dave lo prometió sin ninguna dificultad.

Diana y Robert se alegraron enormemente al ver que, por fin, se habían decidido. Diana también estaba embarazada y eso los hacía más felices aún. Ninguno de los dos estaba de acuerdo en un principio en que Danny se fijara en Dave, pero al ver que ellos eran felices juntos, no dijeron ni una palabra más que para felicitarles.

Catherine le dijo a su sobrino que ya era hora y felicitó a la pareja por haberse decidido. Optó por volver a su casa de

Arizona, donde pasaba los días planeando reuniones para su sobrino y su nueva esposa, así como visitas a otros hacendados. Estaba feliz por haber encontrado a su querido David y que este, hubiera encontrado al amor de su vida.

En Nueva York y Tucson, la gente se alegró de que Danielle Langton por fin encontrara a alguien que soportara sus imprudencias y creían que había encontrado a alguien que la iba a meter en cintura.

Danny se recostó sobre el hombro de su marido y Sonrió. Nunca pensó que fuera tan dichosa en un lugar tan hosco como ese, pero se dio cuenta de que viviendo con la persona adecuada y eligiendo la vida que uno quería vivir, era la manera de ser feliz de verdad.

Dave había ido a esa tierra para buscar a su tía desaparecida, y nunca pensó que en su camino se cruzaría la mujer más testaruda e insufrible que había conocido, pero no la quería diferente.

Se miraron a los ojos en lo que pareció una eternidad y vieron en ellos todas las promesas que se hacían sin decir una palabra. Vieron su futuro y supieron que, a partir de ese momento, todo sería más fácil. Dave se acercó a Danny y la besó en los labios sellando para siempre un amor que nunca moriría. Un amor que era tan fuerte e intenso que ninguno de los dos habría apostado que existía.